制服奴隷市場
【十匹の餌食】

夏月　燐

フランス書院文庫X

制服奴隷市場【十四の餌食】

もくじ

フランス書院文庫X

制服奴隷市場【十匹の餌食】

I

孕まされた白衣の天使
看護師・さやか

「ね、ねえ……こんなのおかしいわ」

真っ白なスキーウエアを身にまとったロングヘアの美女はテーブルに身を乗り出し、困惑した表情で囁いた。

「何がさ。君だってきのうは存分に滑って楽しんでたじゃないか」

「それは……」

卵型の小さな顔を光り輝く黒髪が縁どっている。和風美人の圧倒的な美貌を、通り過ぎる外国人たちがちらちらと盗み見していく。

北海道中部にある、高級スキーリゾート。

近年、パウダースノーが注目されて欧米系の富裕層が競って訪れるようになり、異常な投資熱を招いている地域だ。

バブル期に建てられたタワーホテルも内外装が一新され、料金も一般人にはとても手の届かない価格帯に跳ね上がっている。

そんな高級ホテルの最上階にある会員制ラウンジで、印藤さやかと夫の従弟である印藤健人は、向かい合って朝食をとっていた。

健人はイタリア製の派手なウエアを着こなし、念入りに焼かれた顔と白すぎる歯を周囲に見せつけるように、椅子に浅く腰掛けていた。

（どういうつもりなの、このひと）

もともと得意な相手ではないが、男の考えがまるで読めない。

それ以上に、自分がなぜこんな場違いなところに来てしまっているのか。自ら選んだ方策だったとはいえ、さやかには後悔の念が湧いてきていた。

二十五歳になった印藤さやかは、全国の拠点病院をグループ化した元化会の総帥、印藤臨大の長男である臨太郎の妻だ。

二十歳という最短で看護師となり、国立大の付属病院で働いていた。

その折に准教授であった臨太郎に見初められ、結婚を決めた。現在は、臨大の弟が理事長を務める第二病院に勤務している。

「義姉さんだって、こんな風に年相応に楽しむ暇なんてなかっただろ。臨兄の奥さんになって、一瞬も隙を見せられなかったはずだし」

「……ねえさんは、やめてって」

（やっぱり苦手だわ）

さやかは内心でため息をついた。

健人は三十歳。外科医をしている。

はっきりいえば、遊び人だ。

学究肌で、現在の最大の関心事が地域医療という臨太郎とは性格も嗜好もまるで正反対という、対照的ないとこ同士であった。

「まあしかし……元化会がひっくり返るほどの騒動だったからな。二十歳のナースが跡取りの嫁っていう。でも義姉さんは態度で黙らせたしね」

「そんなこと……」

さやかの話など、まともに聞いていない。

しかし当時のバッシングを思い出すと、いまでも胸が締め付けられる。

意欲に燃えてナースとなり、功名心など無関係に、患者のために懸命に働いている姿を臨太郎に気に入られたらしい。

最初は本気にしなかったが、愚直で誠実なアプローチにほだされた。

婚約してから、夫は可能な限り守ってはくれたが、さやかは周囲の女医から看護師までの、壮絶な攻撃の対象となった。

あまりに膨大な資産のために、始終アプローチに悩まされていた医師が田舎娘に逃げ場を求めたという面もあったのだろうと、さやかは解釈している。

無論、愛してはいるが、それだけでは済まない立場であることを思い知った。

(それが、こんなことになるなんて)

「じゃあ、きょうは上のゲレンデに行こうか。さすがは北国育ち、どこでも滑れる技術があることは、きのう見せてもらったしね」

「待って……やっぱり、きょうは滑りません」

朝から特別に頼んだ、分厚いステーキを頬張りながら喋っている健人の長広舌を、さやかは慌てて遮った。

「え……そうなの？」

「部屋で、ちゃんと話しましょう……わたしたちの、目的について」

精一杯冷静を装ったつもりだったが、さやかは、自分の顔が真っ赤になってしまったことに気づいた。


自室のプレジデンシャルスイートに戻った美人妻は、脱いだジャケットをキングサイズのベッドに放り投げ、クローゼットの扉を開いた。

(わけがわからない)

ずらりとぶら下がっている、服とドレスの数々。

その一組を取り出したものの、手にしてみてためらった。

韓国ドラマの女優が着ているような、極端にボディコンシャスなキャメルの半袖リブニットに、黒革のタイトミニだ。

五十種類は優にある服は、いずれも極めてきわどいデザインばかりだった。あちこちに切れ目が入ったワンピースや背中で開け閉めするボディスーツなど、一歩間違えれば露出狂に近いものもある。

(こんなのを着せようっていうのに、なにもしないなんて)

諦め顔になったさやかは、しぶしぶ選んだ服を着始める。ジャストサイズなのだろうが、着るのに苦労するほど締め付けられる。

(なにこれえ……)

姿見に映し出された自分の姿を見た美人ナースは、激しく動揺した。

上半身にぴったり張り付いた薄いニット地を突き上げるように、Gカップの巨大なバストがはっきりと浮き上がっている。

きゅっと締まった細い腰へのカーブは、ぐんと張り出したヒップラインに繋がり、身体が描く究極のS字に、一点の破綻も見られない。

太腿の半ばまでしか隠れない裾からは、黒色の薄いストッキングで覆われた長い脚が真っすぐに伸びていく。

とても隠し切れないスタイルを、これでもかと誇示しているかのようだ。

（おへそが出ちゃう）

ニットを引き下ろしてみても、すぐに戻ってしまった。

いままで、まったく知らなかったジャンルのファッションだ。すとんと下りる長い黒髪とは合っているとは思うが、あまりに女を強調しすぎている。

（どうしよう……でも後戻りなんかできるわけない）

扉がノックされた。

美女看護師はぎくりとするが、すぐに心を決めたような表情になり、ドアを開いた。廊下には、ジャケットを脱いでタートル姿になった健人が立っていた。

「……ああ」

青年はさやかを見て一瞬硬直したが、何事もなかったように部屋に入った。

そのままバーコーナーに向かうと、勝手にグラスとウイスキーの小瓶を取り出して、中に注いだ。

「お酒はよして。ちゃんと話しましょう」

美人妻は、グラスを空けようとする男を制して、ソファを指し示す。義理の従弟でもある青年は素直に酒を置き、軽く肩をすくめて座った。

さやかは、バーのスツールに腰掛ける。

「そうしてると、ふだんのナース服がとても想像できないな。自分でも、最高の女になってるってわかってるんだろ」

何気なく選んだ座面の高いスツールが、百六十センチを優に超える長身と、脚線美をいやというほど強調してしまっていた。

美人ナースは頬を紅潮させる。

「そ、そんなことは」

「別にいいさ、事実なんだし」

手を軽く振った男は、脚を組んで、ソファの上で伸びをした。

「……ねえ、どうすればいいの？」

意を決したさやかは、男のほうに向き直って口を開いた。

健人は頭をソファの背に乗せ、脱力して天井を見上げている。

「決めたことは、ちゃんとしないと……」

「そういうのが嫌だって伝えておいたと思うけど」

「それは、その……」

美人妻は口ごもった。

＊

もう一か月前になる。

冷静沈着を絵に描いたような臨太郎がしたたかに酔って、深夜に帰宅した。タワーマンション最上階のリビングで、湾曲した巨大な窓に額を当て、煌めく下界を見下ろしていた。

「従弟の、健人に知られた」

床に放られたジャケットを拾い上げたさやかも、びくりとする。

「経営権を求められるだろうと思ってたら、別の提案をされた」

「な、なに？」

夫が振り返ると、苦悩の表情を浮かべている。さやかは充血した目で見つめられ、心配でたまらなくなって抱きついた。

「さやかには話しにくい」

「別に平気よ。なんでも話して」

それは本当だった。結婚五年で培われた絆がある。どんな逆風でも、二人なら乗り越えられると確信していた。

「……自然妊娠の、相手になっても、いいと」

「え……えええ？」

絞り出すように吐かれた言葉に、美人妻も動転し、固まった。


さやかが臨太郎に連れられ、麹町の広大な日本家屋を訪問した五年前。

元化会総帥である臨大は、長身を小さくしている美女を一目見て破顔した。

「素晴らしい！……見事な腰だ。それに二十歳だって？……いまどきこんな嫁、鐘を叩いて探しても見つからんぞ！」

そう言って、長男の背中をばしばしと叩いた。

「おやじ、ちょっとあけすけすぎるだろ」

痛そうにしながらも、臨太郎はまんざらでもない顔をした。

（あのときが、幸せの頂点だったのかも）

印藤家は、三河の松平家に御殿医として仕えていたという家柄だ。

臨大は、その出自だけが自慢だった地方病院を、全国最大の医療グループに育て上げた立志伝中の人物である。

資産と影響力を得ると、印藤家が連々と血族で受け継がれてきたことが、俄然意味を持ってきた。

男のプライドは、成り上がりではない、と言えるその一点にかかっていた。郷土史家に綿密な調査を依頼し、家史を学術論文にまで仕上げさせたほどだ。

ところが跡取りの臨太郎は三十過ぎまで国立大医学部の研究者として勤め、さらに独身を通してきたことで、父親を煩悶させていた。

しかし結婚を機にようやく退職し、父の意向に沿って、東京湾岸に聳え立つ本院の院長に就いたことで、総帥の懸念は一掃されたのだ。

普通であれば、名家の妻は企業の経営者や政治家などの娘が選ばれただろう。

ところが印藤家の嫁取りでは、健康優良でなるべく若いということが最高の価値とされた。さやかは、現代ではありえないほどの好条件と評価されたのだ。

あれから五年。夫婦にまだ子供はいない。

父親の熱狂は醒め、不惑を迎えた長男は問い詰められる機会が増えた。

(まだこんなに若いのに、と思うのだけど)

臨太郎は経営者としても有能である一方、医者としての夢である地域医療の抜本的な強化にも着手していた。

元化会のトップであれば、全国津々浦々の拠点病院をネットワーク化して、採算度外視で最新鋭のオンライン診療体制を構築することも可能だ。

一方、臨大の弟はそれに真っ向から反対していた。

少子化で窮乏する地方の医療は切り捨て、都市部の富裕層に向けた高度医療やヘルスケアをコアビジネスとするよう訴えていたのだ。


「健人さんが……どういうことなの」

「叔父貴は健人にグループ総帥の座を継いでほしいんだが、当人は真っ平御免なんだそうだ。元化会の経営者なんかより、気楽なドクターがいいって。だから、僕が跡を継がないと困る……そのために、さやかに子供を産んでもらえばいいじゃないかって」

「だからって、そんな」

さやかは夫の胸のなかで、唇を噛んだ。

夫婦は、自力でできる範囲での不妊治療はすべて試した。

最終的に臨太郎が秘密裏に行った検査により、無精子症が濃厚となった。

その衝撃的な事実に二人は愕然とし、しばらくはなにも手につかなかった。

臨太郎は地位にも財産にも恋々とはしなかったが、元化会総帥が成しうる地域医療サービスの革新性は、手放すにはあまりに惜しいものだった。

二人は悩みながら、内密に非配偶者間人工授精、ＡＩＤの可能性を模索した。

血族の子が作れないことが臨大に知れれば、後継はありえないからだ。

しかし国内では、他人の精子を入手するには医療団体の倫理委員会を通さねばならず、海外では夫婦一緒に長期滞在することが前提だった。

さらに、印藤家の人間が医療業界で情報を秘匿するのは不可能だ。

そして日に日に父親からのプレッシャーが強まるなか、検査機関の内部データが健人に知られたのだった。

「ＡＩＤの手法として、個人取引の自然妊娠が使われていることは、さやかも知っているだろう」

「知ってるわ。問題があることも」

切羽詰まった夫婦が、自然妊娠……つまり第三者とのセックスという手段で子を持とうとするケースで、騙されるという事件が起きている。

精子提供者、セックスの相手が経歴を偽っている場合だ。

「健人は自分が印藤家の人間だから、おやじを騙すというわけじゃないだろうって言うんだ。これまでの家の歴史でもきっとあった筈だって……あいつらしい現実主義というのか、僕にはなかなか理解しがたい部分だ」

「それは……ああ、なんてこと」

臨太郎が元化会の力を地方の隅々まで行きわたらせたい、という崇高な願いで動いていることは、さやかもよく知っている。

それに、子供の問題で経営から外されるだけではない。利益優先の叔父の家がグループを継げば、会の理念がまったく変わってしまうことは確実だった。

(子供さえできれば、なにもかもがうまくいくのよ)

この五年、夢中で追い求めてきた目標を失った夫は一生、悩み苦しむだろう。それはさやかには耐えがたいものだった。

(単純なことよ。わたしが健人さんと……一度だけ、子供を作りさえすればいいだけだもの)

「わたしは、構わないわ」

「ええ?」

決然とした表情で言い放った妻を見て、医師は驚く。

「まったく知らない他人なんかじゃなく、印藤家の血をもらうのだもの。ご先祖様も、きっと許してくださるわ」

さやかは、悲壮な覚悟を決めて飛び込んだにもかかわらず、一日半経っても一向に求めてこない男の態度に、焦っていた。

健人は頭の後ろで手を組んで、伸びをした。

「君はずっと構えていたからね。俺が出した条件は、このひと月は本当の夫婦のようにいようってことだけなのに」

「だから、あなたの言う通り、選んだ服を着てるじゃない！」

思わず声を荒らげてしまった。

三人は繰り返された話し合いのなかで計画を詰めていったが、健人の出した条件は、愛情ある夫婦にとってはある種苛酷なものだった。

排卵日を挟んで一週間は二人で過ごす。

そしてその間、さやかは健人の指示に従わなければならない。

さすがに臨太郎も妻の全てを任せることについては承服しかねると、最後まで抵抗した。しかしさやかが説得して、条件を呑んだのだ。

理由について健人は、この行為はあくまで印藤家と臨太郎夫妻のためであって、不純な動機など毛頭ない、と主張した。

結果、三人は合意し、同時に休暇を取った。

臨大には密かに子作りの旅行だと説明した。健人は海外に研修に行くと称して、人知れず合流したのだった。

スキーをしない臨太郎はタワーホテルの別棟で、論文の執筆にあたっている。

「じゃあ、素直に言うことを聞くんだな?」

健人はふんぞりかえった姿勢のまま、従兄の妻に問いかけた。

急に態度が変わったように見えた男に戸惑い、さやかは口ごもる。

「だから……言ってるじゃない」

「そうか。じゃあ昼間だが、初夜を始めるか」

健人は突然立ち上がると、美人妻のほうへ向き直った。

(なに?……本当に健人さんなの?)

義理の従弟が、突然別人に見えた。

動揺したさやかは反射的に腰を上げる。

近づいてきた男はいきなり、くびれたウエストを両手で掴んだ。

突然、野卑になった青年の振る舞いに、一瞬身を引きそうになってしまったが、人妻はぐっとこらえる。

健人の顔が近づいてきて、美人ナースは雪白の肌を紅潮させる。

「信じられないほど美しいな……ククク……どれ、なんていやらしい身体つきなんだ」

「やめて……変なこと言わないで……」

夫の従弟は、至近距離から舐め回すような視線を、美人妻の胸、腰、脚に這わせる。さやかはぞっとして鳥肌を立てた。

（こんな人だったの……想像もしてなかった。ああ、わたし……もしかして、とんでもない間違いをしてしまった？）

日焼けサロンで維持している浅黒い肌に、白すぎる歯。

いかにも世慣れた青年風であるのに、いまはまるで爬虫類を思わせる、粘着質な振る舞いの人物に変貌していたのだ。

「ククク……そら、後ろを向け」

「ああ、どうしちゃったの……本当に、きゃあッ」

美人妻はぐるっと身体を回され、両腕を背中側に引かれて悲鳴を上げる。

がちゃり、と音がして手首に冷たい金属の感触が走る。

「あッ……どうしてッ」

手錠で後ろ手に拘束され、狼狽する美人ナースの腰を健人は腕でぐいと抱え込み、背後から身体をぴったりと密着させた。

「ひッ」

怯えるさやかの目の前に、麻縄が差し出される。

「これが俺のやり方だ。嫌とは言わせないぞ」

「そ、そんな……て、抵抗はしませんから」

青年の変態的な振る舞いに逃げ出したいほどの嫌悪を覚えながらも、美人妻は必死に冷静を装おうとする。

「俺の趣味ってだけだ。気にするな」

「い、いや……きゃあああッ」

薄手のニットに手が侵入し、いきなりブラジャーの前を摑まれると、一気に引きちぎられた。服もろとも、巨大なバストがぶるんと揺れる。

予想だにしない暴行に、さやかは叫んでしまった。

「待ってッ……あああッ」

身体を折って逃れようとする美人妻の胸に、麻縄が回されたと思うと、ぐっと背後に引き戻された。

「そう騒ぐな……ククク。新婚生活はまだ始まってもいないぞ」

「はむッ……うむンッ……あぷッ」

リゾートホテルのスイートルーム。

男に密着され、壁に押し付けられた印藤さやかは、巨大なバストをわしづかみにされながら、美しい顔を仰向かされ、唇を吸われ続けていた。

可憐な唇からは唾液が垂れ、黒真珠のような瞳はぼうっと霞がかかっている。

薄手のニットは、九十センチを超えるGカップ乳の上にまくり上げられ、その上から麻縄で生白い豊乳を縊り出すように、後ろ手緊縛をされていた。

「うむンッ……ぷはあッ」

ようやく解放された美人妻は、はあはあと息遣いも荒く喘ぐ。

形のいい紅唇は、さんざん吸われたせいかぷっくりと膨れ、濡れ光ってなんとも悩ましい。

南洋の果実のように張り切ったバストは、くたくたに揉まれて充血していた。

少女のようなロングストレートの髪は乱れ、紅潮しきった小顔を義理の従弟の手に挟まれて見つめられている。

さやかは羞恥と屈辱に、顔を真っ赤にする。

「こ、こんなのおかしいわ……」

「おかしくないさ。臨兄が恋人同士らしいセックスを、まったくしていなかっただけの話だ」

壁を背にした美女看護師は反論もできず、荒い息を吐くしかない。

乳房を丸出しにされ、上半身を緊縛されているだけではない。

下半身は素裸にされ、太腿の半ばまで黒いストッキングに覆われた美脚は、大きく開かされていた。

そして股間には、健人の極太の怒張があてがわれている。

(大きすぎる……こんなの入るわけない)

秘唇にぴったりと当たっていて、ストッパーのように女の腰を留めている。

その巨大さと硬さを生で感じさせられ、美人妻は怯えた。モノの長さ、太さとも臨太郎の一・五倍はあろうという逸物だ。

さらに乳揉みと口吸いで、割れ目がすっかりぬるぬるになってしまっている。

「も、もういいでしょ……」

挿入まで、ここまで焦らされたのも初めてだった。

(こんなことになるなんて……)

美人ナースは、抵抗できない状態で加えられる愛撫に感じてしまう自分も信じられなかった。これ以上続けられたら、どうなるかわからない。

「なんだ、早く入れてほしいっておねだりか?」

「そ、それは……ああ、その」

反射的に否定しようとしたさやかは、ぐっと詰まった。

目的は、自然妊娠なのだ。別に犯されているわけではない。

にやりとした健人は、両手でGカップ乳を摑み上げると、腰をぐっと入れた。

「ああ!」

鋼鉄のような亀頭が、ぬぷりと女裂を割り裂き、少しだけ侵入する。

美人妻はのけ反り、腰を震わせて喘ぐ。

「あむッ……ムムッ」

仰向いたところで口を塞がれ、乳房を摑まれたままの女体がびくりとする。

ぴちゃ、くちゃ、と音をさせて舌が絡み合う。

(ああまた……焦らされちゃう)

夫であれば、ベッドで正常位になり、慎ましやかな愛撫の後にすぐ交接が始まる。精神的に満たされてはいたが、濃厚な交わりとは程遠いものだった。

（こんなに時間をかけて、いろいろされるものなの？）

義理の従弟は、恋人同士なら当たり前のことを、教えてやると言った。

我を忘れるほど、互いに溶けあうほど愛し合えば、普通はすぐ妊娠するものだと、男はうそぶくのだ。

そのようなことは信じられなかったが、さやかはどこかで不安になっていた。自分も夫も、あまりに経験不足だったのが悪かったのだろうか。

「ククク……これからは、俺の言う通りにするんだぞ」

「ああン……わ、わかりました」

相変わらずバストは揉まれ続けており、男の唇は口から離れて美人妻の首筋を舐め上げると、耳元でいやらしく囁くのだ。

背中を駆け上がるぞわぞわした感覚に、美人ナースは恵まれた肢体を震わせ、素直に頷いてしまう。

（あそこが熱い……この人が相手でもこうなっちゃうなんて）

深く恥じ入ったさやかだったが、ただ、自分の身体が健人を受け入れていることとは、いい兆候に違いなかった。

（そうよ……この人を愛する相手だと思えれば、妊娠の確率が上がるんだわ）

そのようなエビデンスなどあるはずもないが、これまで失敗続きだった妊活を思えば、藁にもすがりたい。

「さあて、このままするか、どうするか」

「くッ……あぁッ……」

青年は先端だけ埋まった肉棒で、従兄の妻の媚肉をくちゃくちゃとかき混ぜる。

さやかの縛られた上半身がのけ反り、開いた脚が爪先立ちになった。上気し切った美貌は演技し切れず、悔しそうにゆがむ。ぱくぱくと唇が開いた。

「あぁッ……な、なにを」

男は美人妻の左の膝裏に腕を絡めると、そのままぐいと持ち上げた。

さやかは片足立ちの不安定さにうろたえるが、健人に上半身を壁に押し付けられて、かろうじて平衡を保つ。

「どうするつもりなのッ……あああッ」

美人ナースは、今度は本当に悲鳴を上げてしまった。

右脚までも抱え上げられ、大股開きにされて宙に浮く恰好で持ち上げられてしまったのだ。

これが駅弁という体位だと知る由もない美女看護師は、ただ震えるしかない。

「こんな……こんなことって」

まるで壁の上で正常位を取らされているような破廉恥な姿勢に、さやかは顔を真紅に染め、ふるふるとロングヘアを振る。

「いまどき見ないが、昔の電車の弁当売りの恰好なんで駅弁っていうのさ。さやか自身が弁当を乗せた箱ってわけだ……ククク」

「ひ、ひどすぎるわ」

健人に合わせて夫婦のように振る舞うつもりだったが、これは度を過ぎている。美人妻は涙目で、きりきりと目の前の男を睨みつけた。

「なんだその目は。まだわかってないようだな……こんな大変な体位までやりたくなるのが、新婚ってもんなんだ。惚れた女には、あらゆるセックスを試したくなるんだ。おざなりな気持ちだったら、わざわざこんなことすると思うか？」

「ううッ……そ、それは……だって……」

さやかは気弱な表情になってしまう。

義理の従弟の行為は変態的だとは思うが、ルーティンのような夫のセックスとは比べものにならないほど、求められているのはわかる。

「だいたい、こんな風にマ×コおっぴろげて、ぬるぬるに濡らしているくせに、お高く止まってるんじゃねえぞ」

「あ、あなたがこんな恰好に……あーーーーーーーーーーーッ」

言い合いに気を取られていた美人妻の秘穴が、一気に貫かれた。

長大で極太なペニスをいきなり根元まで打ち込まれ、さやかは緊縛された乳房をバウンドさせて絶叫した。

「あ……あ……」

抱えられた女体の重みと突き上げる勢いが相まって、肉茎の先端は子宮口を広げるほど奥深く、入り込んでしまった。

（おなかのなかまで入っちゃってる！）

美人ナースはぱくぱくと口を開けて、凌辱に耐える。

自分の穴を限界まで広げている、膣の奥底まで入り込んだ健人の剛直に完全に圧倒されていた。

「クク……さやか、どうだ。お前のマ×コに俺のチ×ポがすっかり入ったぞ。二十センチあるんだが、全然平気だろう？」

「へ、へいきじゃないわ……」

実のところ、内臓をずーんと押されるような感覚はある。

しかし、予想したような痛みはまるでなく、美人妻は恥じらう。

（あの人のじゃないのが、中に入ってるのに……）

どちらかと言えば、嫌いな男に犯されているというのに、自分の膣がひくひくと蠕動し、陽物を締め付けているのがわかる。

「さやか、本物のセックスを教えてやる」

「……いや」

膣道を刺し貫かれたまま正面から見つめられ、美人ナースはかすれたような声しか出ない。乳首も、クリトリスも熱く熱を持ち、硬くなっている。

（どうしよう……ほんとうにおかしくなっちゃったら）

膝で抱えられたさやかは、背中で男の手が組まれるのがわかった。

膣を深々と串刺しにされたまま、身体が壁を離れる。美人妻は緊縛された上半身を健人の胸にもたせかけ、顎を肩に乗せて荒い息を吐く。

「なにをされるか、わかったようだな」

「くッ……」

美人ナースは悔しそうに唇を噛む。

落ちるのではとの不安から、青年にぴったりと身を任せざるを得ないのだ。

「そら、さやか、舌を出せ。上と下でぐちゃぐちゃにつながろうぜ。そうしたら、お前を孕ませやすくなるからな」

「ううッ……」

恥じらいと辱しめで気が遠くなりそうだったが、美人妻はようやく本来の目的を思い出した。

（ああ、あなた……ごめんなさい。いま、いまだけは……健人さんにすべてを捧げます）

空中で後ろ手緊縛のまま貫かれた美女看護師は、震えながら整った美貌をずらし、濡れた唇で義理の従弟の口に吸い付いた。

「うむンッ……ンンンッ」

可憐な唇を塞がれると、すぐに舌を吸い上げられた。

そしてさやかの身体が持ち上げられ、蜜穴から剛棒がずるずると抜かれるや否や、腰を一気に叩きつけられる。

「んんーーーーーーッ……むむむッ」

＊

まるで体内を巨大な蛇が通り抜けるような感触に、美人妻は男の口の中で悲鳴を上げた。肉刀の先端が子宮口を突破し、腰が一気に痺れてしまった。

（なにこれ！……ああ、こんなのって！）

さやかの愛液にまみれた太棹が抜き上げられ、びたん！　と股間を叩きつけるように、再び女裂を撃ち抜いた。

「はうッ……うあああああああーーーーー！」

とても、キスを維持できる状態ではない。

美人ナースはロングヘアを振り立てながらのけ反り、縊り出されたGカップ乳を反らして、健人の胸にこすり付ける。

（あそこがしびれちゃう！……足先まで、ぜんぶ！）

抱え上げられた下半身が勝手にびくびくと痙攣し、さやかはうろたえ切った貌で、自分を犯している青年を見つめた。

「ククク……太いチ×ポでマ×コの奥を突かれると、死ぬほど感じるだろ？」

「こんな……こんなのって」

いやらしい言葉で責められても、いまの美人妻の耳には入らなかった。

数回、膣奥を突かれただけなのに、全身に快感が走ってしまった。

上半身を身動きできなくされているせいもあるのか、全神経が陰部に集中してしまっている。

(このまま突かれ続けたら、頭がおかしくなっちゃう)

「も、もっと……ゆっくり」

さやかは震えながら、自分を抱き上げている男に慈悲を乞うた。

喋りながらも、広げられた淫裂はひとりでにペニスをきゅうっと締め付ける。

腹の奥深くまでずっぷりと挿入されている、夫ではない男の肉棒に、自分の性感がこれほどまでに早く支配されてしまったことに、美人妻は絶望する。

(どうしよう……本当にイッちゃうかも)

オルガスムスの経験などもちろんない。

初めての絶頂を、夫以外の男に与えられてしまう。美人ナースは激しく動揺し、紅潮しきった美貌を左右に振る。

「とりあえず、一回出すから待ってろ」

「え?……くああああああ!」

健人は、抱え上げた緊縛妻の割れ目に向け、猛烈な勢いで腰を突き上げ始めた。

ぱん！　ぱん！　ぱん！　ぱん！　と連続的な打撃音が広い部屋にこだまし、それに合わせて美人妻の甲高い悲鳴が続いた。

「ああ！　いや！　いや！　だめ！　だめ！」

ちょうど二人の背後にあった大きな姿見に、広げられた股間に濡れ光る怒張が高速で出し入れされるさまが映った。

（わたし犯されてる！……なのに感じちゃってる！）

交接部から愛液がぼたぼたと垂れ落ちる。じゅぶじゅぶと粘液音が響く。

美女看護師は湧き上がる自己嫌悪と、抑えきれない愉悦にむせび泣く。全身にじっとりといやらしい汗をかき、部屋の明かりで肌が鈍く光り始めた。

「ああ！　いや！　だめ！　そこ！　だめ！」

二十五歳の美人妻は、これまでついぞ出したことのない、切羽詰まった、調子の外れたような嬌声を抑えることができない。

「いや！　いい！　そこ！　いいの！」

ぬるん、ぬるんと反り返った剛棒が、さやかの蕩け切った媚肉を容赦なく抉り抜いていく。

緊縛されているのに、あまりにスムーズなセックスなのだ。若妻は動揺が激しすぎて、本来の目的もこの状況も忘れ去った。

紅潮した美貌を仰向かせ、メロンのような乳房を弾ませながら、美人ナースはあられもないよがり声を口走る。

「さやか！……マ×コいい、オマ×コ気持ちいいと言え！」

「いやあ！　だめです！　そんなこと！　ああ！」

大股開きで抱えられた女体が激しく上下されるたびに、美人妻は足先までぴんと伸ばし、必死に全身を覆う快美感に耐える。

「そら、奥まで入ってるぞ！……これがいいのか！」

「入っちゃう！……そんなに入ったら死んじゃう！」

上気した美人妻の表情は絶望的な悦楽に乱れ、ぼうっとしてきたが、秘芯を貫かれると、かっと目を見開いて、絶叫してしまうのだ。

女体が垂れ流す白濁した本気汁の量が増すにつれ、じゅぱ、じゅぱと水音のトーンが変わってくる。

「もうだめ！　だめです！」

抱えられた緊縛妻の肢体が、見てもわかるほど痙攣してきた。

美人ナースは普段の慎み深さを忘れ、淫穴を擦られることで送り込まれる快感に身を浸し、口を開けて喘ぐばかりになってきた。

「さやか！……イクと言わないと、中に出さないぞ！」

「ああいや！　出して！　中にいっぱい出してください！」

他人棒に屈服させられた美人妻は、うろたえたように淫らな求めを口にする。

「そら、一緒にイクぞ！……さやか、ちゃんと合わせろ！」

「は、はい！　一緒にイカせて！……健人さんが出すのといっしょに！」

ぶるぶると震え出した身体を抑えるように、さやかは切ない顔で、義理の従弟を本当の夫であるかのように、ねっとりと見つめる。

なんの抵抗もなく、二十センチの巨根を根元までずっぷりと咥え込んだ美人妻の蜜芯が、ぎりぎりと男を締め上げる。

「くそ、さやか！……出すぞ！」

「ああ、はい！……さやかのオマ×コ、イクの！……イッちゃいます！」

夫にも告げたことのない破廉恥な台詞を吐き散らすと、美人ナースは背中が折れそうなほど反り上がり、全身を痙攣させた。

「イク！　イク！　イク！　イク！　イク！」

人妻の大絶叫が、スイートルームに響き渡った。

その瞬間、さやかの子宮頸部を貫いた健人の肉槍の先端から、大量の男液が直接、子宮内に噴出した。

「ああ！　入ってくる！　入ってきちゃう！」

全身が痺れて感覚がなくなるほどの絶頂感に襲われた若妻は、子宮に直接流れ込む精液の温度を感じ、さらに身体が浮き上がるようなアクメを迎えた。

「さやか！　俺の子を孕め！」

「妊娠させて！　健人さんの子供を産ませて！」

もはや理性を消し飛ばした美人妻は、女の本能のままに、自分を犯している男への服従宣言を、甘い悲鳴のように叫んでしまった。

空中で貫かれたままのさやかは、満たされた表情で、しばらくはがくがくと身体を震わせ続けた。

男が女体を抱きしめるように持ち上げる。

すると、ずるりと抜けた肉棒の形のままに広がった女の空洞から、どぼどぼと湯気の立つようなスペルマが床に垂れ落ちていった。

「ククク……さやか。なんていやらしいイキっぷりなんだ。そんなにマ×コが良かったのか？」

「ひどいわッ……いやらしいこと言わないで……うあッ」

さやかはキングサイズのベッドの上で身体を折り曲げられ、両脚を抱えられて尻を掲げた姿勢のまま、上向いた膣口をずぶずぶと貫かれ続けていた。

後ろ手緊縛された上半身を背中側から抱え込まれ、肩を押さえられて、長大な肉棒で秘穴を突き抜かれるのだ。

「くあああッ……あーーーーーーーッ」

美人妻は全身が痺れてしまった状態が続いており、子宮口を打ち抜かれる瞬間だけ、身体を跳ね上げ、絶叫することしかできなかった。

「だめなのッ……感じすぎちゃって、死にそうなんです！」

さやかはもはや恥も外聞もなく、美しすぎる容貌を歪ませ、巨根の持ち主に許しを乞うしかない。

真っ赤になった顔には冷や汗が流れ、均整の取れた肢体は痙攣を続けている。

「ここがイイのか?」

「だめぇぇ!……突かないでぇ!」

男はにやつきながら、真上から膣道を突き通す。剛棒は子宮頸部をこじ開けるように打ち抜き、そうなると女体は電撃のような絶頂感に痺れ切るのだ。

涙目になった美人ナースは、長い黒髪を左右に振り立て、快楽に潤み切った、必死の面持ちで健人を見上げる。

(どうしてなの……身体が勝手にイッちゃう)

縛られていることで、まったく抵抗ができない。

男にしっかり抱え込まれている肉体は、体内に心棒を差し込まれている状態だと、コントロールが利かなくなっていた。

「だから言っただろ。お前がイケばイクほど子宮が下りてきて、余計に感じやすくなって、より中にぶっかけやすくなるんだ。いまが最高の状態だろ?……俺のチ×ポが、お前の子宮に直結してるんだから」

「ああッ……そ、それは」

羞恥で全身を朱に染めた美人妻は、濃い睫毛を伏せて、唇を噛む。

いままで、身体がそんな状態になったことなどない。

確かに、空中セックスで絶頂させられてから、子宮口にペニスが刺さったままにされ、ずっと下半身が痺れている。

（そ、そうよ……これで妊娠しやすくなるんだから、万々歳じゃない）

そう思いたいのはやまやまだが、夫ではない男にここまで追い詰められ、死ぬほどの快感を味わわされてしまっている。

人の妻としてあってはならない不貞行為に違いない。

「はむッ……あむンッ……くふンッ」

頭の後ろに手を入れられ、頭を持ち上げられて口を吸われた。

膝から腕を外され、左右に開いてしまったしなやかな脚は、すぐに男の腰に絡みついてしまう。

（なんていやらしいの……でもこうしないと、切なすぎるのだもの）

脚を解放されると、腰の密着度が落ちてしまう。

美人ナースは恥じ入りながらも、自ら種付けを求める体位を取らずにはいられない。足首を男の腰の上でがっしりと絡ませ、長棹の挿入をより深く味わう。

義理の従弟が、ディープキスをしながら笑った。

（ああいや！……どうしようもないわたし）

さやかは汗まみれの顔で、目を閉じ、腰を突き上げた。

舌をきつく吸い上げられると、犯されている子宮と口が連動しているように疼き、女裂から粘液が大量に流れ出してしまう。

(どうしてえ……入れたり出したりされてないのに、また感じちゃう!)

「うむッ……ンンーーーーーーーーーーッ」

口を塞がれたまま、再び子宮を肉槍で打ち抜かれ始め、さやかは目を見開いて、健人の口内で甘い悲鳴を上げた。

上から下に、ぱん、ぱんと音を立てながら、股間を叩きつけられる。

合わせ目からは粘液が弾け飛び、貫かれるたびに、美人妻の膣口が男根を締め上げる。

「ぷはあッ……いやあああ!……だめだめ! 感じちゃいます!」

「ククク……もっと感じろ!……お前はもう俺のモノなんだからな!」

縊り出されたGカップ乳が跳ね上がるほど、連続的な深突きを受け、美女看護師は美貌をのけ反らせて甲高い嬌声を上げる。

「いやッ……うあああああああああああああッ」

乳房が押し潰されるほど強く上半身を抱きしめられながら、腰を擦り付けるように動かされた。

ペニスをさらに子宮の奥深くまで挿入され、さやかは絶叫した。

（こんな中まで！……健人さんのアレで犯されてる！）

不貞の肉刀で刺し貫かれ、美人妻は被虐の歓びに身を浸すほかない。

男棒を、自分が脚を絡めて、極限まで入り込むように仕向けているのだ。

「またイッちゃう！……ああン、ずっとイッちゃってるのお！」

「クク……さやか、さっきお前の子宮に流し込んだ精液を、新しい精液で入れ替えてやるからな！」

はっとしたような顔になったさやかだが、すぐに淫情に頬を火照らせた表情になり、濡れた唇を舐めて叫んだ。

「出してえ！……さやかの子宮を、健人さんの精液で埋め尽くしてえ！」

愛する夫を裏切る、破廉恥すぎる言葉を口走り、美人妻は咽び泣きながら、全身をぶるぶると震わせる。

ずんずんと突き抜かれた膣は限界まで陽物を絞り上げ、汗まみれの女体は必死になって、青年のスラストにタイミングを合わせてのたうつ。

「ああ来る！……来ちゃいます！」

大きな瞳を見開いたさやかは、少女のような髪を振りながら、男にすがるような視線を送る。

「そら、さやか、いくぞ！」

「ください！……妊娠させて！……さやかを孕ませて！」

あられもない叫びが、スイートルームにびんびんとこだまする。

絶世の美女妻の痴態に、健人もたまらずに淫らな子壺めがけて埒を明ける。

「イク！……イク！　イク！……イク！　イク！　イク！」

反り返った剛直の先端から、二十五歳の子宮の中へ、どくどくと熱いザーメンが注ぎ込まれていく。

言葉通り、熱流はこれまでの白濁を押し流し、胎盤となるはずの場所までも覆い尽くしていった。

「あ……あ……あ……」

がくがくと震え続ける美人妻は、目と口を開いたまま天井を見上げる。

夫ではない男に抱かれ、高々と掲げた脚を相手の腰にしっかりと絡みつけて、絶頂と背徳の幸福感にいつまでも身を任せ続けているのだった。

「印藤チーフ、そろそろ視察の時間ですが」

「あ……はい」

＊

横浜の海岸部にある、元化会グループ第二本院。

印藤臨大の弟が率いるヘルスケア部門の本拠地だ。息子の健人が病院長となり、四十階以上の高層ビルへの改築を進めていた。

さやかは重い腰を上げ、イタリアの大理石張りの廊下を歩み始めた。

北海道のリゾートホテルでの、狂乱の種付け週間はあっという間に過ぎた。

初めての絶頂を教え込まれてから一週間、ほとんど部屋を出ずに犯され続けた。

(なにをしていたんだろう……わたし)

三日目になってようやく、夜中にバーに連れ出された。

しかし衣装は、古代ローマ時代のトガの変型で、裸身に肩から布地を垂らしてバストトップだけを覆う煽情的なものだった。

上半身は乳房以外があらわになり、下半身のドレープも脚の付け根からスリットが入っているという猥りがわしい、銀色のドレスである。

奥まった座席だったとはいえ、肩を抱かれ、いきなり胸に手を差し込まれた。そして酒を飲みながら乳房を揉まれ、口を吸われるという時間を過ごした。抵抗はしたものの、豊乳を握られてしまうと、腰砕けになってしまった。バーテンが酒を注ぎにきても、真っ赤な顔で舌を吸われたまま、乳房を揉まれている恰好をさらしたのだ。

部屋に帰ってからは、興奮した健人に床で貫かれ続けたのだった。

最終日の夜は、純白の同じようなドレスを着せられ、再びバーに行った。

通りすがりに、健人にサムズアップのしぐさをする外国人が大勢いた。彼らは気づかれたパートナーに尻を蹴られていたが。

同じ座席で、今度は背後から抱かれ、服をずらされて乳房を剝き出しにされた。

必死に抗ったが、口を吸われ始めるとどうしようもなく、片手は股間に入り込んで、陰裂にずっぷりと指を埋められてクリトリスを嬲られた。

結果、乳房を丸出しにされたまま、店で幾度も絶頂させられた。

途中からは男のモノを手でしごかされ、最後に口内に放出された。

(どうしようもない……淫らな女)

帰宅してからは、臨太郎の顔をまともに見られなかった。

夫も気まずいのか、何も言いだそうとしなかった。

そうした苦労が報われるはずだったが、月末には生理が来た。ショックを受けた二人は、黙ったまま、日常生活を続けた。

（一回でできるなんて、そんな甘いものじゃないってわかってたけど）

翌月、さやかは人事異動となり、健人の下で新事業企画室のチーフの職務を与えられた。

再度の種付けチャレンジをするという意味なのか。

臨太郎は口を開かなかったが、人事に特に反対はせず、さやかを打ちのめした。そしてあれほどの凌辱を加えた健人も、知らぬ顔でいた。

新事業企画室に入った美人ナースは、その光景に硬直した。

室員……といえば聞こえはいいが、実際は選び抜かれた美女たちが、みな着替えをしているところだった。

「印藤チーフ、着替えはここです」

誂えられたナース服に着替え終えた若手室員が机の上を指したが、さやかの目はその室員の身体に釘付けになった。

もともとファッションモデルばかりの長身の少女だったが、その体型をそのまま映し出す、ボディスーツのような極薄のナース服だったのだ。

淡いピンク地はいかにもだが、胸から腰、ヒップまで部位があらわになり、まるで布地感がない。

腕は半袖だが、太腿は半分程度しか隠れないミニ丈だ。

「な、なんなの……それ」

「すごいですよね。でも、動きやすいですよ」

さすがにやや顔を赤らめていたが、少女は屈託なく手足を動かしてみせる。

十人ほどいる室員は、ほとんどがその衣装に着替えているため、さやかも仕方なく袋に入ったセットを手に取り、空いていた多目的トイレに入った。

(信じられない……看護師への冒瀆だわ)

美人ナースは顔を紅潮させて、眉をひそめた。

中身はナース服だけではなく、下着まであった。

ほとんどひものようなTバックに、薄いヌーブラのようなブラジャーの着用が前提となっている。

伸縮自在の薄手の生地のため、普通の下着は柄まで響いてしまうのだ。

(なんでみんな着てるの?……おかしいと思わないのかしら)

この空気で、自分だけ拒否するというのも難しい。着任早々、信頼関係を壊すことにもなりかねない。

（でも……ホテルで着たのに比べたら、かわいいものだわ）

毎日、ただの布切れのような服を着せられて犯されていたのだ。

さやかは諦めて着替え始めたが、淫猥な衣装にいつのまにか慣らされている自分にショックを受ける。

（あの前なら、絶対に着なかったのに）

恥ずかしげもなく幾度も絶頂を告げ、射精を懇願していた。

そんな女が多少露出度の高い服に尻ごみするなど、鼻で笑われよう。

（でも、これはちょっと……）

全身にぴったり張り付くような感触に美人妻は驚き、うろたえた。

単に胸や尻が強調されるどころではない。アンダーバストまで隙間なく覆われ、いわゆる服の遊びがまったくない。

（ほんとうに、身体そのままじゃない！）

しかもサイズがぴったりで、違和感がまるでないのがまた憎らしい。室員一人ひとりの寸法がすべて調査されているということなのだろう。

(これはとても、受け入れられないわ)

意を決してトイレを出て、部屋に戻ると、健人が来ていた。

「先生、ちょっとやりすぎじゃない?」

「絶対自分の趣味だって、ヘンタイだわ」

「ゆるせないわ!」

二十歳前後の室員らに取り囲まれ、やに下がっている白衣の男がいた。

それ以上に衝撃を受けたのは、室員たちが馴れ馴れしく、院長である健人に手をかけたり、しなだれかかっていたりすることだった。

(どういうこと?)

あっけに取られていたさやかに気づき、健人はしまったという顔をする。

まるで妻にキャバクラ嬢の名刺を見つけられた夫のような振る舞いに、美女看護師はかっとなる。

「あの、院長……」

「やだー、チーフったら完璧じゃない!」

口を開きかけたさやかを、トーンの高い叫びが遮った。

「ねえ、ちょっと、これはだめよ」

「わたしたち、完全な引き立て役じゃない！」

室員たちが健人を囲む輪を狭め、罵り始めた。狼狽した青年院長はするりと身をかわし、巨大な机の後ろに逃げ込んだ。

「ちょっと待て、なんの話だ」

「見ればわかるでしょ！……チーフの身体が凄すぎて、わたしたちが霞んじゃうのよ！」

「そ、そうか？……いや、そんなつもりは」

あわてる健人は、室員らとさやかを交互に見て、口ごもる。

（そうなのか？……そうか）

青年医師は、不満げな美女らの言っている意味を理解した。

印藤さやかは背丈、胸、腰、尻のバランスが完璧なのだ。よりグラマラスな者も、スタイルのいい者もいたが、どこかに欠点があった。

（参ったな……これじゃあ、連中を敵に回しちまう）

新事業のために、まずは容姿端麗でありながら、対人応対が優れたスタッフを集めた。幾人かは看護師もいるが、大半は夜の女だ。

富裕層の総合的なヘルスケアを請け負うという、高額なサービスの入り口に配置する重要なポストである。

「わ、わかった……変更を指示する。その前に、俺たちはＶＩＰルームの視察があるんだ。話はあとで、あとで、な」

「ずるーい」

指弾の声が飛び交うなか、健人はさやかの肩を抱くと、速足で部屋を出る。戸惑う美人妻を無理やり、引きずるようにエレベーターホールまで連れていき、上階へのボタンを押した。

「そんなつもりはまったくなかったんだが……参ったな、こりゃ」

青年医師は美人ナースに向かって話しかけたが、さやかはそっぽを向いた。

「知り合いばっかりなの？」

エレベーターの中で、美人妻は正面を向いたまま問いかけた。

「幾人かそうだってだけさ……なあ、機嫌を直せよ」

肩にかかった手を振り払い、さやかは義理の従弟をにらんだ。

「わたしはあなたの妻ではありません。公私混同しないでってだけよ」

ちょうど最上階に停まり、美女看護師はさっさとホールに出た。

そこで再び固まった。

（なに……これ）

そこはまるで、紫禁城だった。

衝立、壁の装飾、置かれた花瓶や絵画など、清朝の皇帝が住む場が再現されていた。

「これはなかなかだろ？……でも全部レプリカさ。３Ｄプリンターで作って時代づけをしただけなんだが、最近の技術はすごいな」

仰天したさやかは肩にかかった手を気にすることもなく、部屋に連れ込まれた。

（これは……）

紗のかかった内陣がしつらえられ、巨大な寝台や椅子が配置されている。

周囲には木製の厨子がいくつか置かれていたが、大きさからどの検査装置が内蔵されているのかが、だんだんと見えてきた。

「機械は最新鋭だが、とりあえず見せないようにしている。このほか、ロシアっぽいのや、イスラム風や、ＳＦチックなものも計画している」

「こんなのが、いくつも……」

健人は肩をすくめた。

「まだ検討中だ。健診だけじゃ、これは過剰設備だしな。富裕層の一生のヘルスケアを請け負えるにはどうするか、仕事はいくらでもあるぞ」

（そうだ……叔父様の計画は、元化会をヘルスケア会社にすること）

日本人のきめ細やかなサービス感覚で、医療を提供する。

プライベートジェットで来るような階層の健康管理を丸ごと請け負う。そして廉価版も用意して、準富裕層にすそ野を広げていく。

これはこれで一つの考え方だが、臨太郎の地方医療再生とはまったく相容れない世界だ。それに気づいたさやかは、よろめいた。

「まあでも、お前の仕事はこっちのほうだったな」

「なッ……うむッ」

美人ナースは立ったまま抱きしめられ、口を塞がれた。

男は両手で薄布を突き上げるような臀部を摑み上げ、揉み立てる。さやかは青年医師を突き放そうとしてためらい、腕をだらりと下げた。

くちゃ、ぴちゃと舌を絡め合う濃厚なキスが続く。

美人妻は身体の力を抜き、身を任せながら、腕を健人の首に回した。

「はア……」

男の腕のなか、さやかはぼうっとした表情で唇を舐めた。

「ククク……いつになく素直じゃないか。これからなにをされるか、わかってるようだな」

「だめよ……まだ仕事中なのに」

美女看護師は頰を火照らせ、かすれ声を震わせた。

「寝台の使い心地をお前の身体で試すのさ。これも立派な仕事だぞ」

「くッ……なんていやらしい人なの」

濃い睫毛を瞬かせた美人妻は悔しそうに眉をひそめるが、腕は解かなかった。

（わたしが妊娠できなかったら、元化会の病院はみなこうなっていく……このひとたちの天下になってしまう）

豪華絢爛な特別室を見せつけられ、臨太郎の理想との差に愕然とした。

健人の子を宿し、立場を逆転しなければならない。さやかの中で、それはもはや至上命令といってもいいものになっていた。

卑猥なナース服をまとった美人妻は、巨大な寝台に押し倒された。

布団は金襴の最上級のもので、女体が半ば埋まってしまう。健人は寝具の下に手を突っ込み、黒い麻縄を取り出した。

「どうしてそんなものが……」

にやつきながら縄をしごく義理の従弟に問いかけようとしたが、さやかは諦めたように突っ伏した。準備は整えられていたのだ。

「そら、起きろ」

「ああッ……」

身体を引き起こされた美人妻は腕をねじ上げられるが、無抵抗で首を垂れた。縄が砲弾のように突き出した乳房の周りに掛けられ、二の腕から背中へと回り、きっちりと後ろ手に緊縛されていく。

「ククク……あいつらが言っていたように、お前は最高の身体だな。縄化粧したところも見せてやりたいぜ」

「い、いやあッ……それだけはゆるしてッ」

二人がどういう関係なのか、院内ではただでさえ不審な目で見られているのだ。公然と不倫をしている、と誤解されても仕方がない状況だった。

いやいやをするように、ロングヘアを振った美人ナースを、青年医師は背後から抱きしめた。

「冗談さ……俺のさやかを、そんな目にあわせるわけないだろ?」

（俺のって……子作りのためだけの関係なのに）

美女看護師の心中に、雲がかかるような疑念が湧いた。

先月のセックスでも、度を越した執着を感じた。貪るような、体力の限界を試すような交わりが続いたからだ。

まさか、本当にわがものにしようとしているのか。

健人は上半身を縛り終えると、女体をぐっと抱き込み、ナース服の胸の部分を引き裂いた。

「きゃああッ……なにをするのッ」

「これはもう廃番にするからな。いらないだろ」

男はそう言うと、スカートの部分も縦に引き裂き、無理やり腰の部分まで破く。

「なんてことを!……こんなのおかしいわ!」

わが身に加えられているわけではないが、着ているものを無造作に破られるという暴力に怯え、さやかは縮み上がる。

「これはもちろんいらない」

健人はTバックに手をかけると、ストッキングもろとも一気に引きちぎった。

「いやああッ」

男の腕のなかでのけ反った美人妻は、がくがくと身体を震わせた。

首の部分と、腹回りに少し残っていた生地もすべて剝ぎ取られた。結局は全裸に、上半身縄掛けという状態にされてしまう。

「ひどすぎる……」

真っ白な肩にかかった、少女のような長い黒髪が揺れる。

童顔の小顔に比べ、不似合いなほどグラマラスな肉体が縄で強調され、なんともいえぬエロティシズムを漂わせる。

「お前を妊娠させるために、これほどまでに努力してるんだ。まったく困った女だぜ」

「ううッ……」

それを持ち出されては、一切の反抗ができなくなる。

さやかは屈辱を噛みしめながら、背後で男が服を脱ぎ始める気配を察しても、そのままじっとしていた。

「ああッ……なにを」

健人が、上半身を縛られた美人ナースの腰を持ち上げ、脚の間に無理やり自分の身体を滑り込ませた。そして女体を腹の上に乗せて回転させる。

「うあッ……あうッ」

秘部が腹に張り付いた状態で回され、感じすぎる部位を擦られたせいで、さやかはGカップ乳を震わせて喘ぐ。

「おいおい、もう濡れてるのか？……縛っただけでぐちょぐちょなんだな。もしかして、このスケベなナース服を着てるときからか？」

「ち、ちがうわ」

緊縛された美女看護師はあわててかぶりを振る。

（ああ……本当に濡れちゃってる）

実際は濃厚なキスを受けているときから、秘裂がとろけ始めていたのだ。

「ククク……まあ、舐めてやる手間が省けたな。じゃあ、俺のチ×ポに自分で跨るんだ」

「そ、そんな……」

義理の従弟の卑猥な命令に、美人妻はうろたえる。

すでに、屹立した剛直が尻に当たっていた。しかし、上半身を後ろ手緊縛されている状態で、どうやって挿入すればいいのか。

「そんなのむりよ……」

「ふん。騎乗位で入れたことはないのか？」

「じ、じぶんからするなんて、ありえないわ」

顔を真っ赤にした美人ナースは、艶やかな髪を左右に振った。

「じゃあ、俺がチ×ポを上向きにしといてやる。それならできるだろ？」

「ああ……どうしても、ですか」

屈辱と羞恥に、頬を火照らせ切った美人妻は、恨めしそうに男をにらむ。

「当たり前だろ。そら、早くしないと、俺のが萎えちまうかもしれないぞ」

「ううッ……」

追い込まれたさやかは恥じらいながら腰を上げ、ずるずると後ろに下がる。

「ああッ」

美女看護師は背中を反らせ、縊られた巨乳を震わせた。

剛棒の先端が股間に触れ、敏感な女体がびくりと跳ね上がったのだ。

「おっと、運がいいな……お前のマ×コがちょうどきたぞ。そのまま腰を下ろすんだ」

「くッ……う、ううッ」

亀頭の先が濡れそぼった割れ目を滑り、腰がびくりとする。

義理の従弟の上に跨り、縛められた身体を真っ直ぐに立てた美人妻は、冷や汗を垂らした美貌を紅潮させ、唇を嚙みしめる。

（入ってきちゃう……ううん、自分で入れてる）

自らの意思で、夫ではない男の男根を受け入れようとしている。

「こ、こんな……い、いや」

徐々に腰を下ろしていくと、膣口を限界まで広げながら、太棹がずるずると膣道を割り裂いていくのがわかる。

許されざる背徳と汚辱の感触に、さやかは喘ぐ。

健人が緊縛された美人妻の太腿に手をかけ、一気に引き下ろした。

「いやあああああああああ！」

さやかの肢体が、まるで心棒でも入れられたかのように硬直した。

青年医師の手が引き締まったウエストを摑み、腰を突き上げた。

「だめだめだめ！……イッちゃいます！」

美貌の看護師は甘い悲鳴を上げ、絶頂を告げる。

肉棒に串刺しにされた女体が痙攣し、倒れそうになるところを、健人はさやかの腕を摑んで辛うじて立たせた。

「あ……あ……」

（どうして……中まで突き抜かれただけなのに）

子宮の奥が瞬時に痺れ、絶頂してしまったのだ。

男に跨った太腿から足先までが、びくびくと震えている。青年に摑まれていなければ、そのまま倒れ込んでしまうだろう。

「先がずっぽりはまったんだな。もう子宮を下げてるとは思わなかった。いやらしい女め」

「ちがう……ちがうもの」

全身が既に汗まみれになっている緊縛妻は、力なく頭を振った。

男の指摘通り、ペニスがさやかの性感帯である、子宮口に嵌ってしまっていた。

セックスをする前から、自分の子宮が嬉しそうに男を待ち望んでいたことに、美人ナースは絶望する。

「ククク……このままイキ狂わせてやるからな」

「おねがい……ゆるしてッ……うあああああ！」

哀願する美人妻の身体を持ち上げると、健人は再び膣奥を打ち抜いた。

さやかは豊乳をバウンドさせながら、背中側に倒れそうになるほどのけ反る。

口は半開きになり、ぱくぱくと空気を求めて喘ぐ。

「うう！　ああ！……だめです！　いや！」

健人は美女看護師の腰を回すようにしながら、突き上げ始めた。

縄目を受けた女が前へ倒れそうになると、子宮口を貫いて身体を直立させ、後ろに揺れると、膣の前庭を突いて、前に戻す。

「イク！……いや！　そこだめ！　だめです！」

最初から腰全体が痺れ切り、絶頂状態になっている。

「そこだめ！……だめなんです！　いや！　イク！」

ずんと突かれると、頭がスパークするほどの快感に、あられもない叫びを上げてしまう。ずるんと子宮頸部をこすられると、失禁するほどのアクメを感じる。

(頭がおかしくなっちゃう！……ずっとイッてるの！)

美しすぎる二十五歳のナースは、男の上で面白いように突き上げを受けながら、天井を向いては絶叫する。

「だめえ！　イク！……またイキます！」

挿入を受けている膣からは、白く濁った愛液がとめどなく流れ出し、青年医師の腹まで濡らしていく。

緊縛されたGカップ乳はちぎれんばかりに上下され、充実した腰は中で暴れまわる剛棒をしっかりと受け止め、締め上げるように痙攣する。

(なにこれ!……おかしい!)

達したままで、延々と快感を与えられ続けている。

さやかは自分の身体の淫らさに愕然とし、健人の肉棒との相性がこれほどまでにいいことに、戦慄する。

(こんなことされ続けたら……この人の自由にされちゃう)

美人ナースは真紅に染まった美貌を振り立てながら、懸命に快美感に耐えようとする。そんな様子を見抜いたのか、女体を貫いている健人がにやりとした。

「ククク……きょうから子作り強化月間だ。これからは排卵日と関係なく、毎日お前を抱いてやるからな!」

「そ、そんなッ」

動転したさやかは、無駄と知りつつ、腰の動きを止めようとする。

(毎日?……ああ、そんなことされたら)

これほどの快楽に、抵抗できるわけがない。

青年医師の性格から、どんな場所でも犯そうとしてくるだろう。いずれは不倫セックスの場を見られ、堕落した女として指弾されるのだ。

（あなた！……どうすればいいの？）

「だめえええ！……いや！　イッちゃう！」

後ろ手緊縛された身体を激しく前後させられながら、汗まみれの美人妻は無意識のうちに腰をくねらせ、幾度も幾度も達したことを告げてしまう。

「そら！　そら！」

健人が、無慈悲にも子宮口を撃ち抜くような深突きを連続させ、上半身を縛められた美人ナースをよがり泣かせる。

「く、くやしい！……ああ、またイク！」

さやかは憎き義理の従弟の性技に、心ならずもアクメに追い込まれ、不自由な身体を痙攣させながら悔し涙を流す。

ハリウッド女優にも見劣りしないボディが快感に震え、少女のような美貌が愉悦に満たされていく光景を目の当たりにして、健人も達してしまう。

「くそ、さやか！……お前の子宮を精液で埋め尽くしてやる！」

「ください！……さやかの子宮を、健人さんの精子でいっぱいにしてぇ！」

青年医師は思いっきり突き上げた肉茎の先端を、美女看護師の子宮口に入り込ませ、腰が砕けるほどの快感を感じながらザーメンを放出する。

「あぁいや！……おなかに入ってくる！……熱いの、きちゃう！」

美人妻は小さな頭をのけ反らせ、九十センチを超える乳房を弾ませながら、がくがくと肢体を震わせた。

「ああイク！　イク！　イクの！」

あまりに激烈な快感にさやかは意識を失いそうになり、ふらつく。

健人はあわてて身を起こし、緊縛された肢体を抱き留めたが、美女看護師は、腕の中から飛び出しそうになるほど前後に揺れた。

「ううッ」

剛直が痛いほど締め付けられ、青年医師は顔をしかめる。

体温まで上がってしまったような熱く柔らかな女体から、ようやく震えが去り、健人の胸にがっくりとしなだれかかった。

「さやか、そんなによかったのか？」

美人妻はこくりと頷くと、汗まみれの美貌に、幸せそうな笑みを浮かべた。

「あンッ……もおだめ……汚れちゃう」

豪奢な中国風の寝台を覆う、金襴の布団に埋もれた絶世の美女は、夫の従弟に組み敷かれ、密着する体位で秘芯を撃ち抜かれ続けていた。

さやかのしなやかな脚は、がっちりと健人の腰に絡みついている。

二人はぴちゃぴちゃと口を吸い合いながら、一ミリの隙もなく抱き合い、濃厚な交わりを続けていた。

さまざまな体位でのセックスを経たのち、乱れ切った男女は、後戯のように穏やかに腰をくねらせ合っていた。

「ククク……いくら出されても飽きないようだな、さやか」

「は、はい……」

緊縛ナースは頬を火照らせながら、恥じらいの表情を浮かべる。

すでに二人の股間から腿までは白濁まみれになり、布団まで垂れ落ちたスペルマから強烈な淫臭が漂う。

「毎日、これくらいは出してやるからな」

「ああ……うれしい」

美人妻は義理の従弟の唇にしゃぶりつき、さらに激しく腰をくねらせる。

「今月がだめなら、来月、再来月と続けてやるぞ。覚悟しろ」

「そ、それは……」

さやかは一瞬びくりとし、不安げな顔つきになる。

妊娠が、思っているほどたやすくないということは、看護師として理解している。しかしこのように、夫以外の男と濃厚なセックスを続けていいものなのか。

(どうしよう……でも、ほかに道はないのだわ)

嫌な予感を振り払うように、美人ナースは縊られた乳房を男に擦り付ける。

しかし、臨太郎がいつまで、このような爛れた関係を許容できるのか。

すべてが終わったあとでも、元通りになれるのか。

(だめ……だめよ、いま悪い想像をしていては)

思い悩む美人妻の顔をうかがいながら、いかにも温和な表情を作っていた健人は、内心で快哉を叫んでいた。

(まったく甘ちゃんな、かわいい義姉さんだぜ)

すでにさやかは、見てわかるほどの色気を漂わせるようになっている。

明らかにセックスで変貌したことくらい、従兄は理解しているだろう。

(元に戻れるわけがない。さやかがほかでは決して味わえない快感を知ってしまったあとでは)

「一生、このまま愛してやるからな、さやか」

「な、なにを言ってるの……」

狼狽した表情になった美女看護師は、男に戸惑いの視線を送る。

(悪いな、義姉さん。このままお前は一生、俺のセックス奴隷になるしかないんだよ)

健人は片手をあげ、愛おしそうにさやかの頭を撫でる。

パイプカットをしているなどと、思いもよらぬのだろう。

子ができるはずもなく、臨太郎は後継の座から追い落とされる。

嫁を犠牲にしたのに何一つ得られず、夫婦関係も崩壊するだろう。

そうなれば、追い込まれたさやかを受け止めるのは、自分しかいない。

悪魔のような笑みを浮かべた男は、美人ナースのみっしりした尻たぶを下から回した手で摑むと、腰を激しく律動させ始めた。

特別診療室に、緊縛姿の美人妻が上げる、絶望と歓喜の声がこだました。

Ⅱ

背徳の三角関係
カフェ店員・夏

「ナッツ姫、きょう、上がったあと時間あるか？」

チェーンのカフェ店のバックヤードで棚卸しをしていた制服姿の少女は、いきなり背後から問いかけられたのに驚き、振り返った。

「その呼び方……いいけど、なによ。珍しいじゃない」

そこには同僚で、同い年の原田海斗が立っていた。

アルバイトのカフェ店員である三田夏はコーヒー豆の袋を抱えたまま、ゆっくりと腰を上げると、男の顔を見つめた。

「たまには旧交をあたためないとね」

意味ありげに笑う大学生は、親友の彼氏でもある。

バイトを始めた当初は二人で飲みに行くことも多かったが、お互いに彼氏、彼女ができてからはその機会もめっきり減っていた。

「八時半に、裏口の前にいるよ」

「ちょっと！……わたしも声かけようと思ってたんだけど」

手を上げて素早く去っていった男を、夏はため息をついて見送った。

(想像はついてるけど)

大学や短大が集中する都下の街にある、コーヒーチェーンの店舗。

従業員はブラウンのシャツに、グリーンの前掛けをした制服に身を包んでおり、常に忙しく立ち働いている。

三田夏は店の近くにある短大の二年生だ。

アルバイトを始めて一年近くなる。

同じシフトに入っている海斗は、隣の駅にある四年制大学の二年生で、夏の同級生、能見玲奈の彼氏である。

そして同時期に海斗の同級生、佐藤英介と夏が交際を始めた。

「三田さん、レジ応援お願い」

「はーい」

店内に戻った少女は店長に声を掛けられ、慌てて混雑するレジに向かった。

(ひとの相談とか、本当は苦手なんだけど)

時を同じくして同じバイトに入った夏と海斗は、同い年ということもあってすぐに打ち解けた。

夏休み前にはお互いの親友を呼んで四人で飲み会をした。それぞれがカップルになるという出来事に驚き、みな高揚した。

(あの頃は楽しかったな)

玲奈は最先端の流行に敏感な、いかにも都会の女子大生だ。いつもきっちりと内巻きにした、美しくカラーリングされた髪をなびかせて、短めのスカートで男の視線を集めるタイプだ。

細身ですっきりした顔立ちの、イケメンと言えなくもない海斗とはいかにもな組み合わせだった。

そんな玲奈から泣きつかれたのは、昨日の講義のあとだ。

「海斗くんがよくわからないの」

順調に交際が進んでいるとばかり思っていたので、少女は意表を突かれた。聞けば、デートをしても一向に先に進まないのだという。楽しく会話をして、食事をして、紳士的に送り届けられる。

「いいじゃない。がっつき野郎よりよっぽど」

ただの痴話喧嘩だろうと判断した夏は、面倒くさそうに手を振った。

「最初はそう思ったの。でももう三か月なのに、家に来たいとも言わないの」

「へ……え」

誰に対してもそつのない同僚は、男女の関係もスマートにこなすのだろうと勝手に想像していた。

（意外……っていうか、そこまで知らないか、あいつのこと）

「でも、あたしに言われても」

「冷たいこと言わないでよ……夏のほうが、彼といる時間は長いのよ。仕事仲間なんだからいろいろわかってて、本音で話せるって思うけど」

「うーん」

女子大生は困惑した。海斗のプライベートを、そもそも知らないのだ。

「聞いたわよ、夏の同級生から。高校時代は姉御肌で、チョコが山のようだったって。誰からも頼られる存在だって。わたしの相談も聞いてよ！」

「そうじゃなくて……」

切れて要求を通す友人の悪癖には、対抗手段を持ち合わせていなかった。

長身の夏は、整った濃いめの美貌にショートヘアということもあり、女子校時代は下級生のファンが大量にいた。

姐さんと呼ばれ、男役のような振る舞いを求められるのは本意ではなかったが、一度ついたレッテルは剝がせない。学内ではやり過ごすほかはなかった。

高校を卒業して過去はすっぱり捨てたつもりだったが、玲奈に指摘されたことで、心が少し波立った。

「……わかったわ、あいつと話すから」

女子大生は、両手を挙げて降参する。

面倒を避けたいという性格が顔を出してしまった。

目が吊り上がりかけていた玲奈は、一瞬で笑顔になる。

「けっこう好物件なのよ、あの人。これくらいで見切りたくないわ」

（まさか、海斗のほうから言われるとは思わなかった）

実は夏と英介の関係も、最近は波乱気味だったのだ。

海斗とは逆に、やたらと性行為を求められるのが苦痛になっていた。

家にも来たがり、すぐに押し倒そうとする。

体育会だから仕方ない、などとワケのわからない主張をする。

さらにいえば、したがるわりに乱暴で、すぐに果てるのも失望感を増幅させた。

さほどセックスに執着があるわけでもないが、あまりに見かけ倒しだった。

（救いは、小さくて痛くはないことくらい）

それ以外の部分では好青年に違いないのに、と夏は再びため息を漏らす。

「あいつ、男なんだ。知ってるだろ」

「そんなことないって。気は強いけど……」

海斗の大学のある街の、居酒屋のテーブル席で、二人は飲んだ。

互いに交際相手ができる前は、こうして仕事の後で飲むことも珍しくなかった。男の面を表に出さない同僚は夏にとって心地よかったからだ。

ただ、今日に限っては、二人の間ではないことになっていた男女関係が主題とあって、話は思うように弾まなかった。

シャツ姿の大学生は、いつになく急ピッチでビールを空けていた。

「そうじゃない。可愛く見せるテクには感心するけど、本質は男なのさ。自分でリードしないと気が済まない」

「それって問題発言よ。男女の役割分担の固定、昭和の価値観ね」

「わかったよ、じゃあマッチョイズムでもいいさ……あいつは抱く女であって。抱かれる女じゃない」

「いいじゃない、海斗が抱かれたって。することに違いはないわ」

青年は赤い顔でにらんだ。

「ずいぶんと踏み込むな。じゃあ夏はどうなんだ。英介にはちゃんと抱かれてるのか」

「それは……」

半袖のシャツから出た生腕を抱えるようにした女子大生は、ごまかしきれずに口ごもってしまう。

レモンサワーのジョッキを手にすると、口を湿した。

じっと見ていた海斗は、タブレットで追加注文をする。

「飲み過ぎだよ……あしたの朝、講義、あるんじゃないの」

夏は自分でも皮膚が真っ赤になっていることがわかったが、目の前の男も似たようなものだった。

「別に嫌いとかじゃない。喧嘩もないし、問題ないさ」

少女の諌めは無視して、青年は話を続けた。

「もしかして、女よりも男がとか……あッ」

海斗は、場を和まそうとしてか軽口をたたいた女子大生の腕を摑むと、ぐいと自分の方へ引っ張り込んだ。

いつにない同僚の態度に、夏は怯んだ。

「面倒だから、言うぞ。俺は、本当はお前みたいなおんなおんなした女が好みなんだ。気にしいで、友達思いで、断り切れない」

「な、なにを……」

動転した夏は、至近距離から見つめられて顔がかっと紅潮するのを感じた。

心臓が早鐘を打つように動悸する。

好み、と言われたせいではない。本質を、ずばりと突かれたからだ。

(どうして知ってるの……わたしのその部分を)

しばらくして男子大学生は顔を背けると、手を離した。

女子大生は居住まいを正し、態勢を立て直そうと口を開いた。

「わ、わたしは女っぽいなんて言われたことないわ。高校のときから、姐さんって呼ばれて」

「……周りの評価に合わせてるだけだろ。もう出るぞ」

「あ、ま、待ってッ……」

夏は手首を掴まれて立たされ、会計に向かう同僚に引っ張られるがままに、よろけながらついていってしまう。

(なんで見抜いてるか教えてよ……)

いつになく強引な男の態度に、従わされてしまう。

それ以上に、押し隠してきた自身の本性をずばりと指摘されたことに、動揺が収まらない。

女子大生は夜道で手を引かれながら、思いを反芻していた。

「ねえ、どうする気なの？」

問いかけても青年は無言で、歩いていく。

「な、なに……ここ」

夏は目を見開く。

こんな場所に、と学生たちが笑っていたタワーマンションの前にいた。

海斗は無言でカードキーをかざして木製の自動ドアを開けた。

もの問いたげな女子短大生の腕を掴んだまま建物に入り、エレベーターに乗り、階表示に再びカードをかざすと最上階を押した。

表札に「ＨＡＲＡＤＡ」とある巨大な扉が開かれても、夏は動けなかった。

あまりの意外さに加え、男の強い意志を感じて抗うことができなかったのだ。

「あ、靴が」

少女は玄関から部屋に引き込まれる。

その際、靴を脱ぎきれずに散らばってしまったことに、声を上げた。

これまた巨大なリビングにあるソファに、ジーンズ姿の女子大生はそのまま突き飛ばされ、青年は上からのし掛かった。

「知らなかった。ほんとうのお坊ちゃんなの？」

両腕を背もたれに押しつけられたまま、夏は問いかけた。

暴れるでもない少女から、真っ直ぐに見つめられた海斗は、さすがにひるんだ様子を見せ、手を離して横に座った。

「なんだよ、それ」

「……わたし、英介と別れるつもりはないよ？」

男のほうを向いた女子大生に、青年も顔を向ける。

「俺もいまは、玲奈とどうこうという気はない」

「なら、どうして？……酔った勢い？」

大学生は改めて身体を起こし、夏の柔らかな頬に手を当てた。

「抱いてから、教えてやる」

「そんな勝手なッ……あむむッ」

ぬめっとした唇で、口を覆われたかと思うと、アルコール臭とともに舌が口内に侵入してきた。

夏は手を男の胸に突いて離そうとするが、後頭部を抱え上げられ、持ち上げられるように肩を抱かれると、きつく舌を吸われる。

(こんな強引なヤツだったの？……ああッ)

女子大生はいつのまにか、ソファの上で正面から抱き締められ、上半身を抱き起こされ、様々な方向からディープキスをされながら、舌を玩弄されていた。

「はむッ……あむンッ……うむむッ」

両腕もろとも抱き締められていて、手で青年のシャツを引っ張るくらいの抵抗しかできない。

ジーンズの両脚は開かされて、その間に海斗の腰が入り込んでいて、身動きできない。デニム越しに鋼鉄のような感触がわかった。

(なんていやらしい舌遣いをするの……)

息が止まりそうなほど舌を吸われたかと思うと、息継ぎの間にはちゅぷちゅぷと舌を出し入れされ、唇の裏や口蓋、舌裏まで舐め尽くされる。

「あふうッ……はむンッ……いやあンッ」

親友のような同僚の変貌に、心臓の鼓動が激しくなる一方だ。

男ならそれくらいのことはあるだろうとやり過ごすつもりだったが、いつ終わるとも知れない口吸いに、徐々に動揺が大きくなっていった。

（なにこれぇ……いつまでするの）

最初は抵抗していた美人女子大生だったが、男のあまりの執拗さに身体から力が抜け、存分に舌をしゃぶられるままになってしまった。

（ああなにこれ……どうしよう、わたし）

何分キスをされていたかわからないが、夏の口の周りは唾液まみれになり、息がすっかり上がって、はあはあと喘ぐばかりになった。

「夏、やっぱりお前、かわいいな。もうすっかり女の顔になってるぞ」

「み、見ないで……そんなことないもの」

同僚の男がにやついているのがなんとも憎らしいが、美少女は自分の顔が火照っていて、身体もぐんなりとしてしまっているのは自覚していた。

（こんなテクニックがあるやつだったの？……わたし、太刀打ちできないかも）

女子大生は、にわかに雲行きが怪しくなった成り行きに、動悸を抑えられない。

「素直になると、全然強気な顔じゃないな。俺はわかってたが」

「か、勝手に決めないで……うむッ」

しなやかなショートヘアに手を差し込まれ、仰向けにされた美貌から口を突き出すような恰好にされているため、すぐに口を吸われてしまう。

（どうして……舌で口の中を探られてるだけなのに）

ぬるぬるの粘膜を互いに擦り合わせるだけなのに、頭の芯がじーんと痺れてくる。男と口を一体化させる行為の淫らさに、美人短大生は気が遠くなるほどの羞じらいを感じてしまっていた。

「あぷッ……はあぁッ」

「夏、やっぱりお前は女そのものなんだよ。されればされるほど、綺麗になっていくぞ」

「それが先入観なんだってば……そんなことないッ」

男の低音で囁かれ、耳孔に舌を差し込まれてねぶられると、背中にびりびりと電流が走る。

「こ、こんなのいやらしすぎるわ……海斗がこんな人だったなんて」

上気しきった顔で、自分をいたぶっている青年を見上げた美少女は、悔しそうに唇を噛んだ。

「俺も、お前も互いに誤解してたのさ。横で見ていて、夏が姉御肌でもなんでもないことはすぐにわかった。むしろ、男に組み伏せられて、どろどろに陶酔したいタイプだって」

「違うもの……わたしは」

どきりとした夏は、うろたえたように脇を向いた。

「そして俺は、意のままにできる相手じゃないと燃えない。玲奈は横に置いてみんなに見せる女としてはいいが」

「そんな言い方……あの娘に失礼よ！」

親友をアクセサリー呼ばわりされ、さすがに女子大生もかっとなる。

「お前だって英介は好きなのに、身体の相性は悪いんだろ？」

「それは……」

指摘に詰まってしまう夏を、海斗はうれしそうに見つめる。

グラマラスといっていい身体は、Ｆカップはある乳房にくびれた腰、ジーンズに包まれたむっちりした太腿がひどく煽情的だった。

ただ、いつもの戦闘的な面貌からは信じられぬほど気弱な顔つきだ。

きりりとした眉はひそめられ、大きな瞳は潤みきって、あご下程度の美しい髪がいまは乱れている。

ふだんであれば近寄り難いほどの、颯爽とした容貌であるのに、快感と羞恥に曇った女っぽい表情がなんとも悩ましい。

(思った通りの、しとやかな女じゃないか)

実を言えば、夏の本質など見抜いてはいない。

彼女がロッカーに手帳を忘れて帰ったのに偶然気付き、罪悪感に苛まれながらも、日々の日記のような書き込みを見てしまったのだ。

内容は意外にも自省や煩悶、繰り言ばかりで、自己評価の低さが目についた。

持って生まれた容貌のせいもあって、必要以上に強い女を演じていることが明白だった。

(こんなヤツだったなんて……なんて可愛いんだ)

以来、美人短大生がふとした時に見せる、傷ついたような表情に注目した。

親友の英介に先を越されたのは想定外だったが、海斗は逆に生来のサド的な性向をより刺激された。

玲奈の存在も、背徳的な関係を際立たせる絶好のスパイスとなった。

「お前、なんとかっていう若手女優みたいだな」

「なにを言って……ま、待ってぇ」

海斗は片手で夏のシャツのボタンを外し始めた。

狼狽した女子大生は抗うが、途中でキスをされて抵抗を弱められては脱がされ、すぐに上半身を剝かれてしまう。

「ず、ずるい」

「あの女優は貧乳だったが、お前はでかいな、最高だぜ」

「く、くらべないで……」

両手を押さえつけられ、真っ白なFカップの豊乳を丸出しにされて夏は紅潮した顔をぶんぶんと振る。

「胸くらい、いつもあいつに見せてるんだろ？……なにが恥ずかしいんだ」

「彼はそんなにしつこく見たりしない……あはあッ」

大学生が既に硬くなったピンク色の乳首をきつく吸い上げると、美少女の肢体がのたうつ。

「いい反応だな、夏」

「いやあッ」

日常、見慣れている同僚の裸が目の前にあるのは、刺激的な光景だった。

海斗は舌を震える胸から腹に這わせ、臍に差し込んで舐め上げる。

「うあああッ……ダメッ」

荒い息をつき、乳房を突き上げて喘ぐ二十歳の肌は、汗でじっとりと濡れ、卑猥に光り始めていた。

「おおっと……夏、下がひどいことになってるぞ」

「え？……いやああッ……見ないでえ！」

夏は言われて身体を見下ろすと、悲鳴を上げた。

大学生の腰がぴったりとつけられ、開脚させられた美少女の薄いブルーのジーンズの股間は、黒く染みになっていたのだ。

「濡れすぎだぞ、夏。いつもこうなのか？」

「違うッ……そんなことないッ」

羞恥の余り、全身を紅潮させた美人女子大生は、顔を仰向けて震えた。

（こんな……こんなわけない……こんな濡れちゃうなんて）

英介とのセックスでは、前戯もそこそこに挿入されていたため、濡れる暇など与えられなかった。

自分の身体がこれほど淫らであることを初めて知り、夏は打ちのめされる。

「まあ、女としては最高の資質だからな。自信を持っていいぞ」

「ひどいわ……」

どちらかといえば草食系にしか見えない海斗が、まるで手練れのナンパ師のような口の利き方をすることにも、美人短大生はショックを受ける。

「こりゃ全部洗濯して、乾かさないとな。おい、あしたは自主休講だな」

「そんな……ああ、まって」

衝撃を受けた夏は、男のなすがままに服を剝ぎ取られていく。

抵抗も鈍く、ジーンズも尻から一気に引き抜かれた。ソファの上で素裸にされても、身体を丸めて震えるばかりだった。

「あッ……」

大学生は美少女の肢体を、優しく抱き締めた。

びくりとした夏だったが、海斗が急がないことを察して、やや力を抜く。

「お前……お前って言っても怒らないんだな」

「それは……」

女子短大生は、そこは自分でも意外だった。

普段なら、性差別主義者と指弾してしまうところだが、海斗の言葉には女性蔑視の意味はないことはわかっている。

「お前のことをじっと見ているうちに、どういうやつなのかわかったのさ。もしかすると、本当に愛してるせいかもしれない」

「う、うそッ」

横から夏の首筋が赤くなったのが見え、青年は罪悪感を覚える。

しかし、自分がいま抱きしめている肉体のあまりの素晴らしさに、海斗はもはや立ち止まることができないと悟っていた。

(別に丸っきりのうそじゃないさ……自分でも、そんな気がしてきたぞ)

「……玲奈が、惜しいっていう意味がわかったわ。海斗ってお金もちで、プレイボーイなんでしょ」

「なんだよ、プレイボーイって。死語じゃないのか」

落ち着いたのか、ようやく反撃に出た夏の口調に、力が戻ってきた。

「こうやって、いろんな娘を連れ込んでるんでしょ」

ショートヘアは汗の湿気のせいなのか、自然なウェーブを描き始めていた。

青年はよけいに若手女優に似てきた女子大生を宥めるように、髪を撫でる。

「んなわけないだろ……それなら速攻で玲奈を抱いてるさ」

「それもそうか……じゃあなんでわたしに?」

「気張って、さばさばを装ってるお前が、どこかで泣いているような気がした
……そう思ったら、無性に抱きたくなったんだ。こんな風に連れ込んだのはお前

が初めてなんだぜ」

そう言ってぐっと抱きしめると、美少女の身体の芯から、こわばりが解けるのがわかった。

(悪い、夏。でも、必ずお前をイキ狂わせてやるからな)


カフェ店員の三田夏は最初、海斗の広大な部屋のなかを裸で逃げ回った。

しかし徐々に追い込まれ、ウオークインクローゼットに追い詰められ、絨毯の床に押し倒された。

「ううッ……あーーーッ」

そのまま、両脚を取られて広げられ、いきなりクンニリングスを受け続けていたのだ。

シャワーも浴びずに股間を舐められ、最初は抵抗したが、じきに諦めた。

顔を手のひらで隠してはいたが、男に大きく開かされた脚はそのままで、秘豆をしゃぶられるたびに絶叫し、腰を突き上げてしまっていた。

「ふふ、夏。クリ舐めが大好きになっただろ?」

「いやあッ……そんなことないッ……だめえええええ!」

陰核突起を男に舐められるのが、これほど気持ちいいとは。

美人短大生は最初、恰好の恥ずかしさに身体が硬直してしまっていたが、包皮を舌でずらされて芯を吸われた瞬間、我を忘れた。

(こんなふうにされたら……どうかなっちゃう)

英介は指で乱暴に愛撫するだけだったが、海斗は時間をかけ、優しく緊張をほぐしながら、美少女を絶頂に追い込んでいった。

夏は動揺しながらも、男に身を任せる歓びに浸ってしまう。

「いやンッ……いやあンッ」

いつのまにか、これまで出したことのない可愛らしい声で喘いでしまっている。

(わたし……こんな声を男のひとの前で出せるの?)

AVなどみな演技だと思っていたが、自分もそれほど大差なかった。

恥ずかしい場所を男に任せるという行為が、被虐の歓びを生むことを知った。

そして、卑猥な嬌声を上げるほど、感度が増していくのだ。

「夏、お前のマ×コから、どんどんいやらしい液が出てくるぞ」

「変なこと言わないでぇ……」

海斗の舌が、秘芯をずぶり、ずぶりと貫く。

いつのまにか腰を抱え込まれて持ち上げられ、男の口は股間全体を覆っていた。まるで自らの意思で脚を開き、秘部を捧げているような姿勢に、美人短大生は恥ずかしさで頭の芯までぼうっとしてくる。

(でも……あそこが痺れてきちゃってる)

「ああッ」

顔を隠していた両手を取られ、床に押し付けられた。

すでにボクサーブリーフ一枚になっていた海斗がのしかかってきた。開いたままの股間に、がちがちに硬くなった男の股間が当たる。同僚は夏の上から、上気した美貌を見つめる。

「ほ、ほんとにするの?」

「嫌なのか?」

カフェ店員の秘割れは口唇愛撫によってじゅくじゅくに濡れており、おそらくあてがうだけで入ってしまうだろう。

「いやっていうか……」

美人短大生は、ここまで乱れさせられて、拒むのも違う気がした。

連れ込まれるまでに、いくらでも逃げる機会はあった。黙って従ったのは、自分にもその気があったからかもしれない。

（英介に申し訳ないわ。でも、きょうはそうなっちゃう）

「それともう一つ。生でいいか？……病気じゃないことは保証する」

「えッ……」

夏は動揺し、固まった。

（まさか知ってる？……ううん、そんなわけない）

実は英介の性急な求めに不安になり、生理不順を理由に低用量ピルを処方してもらっていたのだ。

もちろん黙っていたので、常にコンドームはつけさせていた。

（あいつともしたことないのに、海斗には許すの？）

「どうして？」

「実は……あまり合うサイズがないんだ。見せるぞ」

そう言うと、大学生は中腰になり、ブリーフを脱ぎ捨てた。

「きゃあッ……なにそれ」

乙女ぶるつもりはなかったが、目の前に出現した海斗の股間のモノを見て、少女は悲鳴を上げてしまった。

腹につくほど猛り立った肉棒は、尋常ではない長さがあった。

「もちろん、つけるべきだとはわかってる。でも、きょうは夏が欲しいんだ。我慢できそうにない」

「そう……」

女子大生はその巨大なペニスから、目が離せなくなってしまった。

（あんなの、入るかしら……それより、どうなっちゃうんだろ）

尻ごみするほどの巨根には違いない。ただ、太さはそこまでない。

不幸なのか幸いなのか、セックスの痛みはよく知っている。それに比べれば、アレは許容範囲な気がする。

（海斗だったら、すごくうまい気がする）

あれほどの長さで突かれたら、どうなってしまうのだろう。

夏は急激に興味が湧き、同時にすぐ恥じらった。

「いいよ……じ、実は……ピル飲んでるから、大丈夫」

「ええ？」

海斗は驚いたふりをするつもりが、本当に驚いた。

なし崩しで押し切るつもりが、自分から言ってくれた。

日記を読んで服用を知り、これ幸いと生セックスに持ち込む計画だったが、夏から言い出されるとは思いもよらず、青年も動揺する。

(参ったな……でも、それだけ信頼されてるってことだよな)

羞恥で頬を真っ赤にした美少女は、見つめられると目を伏せてしまう。大学生に残っていたわずかな良心が、ちくりと痛む。

「ありがとう……うれしいよ、信頼してくれて」

青年は、美人短大生に顔を寄せ、唇を重ねる。

解放された少女の腕が、男の首に絡みつくと、すぐに二人は舌を絡め合い、唾液を交換し合う激しいキスを始めてしまう。

自然に脚を開いたところに海斗の身体が入り込み、股間が密着した。

「あうッ」

長すぎる剛直の先端が秘芯のあたりを叩き、夏の身体がびくんと跳ねる。

「あ、悪い」

「ううん」

かぶりを振った美人短大生は男の凝視に気づき、動きが止まってしまった。

見つめ合ううちに、言葉を失い、息遣いが荒くなっていく。

「挿れるぞ」

視線が揺れ、動揺した表情を見せた女子大生だったが、わずかに頷く。

(ごめんなさい……英介)

彼氏への後ろめたさを押し隠し、観念したように瞳を閉じた美少女を見下ろしながら、海斗は勝利感に浸る。

(悪いな、英介。こうなっちまったものは仕方ない)

他人の彼女である絶世の美少女を全裸にして、組み敷いている。

夏をわがものにできたことが信じられず、大学生は頭がくらくらしてくる。

獲物を逃さぬよう、ゆっくりと腰を進めた。

「あ……くッ」

熱くぬかるんだ女裂を割り裂くように、ぬるんと亀頭が入り込んだ。

(男のひとの形がわかる……こんなの初めて)

「大丈夫か?」

紅潮した美貌をゆがめた美人短大生は、心配そうな男に笑みで答える。

「へ、へいきよ……優しいのね」

「痛かったら言うんだぞ」

「う、うん」

素直に答えてから、夏は顔を赤らめた。

(なにこれ……まるで初めての娘扱いじゃない)

まるで子供扱いだ、とは思ったが不思議と腹が立たない。

「う……あ……あああッ」

ずぶ、ずぶ、と自分の膣を、鋼鉄のように硬い肉槍が進んでいく。

美人短大生は、大きく開いたままの股間を串刺しにされてしまう無力感に、逆に悦びを感じていることに気付き、焦った。

(征服されてる……こいつに服従しちゃってる)

上半身を抱き締められ、バイトの同僚に至近距離で顔を見つめられている。

どろどろに溶けてしまっている性器を、男に貫かれるだけで、脳髄が沸騰しそうなほどの快感を覚えている。

「だめえ……」

甘えるような、恥ずかしい声が出てしまう。

いつもなら、乾いた空隙を突かれている、ただの作業だった。

しかしいまは、ぬるぬるになった膣道をみっちりと埋められ、そして自分の膣襞が、ペニスにすがりつくように絡みついているのがわかる。

(わたし、すごくいやらしくなってる？)

彼氏の親友とセックスをしてしまっている。

その後ろめたさが、真面目な夏の倫理観を追い込んではいたが、肉体はそれとは裏腹に、明らかに過剰な適応を見せていた。

(あいつが乱暴なセックスしかしないのが悪いのよ……海斗がこんなに気を遣ってくれてるのに)

「あッ……あーーーーーーーーーーーッ」

美人カフェ店員の甲高い絶叫が、ウオークインクローゼットに響き渡った。

なんとか自分を納得させようと、思い悩んでいた美少女の蜜穴を、大学生の長棹が一気に撃ち抜いたのだ。

亀頭の先端は軽々と子宮口を越え、ずるんと子宮内に到達した。

「だめ……だめ……だめ」

Fカップの美しい乳房をぐんと反らし、火照り切った美貌を仰向けた夏は口を開け、痙攣しながら深すぎる挿入に耐える。

開かされた股間には男の腰が密着し、はかなく震える。

「痛いのか？」

そう言われてからはっと気付いたが、ありえない場所を犯されたショックであって、物理的な痛覚はないことを悟った。

美人短大生は、腕をしっかりと同僚の首に絡ませたまま、かぶりを振る。

「だいじょうぶ……みたい」

「そりゃよかった。だめなやつは全然だめなんだ」

「えッ……やっぱり……海斗、遊び人なんじゃ……うぷッ」

追及しようとした女子大生の唇が、大学生に塞がれる。

（ずるいッ……）

「ンむッ……ンンンーーーーーーーーーーッ」

海斗を睨み付けようとした夏だったが、ずんと子宮頸部を貫かれ、全身を反り返らせて口内で悲鳴を上げた。

「も、もう！……ごまかしてるッ……うあああッ」

大学生は、女子大生の身体をしっかりと抱き締めると、蕩けきった淫裂をずるん、ずるん、と貫き始めた。

「ああ！　だめ！　入っちゃう！……奥がこすれちゃう！」

摩擦係数がゼロになるほど濡れきっている夏の膣が、海斗の肉棒を面白いように呑み込んでいく。

（最初っから、なんでイイの？……あたし、おかしい！）

上向きに湾曲した肉刀が膣襞を抉り、美人カフェ店員の子宮口を撃ち抜く。狭すぎる入り口を突破されるごとに、美人短大生は甘い嬌声を上げる。

「夏、お前、いやらしいな……こんな簡単に入るやつ、いないぞ！」

「いや！　いやあ！……ひどいわ！……あああ！」

海斗から耳元で、淫らさを責めるような言葉を吐かれる。

美人短大生は屈辱に震えると同時に、背中にぞくぞくとするような電流が走ってしまい、腰を突き上げてよがり声を上げてしまう。

抱き締め合った身体はぴったりと密着し、汗まみれになって滑り始めた。

（あたし、なにしてるの……彼氏でもないのに、こんなにくっついて、ぐちゃぐちゃになっちゃってる！）

男のカチカチになった性器で秘裂を突き抜かれる。

夏は腰を上げ、足首を海斗の太腿にかけて、さらに深く入るようにする。すると、突かれるたびに、腰が痺れ切るほどの快美感が全身を襲う。

「そんなに俺のものが欲しいのか？……エロい恰好しやがって！」

「いやあ！……そんなことないもの！……だめええ！」

否定はしていても、絡んだ足首は男から離れない。

「あン！　だめ！　だめえ！」

ショートヘアに包まれた、整いすぎた美貌は淫情にまみれ、口が半開きになって、猥褻な喘ぎを漏らしてしまう。

「くそ、夏……お前、すごい締め付けてくるぞ！」

「うそ！　そんなことない！……もうだめ！　だめなの！」

あまりの快感に、女子大生の全身が震えだしている。

女優のような美貌はゆがみ、唇は濡れ、むっちりした腰が勝手にグラインドしている。

海斗は腕を美人短大生の膝に絡めると、ぐいと引っ張り上げた。

「ああいや！……いやあ！」

美少女の尻が浮き上がり、秘芯が上向きになって結合部が丸見えになる。

大学生はスラストを止め、まんぐり返しの体位にされて震える夏に囁きかけた。

「そうら、お前のマ×コにずっぽり入ってるだろ？……それに、お前のいやらしい汁でチ×ポが真っ白になっちゃってるぞ」

「いやああ！」

腹が折れ曲がるような姿勢で、結合部を見せつけられた女子大生は、ぶんぶんと頭を振った。

（なんていやらしいの……あたし。あいつとのセックスでこんな風になったことないのに）

自分の割れ目がひくつき、海斗の男根をしっかりと喰い締めているのがわかる。そして自分から出た粘液のせいで、股間まで白濁してしまっている。夏はあまりの恥ずかしさに気が遠くなりそうになる。

「夏、お前のマ×コが良すぎるから、こんな風になっちまった……これからもっといやらしい女になるように、調教してやるからな」

「だめぇ！……そんないやらしいこと、言わないでぇ！」

同僚に猥褻な言葉で責め立てられているのに、ヴァギナがじゅくじゅくに濡れてくる。美人カフェ店員は打ちのめされ。荒い息を吐くほかない。

「こんなに締め付ける女も初めてだ……お前、いい嫁になるぞ」

「いやあ！……いやよ！……ああでも、イイの！」

腰の深奥まで撃ち抜かれるような突きが再開され、夏はFカップ乳を震わせて甘い叫び声を上げ続ける。

（もうどうしようもない……こいつにいいようにされちゃう！）

美人女子大生は、生まれて初めての激烈な快感に咽び泣き、腰を突き上げ、大学生の首根っこにしがみつく。

「夏、なかに出していいか？」

「ああ！……そんなッ」

美人短大生はさすがに動揺し、視線を宙にさまよわせる。

これほどの快感を与えられているとはいえ、交際している男ではない。

彼氏どころか、まだ生涯で一回も許したことのない、初めての体内射精を、セックスフレンドから受けるのか。

「だめ！……だめだって！」

「なんでだよ！……心配ないだろ！」

男も、興奮に目が血走っている。紳士的な海斗でも、こうなってしまうのか。

（たぶん、抵抗できないわ……もうだめ）

「だってぇ！……こんなの、いけないわ！」

「夏、我慢できないんだッ……たのむよ！」

大学生は、倫理観と快楽の間で揺れ動く女子大生の腰をさらに上向かせ、びたん！　びたん！　と叩き付けるような抽送を始める。

「あん！　いやン！……ずるいッ……だめええ！」

顔を真っ赤にして、汗をじっとりとかいた美人カフェ店員は、うわごとのように喘ぎ声を漏らしながらも、男を抱き締める手は緩まない。

蛙のように大開脚され、足先もぴーんと伸ばしたまま、海斗の激しいスラストを受け止める。

「夏、出すぞ！」

「いや！　いや！　いやあああ！」

大絶叫した美人短大生は、美乳を震わせながら、脚をさらに高く掲げ、大学生の腰に絡みつけた。

「夏、愛してる！」

「わたしも愛してる！……イッちゃう！」

恥ずかしげもなく、同僚に裏切りの愛を告げた二十歳の美少女は、男に身体をしがみつかせ、調子の外れたような嬌声を上げた。

海斗の長大なペニスの先端から、夏の膣穴へ大量の精液が噴射された。

「ああ、熱いのきちゃう！……イク！　イク！」

美人カフェ店員は、子宮で生のザーメンを受け止めたことで、あり得ないほどの快感の高みに昇り詰めていく。

しなやかな肢体はがくがくと痙攣し、膣壁は脈動する肉棒をきつく締め上げ、残った白濁を絞り出していく。

海斗は、愉悦に呆然としている夏の唇にキスをした。

美人短大生は目を閉じ、目の前の現実から逃れようとするかのように、いつまでも男の口に吸い付いていた。


「ああン……海斗がこんなにいやらしいなんて、知らなかった」

「それはこっちの台詞さ。お前が、本気で俺を受け止めてくれるなんて。本当に嬉しいよ」

夏は困惑した顔つきになったが、すぐに海斗の口に吸い付いた。

そして、腰を自分で上下させ、男の剛棒を自分の女裂で根元まで呑み込んでは、ずるずると抜き上げる動きを再開した。

二人はウオークインクローゼットから寝室に移動し、ベッドで交わり続けた。女が中出しを許し、男が体液による汚れを気にしないと、どれほどまでセックスの自由度が増すのかを、海斗と夏は思い知った。

いつでも挿入ができ、なんの準備も処理も必要なく、達することができる。後背位から側位にかわり、騎乗位を経て、いまは女が男に跨がって身体を密着させる、最も長続きさせやすい体位になっていた。

「俺たちすごいな。いつまでもセックスできそうだ」

「ああン……いや」

大学生の言葉に頬を真紅に染める夏だったが、同じ気持ちだった。

彼氏に身を委ね、愛撫の巧拙や演技の上手下手を始終気にしているセックスとはまったく違っている。

嫌なことははっきり言い、して欲しいことを口にする。

身体だけの関係と割りきった交接の、なんと自由なことか。

(ほんとうに割りきってる？)

美人短大生はそこまで考えたところで、ぎくりとする。

英介への気持ちが大きく揺らいでいるわけではない。

海斗はイケメンだし、嫌な部分もない好男子だが、恋情がわいたかと言われると、そこまでのことはない。

「あンッ……ま、また出すの？」

下になった青年が、夏の尻たぶをつかみ、突き上げのスピードを速めてきた。すでに幾度も膣内射精を受けている女子大生は、男が限界まできて、達するタイミングを習得しつつあった。

「お前のマ×コが良すぎるんだよ……こんなにきゅんきゅん締めるなんて、中に出して欲しくてわざとやってるのか？」

「ち、ちがうわ……そうなっちゃうんだもん」

女優のような美貌を赤らめ、美人カフェ店員は恥じらう。

「尻もむっちりと大きくて、突きがいがあるんだよ」

「ひどいわ……気にしてるのに」

男に臀部の表面を撫でられ、夏はきっとにらむ。

「ほめ言葉だよ。尻のでかい女が嫌いな男なんていないからな」

「もうッ……あああンッ」

ふくれたところで、膣をずんずんと突き上げられ、美人短大生はすぐ腰砕けになる。切なさのあまり、キスをしながら、腰をくねらせる。

（なにをしてるの……たった数時間で、こんな風になっちゃった）

友人から、彼氏と旅行に行って腰が抜けるまでしたなどとのろけられても、話半分くらいに聞いていたが、本当だとわかった。

（いくらでもできちゃうかも）

「あくそ、夏、出すぞ！」

「あ、待ってえ……」

急にスラストのスピードを上げられ、達するのが遅れそうになり、女子大生はうろたえる。

（なに慌ててるの……別に一緒にイカなくたって）

「……うッ……あああ！」

深い部分までずんと突かれ、熱い男液を子宮口に浴びせられた瞬間、夏の身体が硬直し、一気に絶頂した。

「ああどうして！　イク！　イク！　イッちゃう！」

突然の絶頂に、心臓がばくばくと鼓動し、全身が痺れてしまった。

美人短大生は、男に跨がったまま、弛緩した。

「なんで……」

動揺した夏の頭を海斗は優しく撫でる。

「一緒にイッてくれるとは思わなかった。嬉しいよ」

「そ、そんな」

美人カフェ店員は、するごとに淫らになっていく自分の肉体に翻弄され、不安に苛まれていく。

(こんな風にされて……好きになったらどうするの?)

英介と、玲奈の顔がよぎる。

女子大生は不吉な予感を、頭の中から懸命に振り払った。


「原田、休憩入ります」

「おう、ご苦労さん……夏のシフトは三十分後だから、見かけたら注意しといてくれ」

「うぃっす」

カフェ店員は早足でバックヤードに向かおうとして、ぎくりとする。

「れ、玲奈」

女子大生らしいポロシャツに巻きスカートという恰好で、店内でも際立っていた少女が、カウンター越しに手を振った。

「海斗、休憩なんでしょ？……時間ある？」

「あー、その、三十分後なら」

「そうなの？……ああ、そうか」

独り合点した様子の女子大生に、青年は動揺を隠せない。

「夏がそれくらいにシフト入るでしょ？……ちょうどよかった」

「ちょうど？」

冷静を装った大学生だったが、手のひらにじっとりと汗をかいていた。

「あれよ、今度の旅行先決めてさ、そのまま夏に伝えればいいじゃない」

「あー」

ほっとした男は、間の抜けた声を出してしまった。

夏と身体の関係になった海斗は、否応なく玲奈とも同じように付き合わざるを得なくなった。

結果、玲奈の機嫌は直り、交際も順調だ。

夏も、英介をうまくあしらえるようになり、波風は収まっていた。

とはいえそれは表面上のことで、海斗と夏はバイトのシフトを増やし、それを口実に交際相手との時間を減らした。

そして二人は互いの相手の目を盗んで、夜も日も明けずに交わっていた。

さすがに部屋は危険が大きいためラブホテルを多用したが、気兼ねなくプレイができる効果もあって、セックスはさらに激しさを増していった。

日に日に二人の関係は濃密さを増し、並行して悩みも大きくなった。

当初は気楽に、愛してるだの、好きだのを連発していたが、徐々に、そのように気持ちを表す言葉が減っていった。

後ろめたさから、互いの彼氏彼女との交際により気を遣うようになり、それぞれ、円満な恋人関係が固まってしまっていたのだ。

玲奈が店に現れたのも、次の休みに行く温泉旅行の相談だろう。

場所が決まったら、夏と英介のカップルも誘おうと言い出していた。

(どんどん泥沼にはまっていくな、俺たち)

自嘲しながら、バックヤードに向かった海斗は、裏口を出て、多目的トイレと並んだ、「故障中」と札の下がったベビールームのスライドドアを開けた。

後ろ手に、ドアのロックをかける。

上気した顔の、カフェの制服姿の夏が、壁に背中をもたせかけていた。

大学生は躊躇なく進むと、美人短大生の身体を抱き締める。夏も、自然に手を海斗の背中に回した。

「あと三十分なんだけど」

「わかってるさ」

「わかってないよ……こんなところで……あああッ」

困惑した夏の声が、調子の外れた嬌声に変わった。

大学生の手が、制服のスカートを前掛けもろともたくし上げ、手のひらが股間をぴたりと覆った。

「いい娘だな。ちゃんと準備してる」

女子大生は長めになってきたショートヘアを左右に振り、男の腕を摑む。

制服の下は、股間が割れている、プレイ用のショーツだった。

「あううッ」

喘ぎ声が上がる。大学生の指が、ぬるんと秘割れに入り込んだのだ。

「いいつけ通り、自分でしてたんだな。偉いぞ」

夏は潤んだ瞳で男をにらんだが、すぐに腰を突き出すようにして、唇を噛む。

「あッ……くッ」

海斗は性急にベルトを外してスラックスを下ろす。

美人短大生を壁に押しつけるようにして、左脚を持ち上げ、尻の後ろに手をあてがうと、巨大なペニスで蜜穴を一気に貫いた。

「はあああンッ」

夏はぐんと制服の胸を突き出すようにして仰け反り、男の首にぶら下がった。

「きょう、すごく硬い」

上気した顔をゆがませた女子大生は、荒い息のなかでつぶやいた。

「玲奈が来てるんだ」

「なんでッ……うあああああッ」

狼狽した表情になった美人カフェ店員だったが、長棹で子宮口まで突き抜かれて、全身をぶるぶると震わせる。

海斗が夏のぽってりした唇を塞ぐと、すぐに目を閉じ、身を委ねる。

「うンッ……くンッ……あッ……いッ」

ぬるん、ぬるん、と濡れそぼった秘穴に、長大な肉茎が確実に根元まで収められていく。深々と子宮頸部を貫かれると、女体がびくびくと痙攣する。

「休みの話さ。あとで呼ばれると思う」

「そ、そうッ……ふああンッ……すごいッ」

(感じちゃう……外でのセックスだと、いつもの倍！)

片足立ちで、男のモノを受け入れやすい腰の角度も覚えてしまった。

わずか数か月で、これほどまでに淫らな身体になってしまったことに、夏はショックを受ける。

ぬちゃぬちゃと舌を吸い合いながら、膣口を貫かれると、なにもかもがどうでもよくなってしまう。

(フリンだから？……でも、結婚してるわけじゃないしッ)

「はンッ……あンッ……」

たちまち、出し入れされる剛直が、美人カフェ店員の本気汁で真っ白になっていく。ぷんと、淫臭が下半身から立ち上ってくる。

長すぎるペニスで膣内のあちこちを突かれ、二十歳の女子大生は美貌を真紅に染め、いやらしい喘ぎ声を漏らし続ける。

「だめよッ……もうすぐシフトなんだからッ……あはあンッ」

夏は、潤んだ瞳で男を見上げながら、艶やかなショートヘアを振る。

「出してほしいのか？」

美人短大生はこくりと頷き、濡れた紅唇を舌で舐める。

「出して……海斗ので、いっぱいにして」

「本当にスケベな女だな、こいつ」

「ひどいッ……あなたがそうしたんでしょッ」

そう言いながらも、最近店で人気急上昇中の美人カフェ店員は、腰をすり付け、スラストに調子を合わせる。

「……なあ、夏」

「な、なあに？」

男も顔を真っ赤にして、腰の突き上げを速めていく。

「ピル飲むの、やめないか？」

「ええッ……そ、それって……うああンッ」

片足立ちで突かれ続けていた女子大生は驚き、思わず体勢を崩しそうになる。

「なんか最近、お前と一つになってると……お前を孕ませたくてしょうがなくなってくるんだ」

「な、なに言ってるの……おかしいわッ……ふああッ」

感じすぎている顔を見つめられながら、秘穴を貫かれていると、男の言葉も本気なのかと思えてくる。

「無責任よッ……わたしたち、まだ二十歳なんだよ？」

もしかして、結婚しようという意味なのだろうか。

嬉しくないことはないが、アルバイト学生同士の自分たちが、いま考えることではない。

(そうよ……だいたい、彼女がいるくせに)

「玲奈は、どうするのッ……ああンッ」

「お前だって、英介がいるだろ」

ふだん、見ない振りをしている部分を互いに口にされ、二人はしばらく、黙って立位セックスを続けた。

ぬっちゃ、ぬっちゃ、と粘液音が無機的な部屋に響く。

「でも、本当に、夏を妊娠させたいんだ」

「だめよ……あはあッ……だめだってば」

ずくずくと感じすぎる淫裂を突きまくられながら、種付けを求められていると、美人短大生は、頭がおかしくなりそうなほどの快感を覚える。

（本当にそうしたら……）

在学中に、大きな腹を抱えて授業を受けるのだろうか。

（でも、お腹が大きくても、このひとはきっと）

海斗は構わず、妊娠何か月でも夏を犯すに違いない。

バックから、大きくなった乳房を絞り上げながら容赦なく貫き、正常位では自分の脚を抱えて突きまくるに決まってる。

「いや……だめだってば……あぁンッ……もうイク！」

ガチガチの肉刀が、膣奥を連続して突き上げている。

女子大生はブラジャーの中で勃ちきっている乳首を、切なげに男の胸に擦りつけ、ねっとりした視線を海斗に送る。

ぬかるみのようになった肉裂から愛液を弾き飛ばしながら、男棒が美人カフェ店員の体内に入り込んでいく。

「もうだめぇ……イク！」

全身をがくがくと痙攣させた夏は、海斗の首にひしと抱きついた。

ぐっと腰を入れた瞬間、茎胴の先端から白濁が勢いよく噴出する。

「夏、孕ませてやる！」

「ああ来て！……妊娠させて！」

痺れた下半身を大学生に支えられながら、美人短大生はあらぬ言葉を口走ると思いっきり背中を反らせ、絶頂した。

どく、どくと音を立てるように、雄精が女子大生の子宮を埋め尽くしていく。

（熱いの、すきい）

腹の奥で熱を感じた美少女は、体内で脈動する剛茎の感触をじっくりと味わいながら、宙に浮くような快感に身を浸していた。

「やっぱりお前も、俺の子供を孕みたいんだろ？」

「あぁン……あれは勢いで言っただけよ」

脚は下ろされたが、開かされた股間には、正面から海斗の肉杭が埋め込まれたままだった。

女子大生は腰を掴まれ、ぴちゃぴちゃと舌を絡ませ合いながら、男と会話を続けていた。

（本気なわけない……こんな若くて、子供なんて）

ただささっきは、海斗に妊娠させられたい、という強烈な欲望が湧き上がったのは事実だった。

（英介とは、そんなこと考えたこともないのに）

本当に、海斗とは身体だけの関係なのだろうか。

どきりとした美人短大生は、青年を見上げた。まだ、恥裂ではしっかりと肉槍を喰い締めている。

急に恥ずかしくなった女子大生は、俯いた。

「玲奈の話だけど」

「え？」

われに返った夏は、冷静を装って大学生を見つめた。

「温泉旅行に行こうって言うんだ。ダブルデートでさ」

「そ、そう」

旅行は行きたいが、四人で行くとなると、ややこしいことになる。

夏は戸惑い、あれこれ想像して、心が乱れるのを感じた。

「海斗は、どうなの？」

「んー。なんか、いろいろ、面倒そうではあるけど……逆に、さ」

「逆に？」

大学生が意味ありげな表情になった意味を、女子大生は測りかねた。

「温泉に泊まりにいけば、さ……二人になる機会もあるだろ？」

「……まさか、海斗？」

四人で行けば、二部屋で二人ずつになる。

しかし、始終一緒にいるわけでもないだろう。

「まさか……こういうことをしようって、言うんじゃ」

夏は衝撃を受け、同時に冷や汗をかく。

「でも、お前だって……想像してみろよ。もし機会があって、すぐ横でセックスができるとしたら……」

「あ、あたまおかしいんじゃないのッ……そんなのありえないわッ」

青年のほのめかしは、人としてあってはならない破廉恥行為だ。

美人女子大生はがくがくと震え、そして男を睨みつけた。

「許されるわけないじゃない……そんなの、とんでもない」

「じゃあ、俺たちがいまこうしてるのは、なんだ？」

「ああうッ」

腰を掴まれたままザーメンまみれの秘肉をぐいと突き上げられ、美人カフェ店員は仰向いて喘ぐ。

「だってえ……」

紅潮させた頬を、海斗の胸に寄せ、夏はぐずる。

「そうなるか、ならないかは別にして、行くのは行こうぜ。あいつらが不審に思わないように」

美人女子大生は黙ったままで、わずかに頷いた。


「ありがとうございまーす！」

レジに立った夏の張り切った受け答えを、コートに身を包んで制服を隠した海斗は、戸外のテラス席から眺めていた。

もともと美人には違いないが、最近は憂いと柔らかさが加わり、客からのモーションは引きも切らない。

長身で乳房がぐっと張り出し、充実した腰へのラインは、制服に包まれていてもその魅力はまったく衰えない。

(でもいま、あいつの腹の中は俺の精液でたぷたぷになってるんだよな)

大量の中出しは床に垂れ落ちたが、膣洗浄する時間などなく、夏は股間の割れたショーツにナプキンを当ててバイトを再開している。

にこやかに応対しているあの女子大生の性器が、この瞬間も精液まみれだなどと、誰が想像できるだろうか。

「なに笑ってるの？」

急に背後から声をかけられ、大学生はぎょっとする。

「い、いや。思い出し笑いさ」

「なにそれ……エロいこと考えてたんでしょ！」

玲奈が男の腕をつねる。

「おいおい、勘弁してくれよ」

降参といったふうに両手をあげた大学生に、女子短大生はしなだれかかった。

「いろいろパンフ持ってきたんだからー。あたし、こんなことしないのに」

「サンキューだって、ありがとう、玲奈」

にっこりと笑みを浮かべた夏の同級生は、青年の横に腰掛けた。

(こいつも普通にかわいいんだが……夏のエロさに比べたら、なあ)

いま夏としているような行為は、絶対に許されるはずもない。

「……こんな感じかなあ？……露天もあるし、食事処だけど、四人だから逆にそっちのほうがいっか」

「うん、これでいいんじゃないか」

箱根の宿だが、平日に行ける学生の特権とあって、それほどの値段ではない。値段のことは正直、海斗にはどうということもなかったが、英介のほうのカップルには配慮の必要があった。

「じゃあ、呼ぼっか」

「あ、ああ……」

玲奈が、店のほうを見て、夏に合図をした。

繁閑をみて、同僚にレジを委ねて美人カフェ店員がやってきた。

「なあに？」

「ほらこれ、見てみて！……海斗に聞いてると思うけど、英介くんと一緒に行こうよ！」

「へえ！……すごーい」

海斗のほうは見もせず、女子大生モードで声のトーンを上げる夏の演技には感心する。

（合わせてくれてるんだから、そこまで拒否してるってわけじゃないのか）

真面目な夏だけに態度が豹変しないかとひやひやしていたが、大学生はほっと一息つく。

「平日の休みを調整してって、英介くんにも言っておいて」

「わかった」

「ちょっと待って……宿のアドレス送っとくわ」

スマホを見始めた玲奈の隙をみて、海斗は夏の尻肉を摑んだ。

仰天して立ち上がりそうになった美人短大生だったが、きっと男をにらむだけだった。尻を握った手を、振り払うこともない。

男はしばらく、夏の臀部を柔らかく揉み続けた。

スマホを見た玲奈は、別件のメールやSNSを処理しているようだった。

目の周りをやや赤くしたカフェ店員は、尻をもじもじさせ始める。

青年は横目で夏と視線を絡ませる。

(ちょっと……なに考えてるの！)

(大丈夫さ……こういう感じ、どうだ？)

伝わったのかどうかわからないが、夏は顔を背け、ため息をつく。

唇がやや開き、頬が紅潮し始めている。

(どうやら、羞恥責めにも興味がありそうだな)

うまくいけば旅館で、酔いつぶれた玲奈と英介を置いて、隣の部屋で夏を犯せるかもしれない。

想像すると、青年の肉茎が痛いほど勃ってきた。

浴衣の前を開かされて恥じらう、真っ白な夏の裸を想像した。

(くっそ……なんてエロいんだ)

浴衣を脱がせ、紐で後ろ手に縛ってもよさそうだ。

二人の視線が交錯した。美人短大生の瞳が潤み、泳いでいる。

(まさか、同じことを?)

「ごめんごめん、ちょっと返信してたわ」

玲奈の声で我に返った海斗は、手を夏の尻から外し、カフェ店員も何事もなかったように立ちあがった。

「楽しみだね」

「うん、ほんとに」

「まったくだ」

三人は満面の笑みを浮かべた。

Ⅲ

肉刀に屈服させられて

くノ一・美以

「刑部、久しいの」

「は……お方様におかれましても、ご健勝のよしと」

奥御殿を外れた池の側に位置する、瀟洒な塗壁の四阿《あずまや》。

上がり口に紅の毛氈を敷いた上に腰掛けていたのは、遊山着に身を包んだお美濃の方である。

既に還暦も近いはずだが容色いまだ衰えず、藩主の後添いの座を奪った折、若手藩士らから妖女と罵られた色香は健在であった。

入り口に膝をついて控えていた初老の男は、堀田刑部。

小納戸役を五年前に退き、悠々自適の隠居の身のはずだったが、恩義あるかつての主に呼び出されては抗うすべもない。

「足を悪うしたとか」

「面目次第も御座りません。歩くので精一杯、という始末で」

「ほう」

刑部が目を上げると、奥方の笠の下からの視線と交錯した。

的を射貫くような鋭い一瞥に、百戦錬磨の老お庭番もひやりとする。

(相変わらず、恐ろしいお方じゃ)

三十年前のお美濃の変で暗躍したお庭番衆の頭領と、側室から正室の座を勝ち得た当人とは、主従を超えた戦友の間柄であった。

しかし、数多の秘密を分かち合うがゆえに、いつ切られてもおかしくはない。

折に触れては忠誠を確かめる儀式が行われていた。

隠居してからはついぞ呼び出しはなかったのだが、昨日、雨戸に美濃和紙の文が差し入れられたのだった。

お美濃の方の眼差しが、ふっと緩んだ。

「そこの者は……美以であったか」

「恐れ入ります」

顔を伏せて答えた刑部の背後に、身を屈めた影があった。

「大事ない。前へ来て顔を見せよ」

「は」

小者は音をさせずに、奥方の前に進み出ると、顔を上げた。

「おお……なんと美しい」

女は往年の美貌をほころばせ、思わず手を差し出した。

「小娃姿とは、刑部らしい……小面憎いことよ」

「お戯れを。ただのやつし身に御座りますれば」

「殿には見せられぬな。これほどの美少年であれば、すぐにお側仕えにお上げになってしまわれようぞ」

少年の小姓姿に変装していたのは、刑部の愛娘、美以である。

お庭番衆の一族として、一通りのくノ一の研鑽は積んでいる。しかし太平の世となり、各藩の忍びは公儀より咎められるようになった。

公然とした動きはできなくなり、堀田家でも徐々に、裏の務めについては幕引きを進めているところだった。

「赤子のそなたをわらわが抱いておる……もう十年以上前になるかの」

「恐れ入ります」

美以は頭を下げて、低い声で答えた。

上関藩内での地位を盤石にしたお美濃の方は、十五年前に妻を亡くした男盛りの堀田刑部に、側仕えの美女を下げ渡したのだった。

すぐに子ができたが、蒲柳の質だった妻は難産で、奥方が連れてきた御殿医の力で、美以はようやく産声を上げることができた。

「それ、顔を触らせよ」

少女は戸惑ったが、数歩にじり寄ると、お美濃の方の手が頬に触れた。

「おお、抱き上げたときと同じ手触りじゃ……わらわも歳をとるわけじゃ」

そう言って、年齢でいえば老女と言っていい女はため息をついた。

美以ははっきりとした目鼻立ちが、まるで貴公子のような面貌であった。眉はやや上がってから切れ味鋭く延び、切れ長の瞳と好一対である。肌は抜けるように白く、薄桃色の唇と調和していた。

「庭番も要らぬ時代じゃ。美以はこれを最後に、普通の娘として養育するがよかろう」

「最後？」

すっと手を引き、笠に手をあてたお美濃の方の言葉に、刑部は動揺する。

「藤十郎……晴義どのの行状については、耳にしておろう」

「は……」

もはや美以の姿など目に入っていないかのように、身体を老庭番に向けた奥方は、密やかに、それでいて通る声で話し始めた。

「中屋敷の乱行を明らかにし、お世継ぎの座をお奪い申し上げる。その証左を手に入れよ」

「それは……」

刑部は絶句した。

「行状自体は明らかじゃ。すでに公儀の耳に届いておるという話も聞く。あとは、なにがしか書き付けでもあれば十分じゃ」

「思い切られましたな」

態勢を立て直した庭番は、片膝を立てて、旧主を見上げた。

「藤十郎様を廃すればすなわち、お方さまの仕業と知れましょう。若手藩士たちを抑える自信がおありか」

かつて密約を結び、ともに暗躍した時代に戻ったかのように、刑部は直言した。

奥方の笑みを浮かべた口元だけが、薄暗がりのなかで見えた。

「九郎太は元服しておる。我が方の徒党も増えておるでな。なにより晴義殿の自業自得じゃて、彼奴《きやつ》らも名分が立たぬであろう」

嫡男の久利藤十郎晴義は先妻の子で、三十になった。

お美濃の方の子、九郎太は元服して宗敬と名乗ったばかりだ。

本来は取り上げられるべくもない、後継争いがにわかに浮上したのは、偏《ひとえ》に藤十郎の不行跡が原因である。

江戸の中屋敷で年の大半を過ごす嫡男の乱行が、ここ数年になって国元にも伝わるようになっていた。

上関藩に中屋敷はなかったのだが、藤十郎が大川端にある商人の妾宅を手に入れてから、ぬけぬけとそこを藩邸と届け出て、いまに至っている。

「若年寄様からも黙認の応諾は頂いておる。ご公儀も赤穂の一件以来、大名へ手荒な沙汰は望んでおられぬ」

「ならば、手の者を遣わしましょう」

「ならぬ。そなたができないのであれば、娘じゃ」

老庭番が伝えた意向は、即座に撥ねられた。

「この一件はさして難儀なことではないが、信がおける者でなくてはならぬ。晴義どのの真意が今一つ知れぬうちは、余の者には任せられぬ」

「しかし」

「これにて庭番の御役はすべて終いとし、堀田家は江戸家老としよう」

刑部は、再び絶句した。

平時であれば、そこまでの抜擢は到底あり得ぬ話だ。しかしお家騒動を収めたとなれば、藩のうるさ方を抑えることもできよう。

さらに国元ではなく、旧勢力の手の届かぬ江戸表の役職にするというあたりが、お美濃の方の辣腕ということなのだろう。

(やはり恐ろしいお方だ……だが、当家には千載一遇の機でもある)

「それに、美以はわが娘も同然じゃ。でき得る限りの助力は致す所存じゃ」

「むむ……」

「まずは江戸へ参らせよ。それから考えてもよい」

藩主、久利晴賢の正室に成り上がった老いたる女豹は、笠を手で上げると、畏まっている二人に向けて艶然と微笑んだ。


「父上、お世継ぎの乱行とはどのような」

家に戻った父娘は、灯明の薄明かりのなかで対峙していた。

「うむ……昨今の江戸で、美しい娘がたびたび、我が藩の中屋敷あたりで消えるという怪談があってな。奉行所のお調べでは何もなかったのだが、藤十郎様の側近が内々にご家老に相談をされて……あの方の仕業であると判明した」

「なんと」

まだ小姓姿を解いていなかった美少女は、顔を曇らせた。

「若君の火遊びであれば、さしたることもないのだが……数が多すぎる。すでに十人以上が姿を消しておるという」

「そのような恐ろしいことを？」

美以の問いかけに、刑部も頷く。

「ただ不可思議なことは、中屋敷とは言いながら、主立った者は若君と怪しげな薬師、楠木天元しかおらんのだ。下働きの者は細かなことは何も知らぬ。二人で十人を消すなど、到底考えられん」

「それは不思議で御座いますね」

少女は首を傾げる。

「いずれにせよ、真偽のほどを確かめねばならぬ。お方様のあの申されようでは、美以よ、お前が行くほかはあるまい」

「問題御座りませぬ。忍びの技はすべて教えていただきましたゆえ」

きっぱりと言い放った娘を、老庭番は心配そうに見やった。

「いや、まだ残っておろう」

「え？」

驚いたような美少女だが、刑部は腕組みをして、嘆息する。

「房中術はまだじゃ」

「それは……」

羑以は顔を赤らめてうつむいた。

「くノ一を使う務めなど終わったものと考えておったから、奥義にもかかわらずお前には不要であろう、と決め込んでしまっていた」

「書物では読みました。概ねのところは承知しております」

羞じらいを隠して少女は言い募ったが、父親は頭を振る。

「身体を武器にする技は座学で学べるものではない。何より、心を無にする術を教えておらんのだから使いようがない」

くノ一の最大の武器である肉体を使って敵を陥落させる技は、刺し違えるのに近い、過酷な術である。

男が最も無防備になる行為中を狙うのだからひとたまりもないが、逆に、単純に制圧されてしまうことも珍しくない。

羞恥や矜持、愛憎を超えた務めを果たさねばならない。

「若君を亡き者にする訳ではないから、もとより使う必要はないが……。江戸藩邸には、そなたの兄弟子、伴次を置いておるゆえ、もろもろ相談するがよかろう」

「は……」

男は、娘が一瞬嫌悪の表情を見せたのを、見逃さなかった。

「曲者には違いないが、腕は確かじゃ。別に従えとは言うておらん」

苦笑しながらの父の言葉に、美以は片頬を上げて済ませた。

市谷の上関藩下屋敷を、町娘姿の美以が訪れていた。

話のできる、庭先の巨石の陰まで案内したのは、中間姿の伴次である。

「まずは藤十郎さまを見張り、しっかり跡をつけていくがよい」

この月代《さかやき》から禿げ上がった中年男を、少女は苦手にしていた。

女であれば誰彼構わず、舐めるような視線を浴びせてくる。実際に手を触れることはないのだが、十二分に不愉快には違いなかった。

「わしも忙しいが、抜かりなく見張っておいてやろう」

「必要ありませぬ。一人で十分かと」

素っ気なく答えた妹弟子に対し、伴次はふん、と鼻を鳴らした。

「相変わらず自信過剰な……なら、好きにすればよい。わしは知らぬ」

「え……？」

中年男がいつになく、あっさり退いたところは解せなかったが、どうやら美以の仕事に介入してくる様子はなさそうだ。

(どういうこと?……)

この蛇のような男が、忍び仕事に関心を示さないのは不可解だったが、それを探っている余裕はない。

(まあいいわ……とりあえず、ご本人を追わねば)

夕刻、藩邸上屋敷の軒下に、忍びらしい黒装束に身を包み、顔は頭巾でくるんだ美少女くノ一が潜んでいた。

頭の上の座敷での会話に耳を澄ませる。

伴次の話では、世継ぎの久利藤十郎は上段の間の控えの間に陣取るという。

その通り現れた男は、見るからに気のなさそうな雰囲気を漂わせていた。

そして、その空気そのままに、国元からの書状をいくつか適当に吟味した後、曖昧な指示をしてすぐに退出していった。

近習たちは顔を見合わせては、肩をすくめると、帰り支度を始めた。

「きょうは、一段と良き香りが……役者でもあるまいに」

「薫の君は吉原にでも行かれるのだろう。羨ましいことよ」

「あれでは、宗敬殿に早々に取って代わられるだろうよ」

若侍は、遠慮なく世継ぎの論評をする。

もはや従者としての、怖れや敬意もなくしているようだった。

（衣に香を焚き染《し》めておいでなのか。武家にあるまじき振る舞い、柔弱にもほどがあろう）

美以は思わず舌打ちをする。

「そう言うな。以前は剣の道に邁進される、颯爽たる若武者振りだったのだぞ」

「へえ。まったく思いもよりませんな」

擁護する年かさの男が出てきて、美以はやや興味を惹かれた。

「いまでも稽古はされておられるだろう。左手に胼胝《たこ》があった」

「いくら剣豪でも、太平の世では宝の持ち腐れでしょう。遊女の品定めでも書いていただいたほうが、よほど藩の台所の御為というもの」

どっと笑い声が上がった。

（剣？……聞いている話とは違うが……あっと、遅れるわ）

眉をひそめたままの美以はあわてて縁の下を抜け出し、門前へ走った。

ちょうど藤十郎がくぐり門を抜けて、帰途につくところだった。

長身の嫡男は、眉目秀麗といっていい青年だった。

ただし着崩した襟元や、太刀の下げ方がいかにも気障な若君といった体で、美以にはとても好感を持つというわけにはいかなかった。

（綺麗なお顔だけど、いけ好かない男だわ）

世継ぎの青年は言われていたように遊里に向かうのでも、小料理屋に寄るのでもなく、真っ直ぐに中屋敷へ向かっていった。

「あううッ……駄目え……入りすぎちゃいますッ」

絹地の豪奢な夜具に四つん這いになり、頬を桃色に染めた美女が大きく脚を開かされ、背後から男に突き抜かれていた。

長い黒髪は乱れ、真っ白な背中にかかり、揺れている。女は顔を左右に振り、夜具に嚙みつき、充実した腰を突き上げた。

「くあああッ……駄目ですッ」

「何が駄目だ、このけしからぬ売女め……こんなに腰を振りおってッ」

歳のころは二十歳くらいだろうか、白魚のような手が絹地を掻きむしる。

全身はなよやかにくねり、男の突きに合わせてぶるぶると痙攣する。紅潮した純白な肌が、女が下々の出ではないことを表していた。

上関藩の中屋敷。奥まった離れの座敷は、淫らな空気に包まれていた。

「いやあッ……また、気をやってしまいますッ」

がくがくと身体を震わせた美女は息遣いも荒く、上半身をぐんなりと伏せた。

男に掴まれた腰だけがびくつきながら宙に突き出され、女体の信じられぬほどの柔らかさをあらわにしていた。

「精が出るな、天元」

「これは珍しい。洒落ですかな、若」

「馬鹿を言うな」

部屋の痴態にも平然として入ってきたのは藤十郎だ。

床の間にどっかと腰掛けると、大刀を脇に置いた。

奥座敷は襖絵で四方が仕切られている作りに見えて、絵の下は頑丈な板戸で、座敷牢のような設えになっていた。

（やはりここが本丸か）

首尾よく潜り込んだ美以は、板戸の向こう側で様子を窺った。

戸の切れ目があり、わずかだが中を見ることもできる。

(なんと強い香の匂い……これが薫の君の由来ね)

ただ、近習が揶揄したように女を口説くためなどではなく、何かを誤魔化すためと見て取った。美少女くノ一は表情を引き締めた。

「天元、あれを焚いてくれ」

「は?……ああ、承知」

主人の前だというのに丸裸の薬師は前も隠さず、うっそりと立ち上がると違い棚の戸袋を開けた。錦の袋を取り出して、中身を無造作に香炉にくべる。

(この者はなんと礼儀知らずな……許す若君もなってないわ)

普段から厳しい規律の中で育ってきた美以には、信じがたい光景だった。

主人の前だというのに、いままで女の中にあった陰茎を剝き出しにし、ぶらつかせながら香の煙を立てている。

少女は顔を赤らめながら、夜具に突っ伏している女を見た。

顔はよく見えないが、それでも目を惹く佇まいの美貌に違いない。

夜具までざっくり流れた髪は洗いざらしのようで、癖もほとんどついていないところを見ると、しばらく結うことすら許されていないようだ。

(攫われてからずっと、抱かれているのかしら。なぜ抗わぬのだろう)

隙間から、麝香にも似た強い香臭が漏れてきた。

「若君、きょうは助けては頂けませんか……若の好みではないことは承知しておりますが」

楠木天元は女の元へ戻ると、尻を撫で回し始める。女が気怠げに身動きした。

「必要なかろう。おぬしも碌々、出してもおらぬ様子だ」

藤十郎は興味なさげに、傍らの書物を取り上げた。

「三日目ですから、そろそろ仕上げをしませんと」

(仕上げ?……やはり、女をどこかへ売り飛ばすのか)

美以はきっとなり、耳をさらに板戸に近づけた。

「催促されたわけでもあるまい。じっくり構えておれ」

「……どうやら、若の心は部屋の外にありそうですな」

ぎくりとした美少女くノ一は、立ち上がろうとしてよろめき、大きな音を立てて板戸に肩をぶつけた。

(なにこれッ……身体が)

廊下に手を突くが、腕が震えて身を起こせない。

「ふむ、くノ一とは思わなんだが……自害などしてくれるなよ」

震えながら見上げた美以の目に、藤十郎の爽やかな笑みが映った。

口に、布切れが突っ込まれた。

「くッ……こんなッ」

黒装束、頭巾から肌着まですべて剝かれた美少女くノ一は、先客が犯されていた夜具の上で、全裸で人の字に縛られていた。

美以はあまりの羞恥に桃のような頰を上気させ、腰をくねらせる。

真っ白な肌だが、鍛えられた身体は引き締まっていた。未成熟とはいえ、全身の曲線は、将来を期待させる張りとくびれを秘めていた。

(どうしてッ……頭もぼうっとして、身体も、雲の上にいるみたい……)

夜具が上等なだけではなさそうだ。

美少女は頭の芯が痺れるようになっているうえに、身体は火照り、感覚は鋭敏なのに、およそ手足の自由が利かないことに動転しきっていた。

肌襦袢だけになった藤十郎があぐらをかいて、美以の肢体を見下ろしていた。

「母上の差し金であろうが、このようないたいけな娘を寄越すとはな。なんぞ事情があるのか、娘」

美以はくっと唇を噛み、脇を向いた。

育ちの良さそうな、透き通るような肌の両腕は真上に差し上げられ、両手首は床柱まで延びた紐で括られている。

腕以上に白い、真っ直ぐ伸びた両脚は大きく開かされ、足首の紐は隅の柱まで延ばされて繋がれていた。

「若、訊き方が違いますぞ」

「そうだった。娘、堀田の手のものか」

「……はい」

ぼうっとした顔で答えてしまった少女は、愕然とする。

(なんでわたし、答えちゃってるの？)

「くノ一がいるとは聞いたことがない。まさか……刑部の娘か」

「……はい……ああッ」

(そんなッ……わたし、なにを)

呆然とし、口を開けて震える美少女くノ一をよそに、若君は薬師に問いかけた。

「人別帳はどうだ」

「……ありますな。堀田刑部助左衛門の娘、美以」

藤十郎は腕組みをして、ため息をついた。

「年端もいかぬ娘を……どうやら、修練も終わっておらぬようだ」

「……どうして」

目が泳いでいる美以を、ようやく肌着を身に着けた天元が横から覗き込む。

「この香は殆どの者が知らぬから無理もないが、おなごが多く吸えば身も心も抗えぬ南蛮の秘薬じゃ。訊かれたことは答えてしまい、されることを拒めぬ。先刻までのものは、淫らにするだけだが……」

(なんということ……どうすればいいのッ)

房中術に類する知識に違いない。少女はほぞを噛んだが遅かった。

「若、どうされますか……と、訊くまでも御座りませぬな」

主人を見た楠木天元は苦笑して立ち上がり、香炉を美以のそばに近づけた。

番茶も出花の歳でさえ、義務的にしか抱かぬ若主人だ。これほどの美少女を目の当たりにしては、目が爛々と輝くのも無理はなかった。

「ああ、そんなッ……そんなに見ないでッ」

藤十郎は美以の股間の前に伏せ、媚肉を開いて観察していた。

美少女は頰を上気させ、口を開いて息を荒くしていた。

（いやあ……アソコを見られてるッ）

普段であれば、そのようなぞんざいな言葉遣いをするはずもない美以だったが、ここまで破廉恥な恰好で縛られ、秘部を覗かれては構ってもいられない。

「お許しを！……若君ッ」

紅絹《もみ》の淫靡な夜具には似合わぬ、歳相応の小柄な肢体がぐんと身を捩る。

「かわらけか……剃ったようにも見えぬが、元から生えておらぬか」

「いやあッ」

完全な無毛ゆえに、隠しようもない割れ目を主君にまじまじと見つめられ、くノ一は美貌を真っ赤にして喘いだ。

同じ年頃の少女には生えている者も珍しくはなかったが、美以は生来の体質で、丸見えにされた腋にも毛はなかった。

「ふふ……乳も膨らみ始めとはな。実に美しい」

「許して……」

隠し部屋で渡来の淫香をたっぷりと嗅がされた少女は、全身が麻痺したような状態になり、ぐんなりとした身体をどうにもできなくなっていた。

縄抜けも、当て身の技も使えそうにない。

上に差し上げられた腕も、開脚された脚も、わずかに動かせる程度だ。

(こういう時に房中術を使うはずだったのに……もうだめだわ)

身体的な技なら自信があったのだが、まさかこのような事態に陥るとは想像だにしていなかった。

「まずは、ここの感度を調べてやろう」

「な、なにを……うああッ」

藤十郎は口を少女の膨らみかけの乳房に寄せると、いきなりしゃぶりついた。

美以は生まれて初めての愛撫に、絶叫した。

乳首がきゅうっと男の口に吸引され、痛痒いような、痺れるような感覚に、全身がぎりぎりと反り上がる。

「おなごは子を産む前は、男に乳を吸われると、淫らな気持ちになるのだ。ぬしの乳首は埋まっておるな、さて、どうするか」

「いやあッ……言わないでくださいッ」

恥じらいで顔を真っ赤に染めた美少女くノ一は、唇を噛みしめる。

(やっぱりそれを言われた……おかしいのかしら)

美以は狼狽する。

母や、叔母たちと違って、自分の乳首は陥没しており、平らだった。

「ほう、気にしているのか。ならば、治療してやるぞ」

「待ってッ……あああぁッ」

若殿は、美少女の陥没乳頭にしゃぶりついた。そして、きつく吸い上げ始める。

「うあああぁッ……だめええ！」

少女の悲鳴が、調教の間に響きわたった。

ピンクに色づいた美以の乳頭は、膨らみ始めの乳房に埋まっていた。

母や叔母の立派な乳首に比べ、自分のはおかしいのかと悩んでいたのだ。

「ああ！……舐めないでえッ……胸が、胸が」

男の舌が、乳房全体を這いまわり、ときに口内の圧力を使って、突起を吸い立てるようにする。

（むず痒くて……ヘン！……どうして腰が浮いてきちゃうの？）

男に乳首を、緩急をつけられて吸われるたびに、電撃のような刺激が股間から胸に向かって走るようになってきた。

「あンッ……あうッ」

美少女は顔を真紅に染めて、身体をばたつかせ、腰を浮かせる。

「だめえ……だめなのッ」

集中的に陥没した乳頭を吸われ、その周りを舌がなぞる。

乳輪の部分をざらつく舌で舐められると、陰部が徐々に熱くなってくるのがわかり、美以はさらにうろたえた。

(どうして……胸を舐められてるだけなのに、あそこが変になっちゃう!)

「うッ……あーーーーーーーーーーッ」

美少女くノ一の絶叫が部屋中に反響した。

胸を突き出し、がくがくと痙攣する。

藤十郎が口を離すと、左右の陥没乳頭から、綺麗なピンク色の乳首がぴんと立ち上がっていたのだ。

「だめ……だめです」

少女は美貌に冷や汗を垂らし、口を開けて震えている。

にやついた若殿は、手のひらに油を垂らすと、少女の乳首を手のひらで押さえ、ゆっくりと回し始めた。

「うあああッ……回しちゃダメッ……ゆるしてええ!」

いままでずっと、乳房に埋まっていた仮性の陥没から解放された乳首は、生の神経を剝き出しにされたくらいに感じてしまう。

(感じちゃう！……感じすぎちゃう！)

美以は頭の上の縄を必死に摑み、縛られた足首を跳ねさせる。

稚児のように頭の上で縛った長い髪が、ぶんぶんと左右に振られる。

「くく……これがいいのか？」

藤十郎は、指でつまみ上げた乳首を引っ張り、ぐりぐりと回す。

「いやああ！……だめ！　ゆるして！……それ以上されたら……」

あまりに感じすぎる乳首を引っ張られると、秘部が熱く、じゅくじゅくと濡れだすのがわかった。

(ああ、なにこれ……おかしい……身体がおかしくなっちゃう！)

美少女の瞳は焦点が定まらなくなり、開いたままの口から、ため息のような喘ぎが漏れ出していた。

「美以、もしかして、気をやってしまいそうなのか？」

美少女くノ一ははっとしたような顔になるが、強くかぶりを振る。

しかし、若殿が乳首を回し始めると、腰を突き上げて、宙で止まる。

はあはあと息遣いが荒くなり、真っ赤になった顔は汗みずくになっている。

藤十郎も少女の痴態にたまらなくなり、乳首を摘まんだまま、美以の身体にのしかかった。

「こいつめ……このように美しい顔を、ここまで淫らにしおって……」

天井を見上げた、造作の整った少女の顰めた眉、ぷっくりとした唇に若殿もたまらなくなり、口にしゃぶりつくと、柔らかな舌を吸い上げた。

（ああ……口を吸われてしまった）

愛する男にしか捧げないはずの口吸いをされてしまい、美少女は呆然として、されるがままになってしまう。

美以は、基本的な男女の交わりのことは書物で知っていた。

口吸いや、乳房や性器を玩弄する愛情表現、そして、挿入に至ることども。

しかし、乳首への刺激は、まったく想像を絶する快感だった。

隠れていた部分を露わにされ、完全に屈服させられてしまった。

「あむッ……はむッ……うむッ」

舌を吸われ、男の唾液を送り込まれ、飲み下している。

それが不快ではなく、乳首の快美感と相まって、夢心地になるほどだった。

(藤十郎さまが上手なの？……それとも、わたしが淫らなの？)

「美以よ、その歳で、このような悦びを知っておるようだな」

「ち、ちがいます……知りませんッ……おかしいんです。身体が」

同年代の少年など歯牙にもかけず、武技で倒してきた。

男勝りで、恐れられていた堀田美以ともあろうものが、このように淫らな責めにあっけなく堕とされてしまうとは、思いもよらなかった。

「ほほう、そうか。まさか、男を知らぬか」

仰天したような顔で、美少女はかぶりを振る。

「決してそのようなことは……そ、その、唇を許したのも、若様が」

そう口にして、清冽な美貌を羞恥に染めた。

「なんと」

きまり悪げな顔になった藤十郎は、美以の肢体から手を離した。

(ああ、どうして……途中で)

快感に浸されていた肉体から手を離され、思いもよらず物足りなく感じてしまった。美以はそのような自分を、深く恥じる。

(こ、これでは、責められれば堕ちてしまうわ)

「そなた、くノ一であるからには房事のことも済んでおると思っておった」

「父がもはや不要であろうと申し、学ばずじまいに」

美以の答えに主君は嘆息し、きまり悪げな顔になった。

「美以よ。おぬしの美しさに免じて、聞きたいことを教えてやろう」

「若殿、また悪い癖が」

いつのまに現れたのか、楠木天元が、襦袢一枚で床柱を背に、座り込んでいた。

(やはり、礼儀を知らぬやつめ)

美少女くノ一が薬師を睨むが、天元は知らぬ顔で煙管を咥え、にやりとする。

「おお、気丈なことよ……なおさら、若好みですなあ」

「もう黙っておれ」

藤十郎が面倒そうに、睨み合いを制する。

「かどわかしはしておらぬ。やんごとなきお方の命で、大罪を犯した奥女中どもに因果を含めておるだけだ。死罪は免じるが、死ぬほどの快楽の後に、尼寺へ送るという。我らは万已むを得ず、言いつけ通りに動かねばならぬ仕儀と相成った」

(なんなの……それ。そのようなことがあるの)

美以にはまるで理解できぬ世界で、不審げな眼差しで主君を見つめる。

「まあ、始まりは町娘を誘い込んで、不埒千万をしておったのはまことよ。放埒が知れて、かの御方に脅されたのだな。自業自得ではある」

天元は主君の自嘲にくっと笑い、囚われの少女の方を向いた。

「若は剣の修行が過ぎて左手が上がらなくなり、やけになって遊ばれていた……ところが別の剣が天下無双だったというわけ……」

「くだらぬことを」

卑猥な冗談を言いかけた薬師に、藤十郎は扇子を投げる。

「おっと、これは……とはいえ、あのお方は、これきり味わえぬ歓びを知りながら、生涯味わえぬ絶望こそ、最大級の罰であると喝破された」

「よく……わかりませぬ」

美少女くノ一は、正直に答える。

「ふむ」

それを聞いて、藤十郎は抑えきれぬ嬉しさを面に出す。

「まだ男を知らぬそなたなら、さもあろう。だが幸せなことに、初めてを天元の妙薬と、わしの……で味わえる」

「あぁッ……そ、それは……お許しをッ」

男の言葉の意味を敏感に悟った美少女は狼狽し、身を捩る。

「観念せい。普通に失うより、遥かに良きことは請け負うてやろう」

「で、でもッ」

「もう辛抱ならぬ……ぬしが、その歳で美しすぎる罪である。直々に成敗せねば、収まらぬのよ」

そう言うと、藤十郎は襦袢を脱ぎ捨てた。

「ひぃぃッ」

美以は、息を吸うような悲鳴を上げてしまった。

若殿の股間に屹立する、禍々しい逸物の巨大さ。腹につくほどに猛り立ったそれは優に七寸を超えようかというものだったからだ。

（あんなの……入るわけない！）

男女のまぐわいは、男の硬くなった一物を、女の股間に空いている割れ目に挿入することであるとは知っている。

しかし、自分がこれまでに知っている、家族などの陰茎とは比較にならない。

「む、無理ですッ……ああ、お慈悲を！」

美少女は縛められた身体をがくがくと震わせ、蒼ざめた顔で哀願する。

「普通なら無理だが、もう南蛮香を吸った身であれば、どうということはない」

「で、でもッ……」

「未通女であれば大人でも痛みに泣くこともある初夜を、夢見心地で過ごせるのだ。ぬしは幸せ者よ」

「勝手すぎるわッ……ひどいッ」

主君の我田引水な口説きに、さすがの美少女くノ一も瞋恚《しんい》のまなざしを向け、非難の言葉を続けた。

藤十郎は、叫んでいる美以は無視しつつ、さきほど乳首責めに使った油を手に取り、剛棒に塗りたくる。

若殿はそこで、天元がまだ座敷にいることに気づいた。

「もうよかろう。下がっておれ」

「だめですか」

「当たり前だろう」

薬師は不承不承に立ち上がると、すっと消えた。

すぐに塗るのを再開すると、黒々と濡れ光る肉茎は、さらに不吉さを増してひくつくのだ。

「ま、待ってッ……あああッ」

男は、人の字に縛られた美少女にのしかかり、腰の位置を合わせる。

美以は恐怖に震え、美貌に冷や汗を垂らし、頭の上で結った黒髪を振る。

「諦めろ」

「い、いや……あ」

若殿は華奢な少女の腰を片手でぐっと摑んで動けなくすると、長棹の猛りを押さえながら、角度を下げた。

「ゆるしてえ……」

もはや、かすれ声でしか抗えない美少女は、美貌をゆがませ、身体をわずかにくねらせることしかできない。

「美以、きょうから、わがものとなるのだ」

「だめええ！」

ずぶり、と処女の無毛の割れ目を限界まで広げて、亀頭が入り込んだ。

「あ……あ……」

紅潮し切った顔で天を仰いだ美少女くノ一は、口を開けて圧迫に耐える。

縛られた真っ直ぐな脚はびくつき、真っ白な腹が上下する。

「あうッ……ああ！」

ずぶずぶと、七寸の肉刀が、いたいけな少女の秘芯を貫き始めた。

膣口は丸く開き、血管の浮いた肉棒にまとわりつく。徐々に美少女の体内に、姿を隠していく黒々とした剛直の姿は、なんとも無惨だった。

（ほんとうに入ってくる！……おなかの中に、若様のアレが！）

美以は、衝撃とともに、この歳で女にされてしまったことに、呆然とする。

刀や槍で突かれるのとはまるで違う。

自分の中に、あのいやらしい男棒を納める淫らな場所が存在するという現実を、いやというほど思い知らされた。

「だめえ……むりですッ……こんなあッ」

どこまで、男根が入れば終わるのか。

ずるずると膣壁が擦られる初めての感触に、美少女くノ一は喘いだ。入れば入るほど、男に屈服させられていく気がする。

（すごい……こんな……みんな、こんなことをしているの？）

「犯される」という言葉の意味を真に理解した。

女は、他人の器官が体内に入ってくるという、このような運命をみな持って生まれるのだ。

「うッ……あーーーーーーーーーッ」

美処女の身体が宙に浮き上がり、甲高い絶叫が響いた。

ついに、七寸の肉槍が美以の中にすべて納まった。男の股間が、陰阜にぴったりとつき、美以は犯し抜かれたことを悟った。

「だめ……だめ」

「すべて納まったぞ、美以」

美貌を真っ赤にして、口を開いた少女は、はあはあと喘いでいた。

「どうだ……全然痛くないだろう」

「ううッ……こんなの……おかしいわ」

腹の中まで、みっしりと肉棒を埋め込まれているというのに、藤十郎の言う通り、痛みがない。美少女は頰を火照らせて、唇を嚙む。

それより、性器で性器を迎え入れているという、恥辱の感覚が先に立つ。

「あううッ」

若殿が、美以の腰を持ったまま、ぐいと上に持ち上げたのだ。

膣奥をぐいと押され、美少女くノ一はのけ反った。

「そうら、見ろ、美以。おぬしの腹が、わしの魔羅の形に膨らんでいるぞ」

「うそッ……あああッ」

持ち上げられた自分の腹を見せられ、美以は愕然とする。

主君の言う通り、少女の秘部から臍に向けて、陰茎の形に腹が膨らんでいた。

「こんな……こんなのって」

がくがくと身体が震える。

「まだ身体が育ち切っていないゆえ、仕方がないのだ。これでおぬしが完全にわしのものになったことが、よくわかったであろう」

「いや……いやです」

巨大な男棒を埋め込まれているのに、まるで痛みを感じていない。

その異様さに、美以は改めて打ちのめされ、がくりと肩を落とした。

「美以、覚悟せよ」

藤十郎も顔を紅潮させ、年端もいかぬ美少女の緊縛裸体を抱きしめると、気弱になった美貌を見つめる。

「若様……ゆるして……はあああああッ」

美少女くノ一の、調子の外れたような悲鳴が、監禁部屋にこだました。

ずるりと半ばまで抜かれた剛棒が、一気に処女膣を貫いたのだ。

膣奥を激しく叩かれ、未成熟な肢体がぐんとのけ反る。

「だめぇえッ……突かないでぇ！……ふあああぁ！」

ずるずると抜き上げた長すぎる陽物は、弧を描きながら美以の膣道を貫き、子宮口まで届く。

(なにこれ！……なんか出ちゃう！……お股が熱いの！)

処女は火照り切った美しい小顔をぶんぶんと振り、腰を痙攣させた。

「若様ッ……かんにんッ……うあああああぁ！」

手を上に差し上げ、薄い胸を突き上げた美少女くノ一の陰裂を、藤十郎の長茎がずぶりと突き通す。

その瞬間、美以の割れ目から、ぷしゃっと液体が噴出した。

「いやあッ……そんなッ……くあああッ」

「ふふ、美以よ、もう感じすぎて漏らしてしまうとはな！」

「いやああ！　言わないで！……お許しください！　ああだめ！」

男は腕の中で悶える少女の身体を抱きしめながら、大きく開かされた、男を知らぬ股間を容赦なく打ち抜き始めた。

ずるん、ずるん、と、大人の剛直が雪白な少女の恥丘を貫いていく。

抜かれるときには、赤い媚肉が姿を現し、埋め込まれるときには、周りの陰唇までも巻き込んでいく。

しかし、秘薬のせいですでにどろどろに溶けてしまった美少女の花芯は、肉棒に白濁した本気汁をまとわりつかせていく。

「ああ！　いや！　だめ！　だめです！」

美少女は、自分の秘割れの中を男根が素早く出し入れされるたびに、早くも腰が疼くのを、感じ始めていた。

顔は汗みずくになり、口は開きっぱなしで、いやらしい喘ぎを漏らしてしまう。

(こんなのわたしじゃない！……ああどうして！)

「だめぇ！　おかしいの！……あそこが、溶けちゃう！」

知らぬうちに、大量の粘液を分泌していた美少女くノ一の陰門を出入りする肉刀の速度はますます速まっていく。

「どうして！……どうしてぇ！……あむッ」

結った髪をばらばら振るところを、藤十郎に可憐な唇を塞がれる。

「うむッ……はむッ」

口を吸われ、舌を嬲られながら、股間の淫裂をずくずくと貫かれる。

(口も、あそこも、感じちゃってる)

美以の頭の中は桃色の霞でぼうっとし、目線も揺らいできた。

男に吸い立てられた乳首はびんびんに勃ったままで、抽送のたびにこすられて、びりびりとした快感を増幅させる。

(初めてで、大人のひととの交わりなのに、こんなに感じちゃうの？)

自分より遥かに大きな男に、まるで大人の女のように犯されている。

それなのに、清純そのものだったはずの少女の身体は、健気にも、肉棒を余すところなく呑み込んでしまっていた。

(くすりのせいよ……わたし、こんなに淫らなわけないもの！)

「うむッ……はあああンッ……いやあああンッ」

「美以、男と交わるのが、こんなに良いとは知らなかっただろう？」

「し、知りませんッ……よくなんか……ああああ！」

顔を真っ赤にして、子供のような声で、よがり声を上げてしまった。

抱きしめられた美少女くノ一の身体は汗まみれになり、若殿の身体の下で滑り、突かれるとくい、くいと、腰が持ち上がってしまう。

「美以、おぬしの中に、子種汁をたっぷり注ぎ込んでやるからな！」

「え？……いやああ！……ゆるしてええ！」

子を生すときに出るという、子種汁を、乙女であった肉体に出されてしまう。

美以は愕然として、長く結った髪をばらばらと振るが、身体が痙攣してきてどうにもならなくなっている。

藤十郎も、少女膣のあまりの締め付けに、いつもの技を出す余裕もない。

ただひたすら、気持ち良すぎる狭き処女穴を打ち抜くことだけに集中する。

「美以、気をやってしまいそうなのか？」

頬を火照らせ切った美少女は、かぶりを振ろうとして諦め、弱々しく頷く。

「どうして……もうだめ……どうにかなってしまうの……」

甘えるような声を震わせ、藤十郎を見上げる。

ただ硬いだけではない。

主君の体温を感じるような剛直の突きに、美以は完全に征服されていた。

疼き切った腰は、従順に長棹を根元まで呑み込み、溢れんばかりの愛液を流れ出させる。

「美以、出したときに、一緒に気をやるぞ」

「は、はい」

もはや、全身を覆うこの快楽に打ち勝つことなどできそうにない。ずっと秘割れを突かれているだけなのに、身体中が淫らな悦びに満ち溢れてきてしまう。主君のいいなりになり、火照り切った顔を向けてしまう。

藤十郎も、愛らしい少女の感じ切った顔にたまらなくなり、我慢を解き放った。

「美以、出すぞ！」

「ああ若様！……美以は、気をやってしまいます！」

恥ずかしげもなく、絶頂を告げた美少女くノ一は腰を突き上げ、主君の肉棒を幼な膣で締め上げる。

若殿はたまらず、大量の白濁を少女の子宮に解き放った。

「ああ！　だめ！……だめです！」

大人の男を持ち上げるほど反り返ったくノ一の身体は、空中で止まり、がくがくと快感に震えた。

(身体が浮いちゃう！……痺れちゃう！)

「いや！　いや！　いや！　いや！」

体内に出された熱液を感じた美以は、生まれて初めての絶頂に怯え、我知らず叫び声を上げ続けていた。

藤十郎は、いつも以上に量の多い射精に顔をしかめる。

清らかなくノ一の少女膣から、音を立てて精液が噴出した。

何が起きたのか理解できず、美以は夜具の上にぱたりと落ちると、天を仰いだまま、いつまでも震えていた。


「あむン……いやン……」

念のため、と称してその実、藤十郎の趣味で、美以は後ろ手緊縛された。

脚は繋がれたまま身体を裏返され、寝そべった主君の上に跨がらされていた。

成長途中の尻肉を摑まれ、秘穴には七寸棒がぶっすりと突き刺され、ゆっくりと尻を上下させられていたのだ。

「ハアッ……あン」

若殿は、少女の身体でも構わずに九浅一深や、膣上底を突き上げたり、子宮口を擦り立てるなどの技を繰り出し、美以をよがり泣かせていた。

処女穴の周りは精液まみれになり、悲惨な光景になっていた。

「確かに、まだ月のものは来ていないのだな」

「ああ……ハイ」

いまは反り返った肉棒で、ずるん、ずるんと膣穴を打ち抜かれる。美以は疼きすぎる腰を扱いかねて、ただ主君を見つめることしかできなかった。

「ならば孕むことはないか……残念だな。おぬしを孕ませずには帰せぬと思ったのだが」

「そんな……まだ無理です」

大人のように交わり続けているとはいえ、自分はまだ十をいくつか過ぎただけなのだ。子を孕むなど考えもよらない。

（ああ、でも……若様になら、孕ませられてもかまわないかも）

そう考えた自分に驚き、美少女くノ一は深く恥じ入った。

「そうだ、おぬしに教えておかねばならぬ心得があった」

「あうぅッ……な、なんでございましょう」

主君に跨がらされたまま、媚肉を突かれ続けながら、会話を交わしてしまう。

美以は、男に唯々諾々と従ってしまう自分に絶望する。

（どうして……犯されているのに、服従する気持ちになってしまうの）

縛られているせいなのか、相手が藤十郎だからなのか。

「よき嫁は、気をやってしまうときに、われから『逝く』と叫ぶのだ。この世ならぬ境涯に達してしまうという意味だな」

「そのようなことは……うむッ」

恥じらう美少女の可愛さに、若殿は顔を引き寄せ、口を吸う。

くノ一の少女はされるがままに舌を委ね、唾液を交換する。

「はあ……」

「ぬしも、これからは達したときは逝く、逝くと叫ぶのだ」

「いやあ……」

美以は顔を真っ赤にして、主君の肩に隠れるように伏せる。

(なにをしているの……しっかりしなさい、美以)

美少女くノ一は、自らを叱咤するが、緊縛されて秘穴を突かれていると、身体から力が抜け、快感でどうしようもなくなってしまうのだった。

(くすりのせいだわ、きっと)

必死になって、自分を納得させようとする。

しかし、四肢の自由が利かないことや痛みがないのはそうかもしれないが、男に従ってしまう心持ちは、どうも違いそうだ。

（こんな女だったなんて……）

女、というにはあまりに未成熟なことは自覚しているが、男女の交わりを教え込まれてからは、否が応でも自身の性を意識せざるを得ない。

「何を考えておるのだ……お美濃の母御のことか」

上の空になっているところを問われ、少女ははっとする。

「母上は、確かにおぬしでなければ務まらぬ、と言ったのか」

「は、はい……あああッ」

「おぬしのような子供に、見抜けるはずもないか」

突然、いないと思っていた楠木天元の声が背後からして、少女は動転した。

「あぁッ……見ないでぇッ」

恥じらった美以は、かすれ声で叫ぶ。

後ろに立たれては、秘部から尻の穴まで丸見えだ。しかも、無毛の女裂には、藤十郎の巨根がずっぷりと埋められている。

しかし臀部は自分を犯している男にぐっと摑まれており、どうすることもできない。美少女はがっくりとして震えるほかなかった。

「来ましょうかな」

予想に反して美以をからかいもせず、真面目な顔をした薬師は、淫薬の香炉を覗くと、中から火縄を取り出した。

「来たな」

薬師が突如、畳の縁をどんと踏み、畳表を立ち上がらせる。

それを合図にしたかのように正面の板壁が倒れ、埃の向こう側から黒い塊が飛び出してきた。

藤十郎は少女から肉棒を抜きざま、横に寝かせる。そして傍らの大刀の鞘を足で押さえると、三尺近い刀身を抜き放つ。

「あああッ」

美以の悲鳴に構わず、縛っていた三か所の縄を二太刀で切り解いた。

「お命、頂戴仕る」

若殿は飛び込んできた黒装束の男どもに向かって走り、右手一本でいきなり左右に薙ぎ払い、たちまち二人を斬り伏せる。

「天元！」

叫びに応えるように、銃声が三回、鳴り響いた。

藤十郎はその場に突っ立ったまま、右手の刀を畳に刺した。

四人は天元が立てた畳を左右から狙い、一人は転がされていた美以の元に座っていた。

若殿が呟いた通り、黒装束は五人残っていた。

「残り、五人か」

「伴次、貴様……なにをッ」
美少女くノ一の怒りに満ちた叫びが上がった。
禿げ上がった中年男は美以の上半身を縛り直し、足首の途切れた縄も繋ぎ直し
て、魚の簀巻きのような恰好にしていた。
「美以よ、敵に抱かれて気をやるとは、見下げ果てたやつめ」
「何を言うかッ……若君を殺めるなど、お庭番にあるまじきことではないか。貴
様のほうが外道よ！」
素裸を縛られながら、美以は気丈に言い返した。
「まだわかっておらんのか……そなたは、お方様が若殿に差し出した、ただの餌
よ。まぐわっている最中に討ち止め申すはずが、そこまで食いついていただけな
かったのは、そなたの未熟さ」
「なッ……」

一人、黒装束ながら頭巾を外していた男があざ笑う様子に、美以は動揺して息を詰まらせる。

「捨て駒にされたが悔しいか。じゃが、くノ一とはそういうものよ。身体をもって敵を仕留める技もないくせに、独り合点が痛々しいわ」

「いい加減にしろッ……貴様が美以に恋慕して、袖にされた腹いせにそこまで貶めるとは、下郎めが」

藤十郎は伴次の卑怯さに激怒して叫び、一歩進み出た。

中年の忍びは蓑虫のように転がされている美以を引っ張り込むと、柱を盾にして脇差を前に突き出した。

美少女くノ一は顔をゆがめ、息を荒くしている。

「さすが、お見通しとは恐れ入ったが、手妻師の短銃も打ち止めのようですな。いかに若殿でも、五人を相手するのは無理でござろう」

「天元、そうなのか」

伴次の言葉に若殿は薬師を見やったが、男は三連銃を見せてから、肩をすくめた。撃ち終えてしまっては、無用の長物だ。

「もう一つあったはずだが」

「申し訳ございませぬ。取り落としました」

しゃあしゃあと答える男に、藤十郎も苦笑する。床下に仕込んであった武器も、使えなければ意味がない。

「本当は美以と心中でもさせるつもりであったろうに、私情を交えてよいのか」

中年男は卑しい表情をゆがめて、くくっと笑った。

「お方様に出した条件でしてな。妹弟子をわがものとできれば、それがしには十分なことで」

「誰が貴様などのものになるか!……恥を知れ!」

美以が床から声を励まして叫んだが、伴次は気にする様子もない。

「事が終われば、天元の妙薬も手に入る。いまはそうやって強がっていても、わしの魔羅で死ぬほどよがり狂うことになろうぞ……おっと」

伴次は、美少女の口に布を突っ込んだ。

「薬で麻痺して舌を嚙む力はあるまいが、念のためじゃ……さて」

向き直った中年男は、仲間に目で合図を送る。

四人が、二人の前に円陣を作った。

「薬師は放っておけ。四人で若殿の右からかかれ」

藤十郎は畳から大刀を抜き、左手で死んだ忍びの脇差を拾い上げた。

「そらッ」

黒い疾風が、右側から藤十郎に襲いかかる。

右手の業物が一閃し、二人が切られ、二人が身を屈めて避けた。

同時に、腹に脇差を抱えた伴次が、左から弾丸のように若殿に体当たりをする。

美以は布を突っ込まれた口で叫びながら、目を閉じた。

(ああッ……若様!)

「ぐはあッ」

伴次の胸に脇差が刺さり、ばったりと昏倒する。

「左は……使えぬはずでは」

「怪しげな薬師の処方でもう治っておった。世を欺く仮の姿よ」

「……かの大石の猿真似とは、片腹痛い」

伴次は捨て台詞を吐くと、絶命した。

藤十郎は、捨て身でかかってきた残りの二人を、両刀を十字にひらめかせ、難なく斬り伏せる。

そして大刀を投げ捨てると、美以のもとに走り寄り、口の布を取って足を結わえた縄を切り離した。

「ああ……若様、よかった」

「悪かったな。母上が十人も寄こせるとは思わなんだ。油断であった」

若殿は美少女の、縄を巻かれた身体を抱き寄せる。

「申し訳ありませぬ……父も、私も、籠絡されておりました」

「我らが奥のほうとつながりがあるなど、刑部にわかるはずもない。そなたに免じて許してやろう」

「ありがたき幸せ……」

美以は、藤十郎の胸に身を寄せた。

しかし、しばらくして若殿が一向に動かないことに気づいた。

「あの……」

「うむ？」

「な、縄を……？」

美少女くノ一は自分の身体を見下ろしてから、もの問いたげな視線を藤十郎に送った。

しかし救い主であるはずの主君は、場違いな笑みを浮かべた。

＊

「あううッ……くううンッ………ゆるしてぇッ」

上半身を縄で巻かれたままの美以は、尻を摑まれて下から肉刀で串刺しにされ、ゆっくりと身体を上下されていた。

「ああッ……く、くやしいッ」

清冽な美貌を火照らせながら、目元をねっとりとした淫情に染めた美少女は、男に与えられる快美感をまるで拒めず、自身の不甲斐なさによがり泣く。

（もう、あの香は焚かれてないのに、どうしてッ）

伴次に括られた美少女の縄は解かれず、藤十郎に抱えられて別室に運ばれた。そして閨に合わせの夜具の上で胡坐をかいた若殿に抱かれるや否や、対面座位で貫かれたのだ。

「こんなッ……おかしいですッ……あんなことの後で、どうしてぇッ」

必死に抗おうとする美以だったが、汗まみれの身体がぐなぐなになってしまい、男に突かれるままに、淫らな嬌声を上げるほかない。

「あああああッ」

ぐんと反り返った少女の肢体が若殿に抱き込まれ、痙攣した。

(また、気をやってしまった)

軽い絶頂が、幾度も続いている。

「あむッ……うむッ」

緊縛された上半身を抱き込まれ、顔を仰向かされて口を吸われる。

美以はすぐに口を開けて、淫らに舌を絡ませ合う。

脚は男の上で開かされ、だらしなく投げ出されていた。

「あふッ……」

口を離されると、がっくりと男の肩に顔を伏せ、喘いだ。

(何回したら、許されるの)

一度死地に立った男の性欲は、その反動ですさまじいものだった。

その世継ぎを狙ったお美濃の方の計略は、想像した以上に大胆なものだった。

藤十郎の不行跡を探り、若年寄に密告したところで、大奥につながる大事になるため、その話が使えないことがわかったのだろう。

そうなれば、跡目相続を阻止する算段はない。

ならばということで、女将軍の決断は素早かった。

九郎太が元服したのを機に、藤十郎が地固めをする前に亡き者にしてしまおうという決断を下した。

剣の達人でもある藤十郎を討つには、悪癖である少女趣味を突くほかないというのは、妙案に違いなかった。

旧知の堀田刑部を取り込めた時点で、美以の運命は定まったのだ。

「美以よ、おぬしのほとが、余りによいので、とても止まらぬ。おぬしも、ずっと感じておるだろう」

「ち、ちがいます……」

美少女くノ一は恥じらって顔を振るが、いままでは結っていた髪を解かれ、長い髪をそのまま下ろすという、女官のような髪型になっていた。

（こんなの……もう、抱かれるためだけの女じゃない）

美以は焦るが、しかし肉体は愉悦に支配されてどうにもならない。

男は、少女の美髪に手を入れて、愛おしそうに梳る。

「これも似合うぞ。外に出る必要がないなら、ずっとこのままにしておけ」

「ああンッ……そんなッ」

それでは、本当に主君の肉人形にされてしまう。

「あア、若様……お許しを……」

少女膣が、剛棒をぬるぬると咥えこんで、美以の頭を狂わせる。

拒みたいのに、尻をがっしりと摑まれた手を心地よく感じ、調子を合わせて腰を前後に揺らしてしまう。

「あはアッ……いやン……だめええ」

自然に甘ったるい喘ぎ声が出てしまう。

体内で肉棒が暴れるたびに、びりびりと痺れるような電流が身体を流れる。

大人の男が射精する液体の臭いも、きょう覚えた。

決してかぐわしいものではないが、それを嗅ぐと秘部が疼く。

腕を縛られて、自由の利かぬ身体を犯されるのにも、歓びを感じている。

(こんなに淫らだったなんて……もう父上に合わせる顔がないわ)

美以は藤十郎にきつく抱きしめられ、目を閉じた。

ぐちゃん、ぐちゃんと音を立て、合わせ目から淫臭が立ち上る。

少女の華奢な身体が大人の男に抱き込まれ、真っ直ぐな脚を開いて跨らされ、上下動が激しくなってきた。

「ああッ……だめですッ……もう、気を……」

ぬるん、と極めて滑らかに割り裂いていく。

どろどろに蕩け切った少女の淫穴を、藤十郎の七寸を超える巨根が、ぬるん、

「い、いや……むり……ああああッ」

「美以、教えた通りに言うのだ！」


（ああだめ……もうどうにもならぬ……）

美少女くノ一は、余りの快感に全身が細かく震えて、止められない。

口を開いたり閉じたりしながら、真っ赤な顔ですがるような眼差しを、主君に据える。

藤十郎の長棹が、少女の子宮口をずるんと貫いた。

「だめ！……逝く！……美以、逝きます！」

年端も行かぬ美少女は、限界まで反り返ると、天井を仰いで絶叫した。

それと同時に、若殿の剛直から白濁した熱液が迸り、幼い子宮に流入していく。

「また逝く！……逝ってしまいます！」

これまでにないほどの絶頂感に、美以は脚を男の腰に絡めてしまう。

（出されてる！……若様に孕ませられちゃう！）

まだ妊娠できる身体ではないのに、疑似的な受精を味わった美少女くノ一は、

幾度も幾度も達し続けた。

藤十郎は、ぐったりした美以を抱きしめながら、美しい顔のそこかしこに口づけを加えていた。

「そんなに良かったのか、美以よ」

「は、はい……わが身とは信じられぬほど、その、逝きましてござります」

少女は恥じらいながらも、男の胸に甘えるように顔を寄せて答えた。

主君は、腹を決めたような顔になり、くノ一を正面から見つめた。

「美以よ、わしはもう、おぬしを手放すことはできぬ。側室として召すことにした」

「そ、それは……」

仰天した少女は、戸惑い、震えた。

堀田家は格式では、主君に正室を出せる家柄ではない。しかし、側室というのはどこか抵抗を感じた。

「我らは、武芸でお仕え申してきた身なれば、そのようなことは……おそれ多いことにございます」

美以は貫かれたままで、膣からは主君の精液が溢れだしている破廉恥な姿でいたが、すぐに肯《うべな》うわけにはいかなかった。

「ふん、側室では不満か」

「それは……」

「もう数年かすれば、おぬしも孕める身体になる。子を産めば、正室にしようという話も出てこよう」

（そんな……断る理由がなくなっていくわ）

主君に、死ぬほどの快楽を教え込まれてしまった。

命を助けられたともいえる。そのような恩を受けながら、ここから逃げることが果たしてできるのか。

美以の気持ちは千々に乱れるばかりとなった。

「そうだな……母上の策略であったが、そなたの父を江戸家老にするという話、嘘を真にしてもよいぞ」

「ええッ」

男の腕の中で、美少女は狼狽する。

「わ、わたくしにそのような値打ちはございませぬ」

「値打ちがあるかないか、決めるのはわしじゃ」

「そ、そんなッ……あああッ」

藤十郎は業をにやし、美以の腰を持ち上げて、ずるずると肉棒を抜いた。

宙に浮いた少女の膣から、白濁がぼたぼたと垂れ落ちる。

「い、いや……」

羞恥に頬を染めた美少女くノ一は、顔を伏せた。

若殿は、軽々と未成熟な肢体を扱い、夜具の上に顔をつける四つん這いの恰好にさせる。

「ああ、堪忍してくださりませ……恥ずかしすぎますッ」

尻を突き上げるような恰好にされ、無毛の秘部をあらわにされている。

男は美少女の臀部を摑むと、勢いを回復した長棹で、尻たぶをびたびたと叩く。

「ああッ……いやですッ」

このような交わりがあるのか。

まるで獣のような姿勢にされ、美以は打ちのめされる。

「おぬしが聞き分けがないから、仕置きをしてくれよう」

「そ、そんなッ」

緊縛された上半身では、抗いようもない。美少女は夜具に突っ伏し、震えるほかなかった。

「ううッ……あああーーーッ」

藤十郎が、少女の淫穴を背後から一気に貫いたのだ。

膣口は陰茎を締め上げながらも、七寸の長槍をすべて呑み込んでしまった。

「あ……あ……」

圧倒的な挿入感に身体を痙攣させながらも、美以は布団を噛んで耐えた。

「ふふ……どうだ、美以、わしのものになるか」

「ひ、ひきょうでございますッ……こんなやり方……あーーーッ」

若殿は容赦なく、少女膣を貫き始めた。

既に愛液と精液まみれになっていた秘芯は、すぐに男棒をあますところなく呑み込み、吐き出し始める。

「だめええ!……そこはッ……おかしくなっちゃう!」

早くも全身を紅潮させ始めた美少女くノ一は、膣奥を突かれる快感が無尽蔵に湧き出し始めたことを恥じ、咽び泣いた。

「いやあッ……若様、ゆるしてええ!」

「ああ、美以……もう止まらんぞ。おぬしが気を失うまで突いてやろう！」

「いやあッ……いやですッ」

そう言いながらも、美以は内心で男に支配される喜びが溢れてきてしまうことに気づき、絶望した。

（きっと、もっとすごいことをされてしまうわ……もうだめ）

美少女くノ一は、主君の肉刀に、完全に屈服したことを悟った。

（毎日、このように抱かれる日が始まるのだわ）

男の荒い息を突き破るような嬌声が、部屋に響き渡った。

Ⅳ

社内の肉便器
秘書・奈緒

「こちらへ」

「は、はあ」

営業第三部の池田良太は、初めて足を踏み入れる役員フロアに敷き詰められた絨毯の感触に、どうにも居心地の悪さを感じていた。

柔らかすぎ、豪華すぎる。

壁の油絵や豪奢な花瓶が醸し出す雰囲気に、ただ圧倒されていた。

顔しか知らない五十がらみの秘書室長の男は、斜め下を向いたまま、音も立てずに廊下を歩いていく。

(なんなんだ、一体。結婚の届けに、役員の決裁がいるなんて聞いたことがないぞ)

良太が秘書室の麗人、島田奈緒と知り合ったのは一年前だった。

得意先との折衝に当たる際、担当の中井専務と打ち合わせを重ねるうちに、専務秘書の奈緒と互いに気づかぬうちに親しさを増していったのだ。

奈緒は、良太の三つ下の二十七歳だ。

総合職で入社したのだが、空気を一瞬で変えるような華やかな美貌と柔和な応対、そしてなんと言っても百七十センチ近い長身が目立つ麗人である。

ＯＬにしては不必要なほどに張り出した胸と腰という抜群のスタイルを見込まれ、あっという間に秘書室に引き抜かれたのだった。

（それとも、専務がなんか餞別でもくれるのかな。奈緒さんと結婚したら、俺が異動になるんだろうし）

社内結婚であれば、二人の職場は離されるのが通例だ。

それでも良太は三か月後に控えた、奈緒との結婚式を想像するだけで顔が勝手に、にやけて来るのを感じていた。

くっきりした目鼻立ちから、とかく強気と見られがちな奈緒だったが、むしろ北国の出身らしい、抜けるような白い肌が醸し出す深窓の令嬢風のたたずまいの方が、彼女の性格には似合っていたと言えるだろう。

婚約が公になって、奈緒ファンの数には事欠かない社内はおろか、うわさを聞きつけた取引先からも、どれだけ羨望の眼差しで見られたことか。

ここ一週間は、社長の海外出張随行ということで電話とメールでしかやりとりできない。

それでも普段は凜とした奈緒に、電話越しに「早く会いたい」と言われるだけで、骨抜きになるような有様だった。

（俺は信じられない果報者だ）

「いやまったく、池田君は信じられぬほどの果報者だな」

島田奈緒は、広さ百平米もあろうかという副社長室の中で、壁に向かって硬い表情のまま立ちつくしていた。

会社の秘書用の制服である、ウエストを絞った黒のジャケットと、豊乳に突き上げられた白のVネックシャツ、そしていまどき顰蹙を買いそうなほどヒップを強調したタイトスカートを身につけている。

やや茶色の豊かな髪は額で分けられ、柔らかなウエーブがかかって肩胛骨あたりまで流れ、毛先はくるくると巻き上げられている。

もともとグラマラスなボディのうえに、雪白の肌がしっとりとして、少し痩せた顔も凄絶な妖艶さを見せ始めていた。

人に居住まいを正させるような強い眼差しは、どうしたことか、この一週間でまさに匂い立つような色気を発散するまでになっていた。

「……ひッ」

副社長の北村は彫像のようになっていた奈緒に背後から素早く近づき、抱き込む。青ざめた秘書は抵抗もできず、男の腕の中で震えた。

「明日、君の辞令が出る。秘書室主任、副社長付きだ。入社五年目にしては、ちょっと早すぎるがな」

「う……訴えてやるわ……」

力なく反らされた奈緒の顎をつかんで、正面を向けさせる。

「それはさせない、というよりできない。なぜなら君はもうセックスの快感を拒むことができないからだ」

「う、うそ……」

奈緒の頭は混乱しきっていた。

北村に呼ばれたのは一週間前だった。

創業者の会長の息子である彼は、だれもが知る後継者であり、社内随一の権力者でもある。大事な取引先の接待ということで向島の料亭に伴われ、大して飲んでもいないうちに気を失った。

翌朝、都心のホテルの最上階のロイヤルスイートで目覚めた。

しかし、肌掛けの下では全裸に剝き上げられ、両の手足は大の字に革ベルトでかっちりと拘束されていたのだ。

以来一週間、徹底的に汚し尽くされた。

ルームサービスの食事を摂り、拘束されたまま精液まみれの身体をバスルームで洗われる以外は、北村のぶよついた肉体に似合わぬ太棹が、奈緒のいずれかの穴を串刺しにしていた。

ところがおかしなことに、美人秘書の身体は常に気だるく、それでいてひりひりするほど肌が感じやすくなっていた。

心では拒否していても、肉体は何も拒めず、憎い男の責めるままに、恥ずかしい声をこらえられなくなっていった。

憎むべきレイプ魔に犯されるたびに感じてしまう自分が信じられず、彼女は暴風のような凌辱にただ耐えるしかなかった。

アリバイ作りのために、婚約者に電話させられるときにも常に挿入されていた。社員である彼の立場も慮り、助けを求める勇気は最後まで持てなかったのだ。

「君がこれほどスケベな……マゾだったのは、本当にラッキーだったよ」

「いやあ……」

北村の肉太の手が女体を慈しむように回し、正面を向かせる。もう一方の手は張りのある臀部をいやらしくまさぐり始めていた。

「いずれにせよ、結婚までの三か月だ。それまでは楽しんでくれ」

「む、無理……あ……」

顔を仰向かされ、唇を吸われる。

いままでは舌を吸われると、秘芯がじゅんと疼いてしまう。美人秘書は心の動きとなんら関係なく、すぐに性感のスイッチが入る身体にされていた。

北村の大きな手がタイトスカートのジッパーを探り当て、一気に下ろす。その手がそのまま、ショーツの中へ入り込んできた。

「あむ……」

口を吸われたまま、男の手が陰毛に覆われた股間の方へ差し入れられていく。すでに下半身は濡れそぼち、小さな布地を湿らせ始めていた。指が生の割れ目を覆うところまで到達した。中指と人差し指を縦割れに沿わせ、ぐっと開く。

「ううッ……こんなの、だめえ……」

奈緒は辛うじて口をもぎ離した。唾が糸を引いて垂れ落ちる。

一部上場企業の役員室で、破廉恥な行為が繰り広げられていた。

勤務中の美人秘書は、立ったまま抱きしめられてスカートを膝まで下ろされ、電車で痴漢をされているように股間に指を這わされていた。

悔しくても、背中が思わずのけ反りあがってしまう。北村のツボを押さえた刺激に、奈緒は身体が早くも感じてきてしまっているのがわかる。

（どうしてこんなッ……こいつのなすがままなのッ）

男に抱かれるだけで抵抗の意思が失せていくのは、激しい凌辱のせいなのか。

北村は秘書のタイトスカートを足首まで下ろした。ショーツはそのまま腿の方へ折り返しただけで、茂みに翳る股間だけを丸出しにさせた。

中途半端な恰好に、奈緒の羞恥心がいや増す。

「こんな……こんなところで……」

性奴隷同然の扱いとはいえ、職場で弄ばれるのは初めてだった。

美人秘書は哀願するような眼差しを上司に向ける。

北村は知らぬ顔で光沢のあるVネックを捲り上げ、勢いでブラもろともずり上げると、Gカップの豊満なバストがぽろんとまろび出た。

「いやッ」

明らかに辱しめを目的とした脱がせ方に抗おうとするが、抱きしめられていて果たせない。美人秘書は副社長室の壁に押しつけられ、わずかに脚を開かされ、股に指をぬるんと差し込まれた。

「あゥッ」

ぷっくりと柔らかい大陰唇の間に二本の指が深々と入り込む。

ゆるゆると中を擦られ始めると、奈緒の意思とは無関係に子宮の奥が痺れ、陰裂からじゅくじゅくと蜜が溢れてきた。

秘書は背後の壁に手をついて身体を支え、はあはあと息をしながら脚を開いたまま上を向き、指による凌辱に身を任せていた。

「どうした？　もう抵抗しないのか」

「ううッ……ひどいわ」

きりきりと唇を噛み締め、一瞬火花が走ったかのような、火照りきった目元で睨んだ。だが恐ろしいことに、二十七歳の開花された肉体は、感度ばかりが日に日に増していた。

北村はにやりとすると、中指を使って触れるか触れないかの微妙なタッチで、秘書の大きくなり始めた肉芽をさらに回し始めた。

「ふぅぅッ……」

奈緒は息を吐いて刺激に耐えようとする。

ゆっくり、ゆっくりとぬるつきを利用して陰核を回されると、腰が自然に回り、クリトリスがみるみる固くしこってくる。

「ふふ、職場だから余計に感じるんだろ」

「ち、違います……」

否定したいが、突起を撫でられると幾度も電気が脳天まで走る。

奈緒の心から、抵抗しようという気持ちが薄れていく。

ソフトに、念入りに優しくクリトリスをいじられていると自然に口が開いて、かすかに喘ぎ声を上げてしまうのを止められない。

「ああん……くッ」

屈辱と興奮で顔が真っ赤に染まる。

もう完全に男の指に意のままに操られている。

正面に立たれて、股間に指を差し込まれているのに、自ら腰を突き出して愛撫を求めるようなポーズになってしまう。

「奈緒は、もっともっと淫乱になるんだよ」

「よ、呼び捨てにしないでくださいッ……なりませんッ……」

(これ以上感じちゃったら、こいつに逆らえなくなる)

奈緒は、最初に北村に犯された時に言われた「結婚式までの間だけ」という約束を信用はしていなかった。

それでもどこかでその希望にすがっている部分があった。そうでなければ、とても凌辱の日々を耐えることはできなかっただろう。

ただ、このまま身体を開かされていくと、本当に求められるままに股を開く女にされてしまうかもしれない。

男の指は社内随一の美人秘書の濡れきった割れ目を、勝手知ったるがごとく自由に這いまわり、ぬかるみをくちょくちょと指ですくい上げたり、肉芽をつまみ上げたり、陰唇を震わせて遊んだりといたぶりの限りを尽くしていった。

「あふ……ああン」

美しき秘書は恥ずかしすぎる恰好のままで、胸乳を震わせながら、指責めだけで昇りつめようとしていた。

(ああだめ……悔しいけどいっちゃう)

腰が痙攣を始めたとき、北村は急に指を抜いた。

「え……」

ぼうっとしている奈緒の肩を抱くと壁の方へ向き直らせた。

眼前の光景に、奈緒は思わず絶叫しそうになった。

＊

（良太さん！）

壁がいつの間にかガラス窓になっており、向こう側には中井専務が座って、正面には婚約者の池田良太が立っていたのだ。

北村はがくがくと震える美人秘書の腰からショーツを引き下ろし、足元のスカートもろとも蹴り飛ばす。

そして手早くスラックスとブリーフをずり下ろし、凶暴なまでに黒々とそびえ立つ肉棒をあらわにした。先走り液に濡れた亀頭が、奈緒の桃のように白く充実した臀部にぐっと押しつけられる。

「だめッ」

美人秘書は何が起きているのかわけもわからず、混乱した意識のままで懸命に逃れようと尻を振る。

（あの人の前で犯される！）

声も出せずに震える奈緒の桃尻を、北村はたるんだ下腹で壁にぐいと押しつけるやいなや、極太の剛直で濡れきった肉裂を押し開き、後ろからズブリと埋め込んだ。

「うあああッ」

突然の挿入に、美人秘書は真っ白な首筋を反らせる。

それよりも声を上げてしまった不覚に思わず涙がこぼれる。

「心配ない、特殊なガラスだ。向こうからは見えんし聞こえんよ」

(え?……)

女の動揺には委細構わず、コチコチの肉棒はずるずると狭い膣口に入り込む。

「あああ……」

奈緒は状況を理解した安心から腰の力を抜いてしまった。

すると剛棒が予期せぬ勢いで根元までズボリと嵌まり込み、子宮口を突き上げられて、秘書は思わずのけ反り上がった。

「はあああンッ」

この一週間、夜も日も明けず北村に下ごしらえされた秘書の美肉は、挿入だけで感じてしまった。奈緒は上気した顔を上げ、口を開いて喘ぐ。

(だめ……こうなったら拒めない)

頬を染めて快感をこらえている美人秘書の横顔にたまらなくなったのか、北村は削岩機のような勢いで腰をぬるぬるの蜜裂に打ち込む。

奈緒の顔を無理やり後ろに振り向かせると、可憐な口を吸い立てた。

「んッ……んんッ」

美人秘書もぼうっとした顔で北村の舌に応え、ねとねと粘膜を絡ませて唾液を交換しあう。

持てあますほどに豊満な肉体を授けられた二十七歳の美人秘書は、汗でゆるんだスーツをまとわりつかせたまま、眼前の現実から逃れるかのように卑猥すぎる淫穴の締め付けで、激しい男の腰使いに応えていく。


「わたしが……ですか？」

「ああ」

何故か無表情のままで、中井専務は良太に紙を放った。

辞令には、「X月X日、営業第三部　池田良太　新事業推進部（新設）　業務推進課長を命ず」とあった。

「そんな部ができるんですか」

「副社長直轄の、新プロジェクトだ。相当頑張ってもらうことになるぞ」

（お、俺が課長？）

目にしていても信じられなかった。新設部門とはいえ、一介の平社員がいきなり課長だ。良太は同期のなかでもトップというわけではない。事実、すでに係長に上がっている者もいた。それがいきなりのごぼう抜きだ。

「……ちなみに、島田君も副社長付きに上がる。普通なら君が本社から出るところなんだが、副社長のご配慮と思ってくれていい」

「そ、そうですか」

背中を冷や汗が流れる。突然運が回ってきた驚きと困惑に対処できないでいた。

（副社長といやあ、次の社長だ。俺のどこを見込んでくれたんだろう？）

とまどいながらも良太は、躍り上がりたいような興奮が次第に湧き上がってくるのを感じていた。専務の表情が少し気になったが。

（早く、奈緒に知らせなきゃ！）

外を見ると、青空にぽっかり雲が浮かんでいた。

「あァァッ！」

奈緒が深突きに思わず大きな声を上げ、腰を反らした。

副社長は構わずに細腰をつかみ直すと、バックから勢いよくびたんびたんと秘書の尻肉に打ち付け始めた。

美人秘書は一度声を上げたあとは、恥じらったのか無言で耐えている。

「んッ……んッ」

秋の蒼天の下、広大な窓から入る日差しのなか、壮年の男と美女の激しい息遣いと、びたんびたんという肉の打撃音だけが響いている。

北村は腰の動きを止めずに秘書の胸元で絡まったブラを引きちぎり、両手に余るメロンのような胸乳を強引に絞り上げた。

「やッ……」

奈緒の真っ白な頬は、マラソンでもした後のように真っ赤に染まっている。

デスクワークには充分な空調だったが、汗がひっきりなしに髪の間を流れる。

乳首をくっと引っ張り上げると、秘書が背中をのけ反らせる。

「スピーカーから聞こえただろう、奈緒。君の未来の旦那は出世コースに乗ったのさ。くそ、なんて締め付けだ……すごくいい」

奈緒はぶんぶんと首を左右に振る。

「ひ、ひきょうよ……あの人の人事と引き換えにするなんて」

「世の中はそういうものさ……ううッ」

中年男は蜜壺の余りの気持ちよさに喘ぎながら、腰をびたびた打ち込んだ。

奈緒は唇を噛みしめて快美感に耐える。あえぎ声をこらえ、はあはあと荒い息をつき、手で必死にガラスにしがみつくようにしている。

「何の問題もない。君もこのまま、トップエリートの妻になるだけだ……うう」

尻を突き出している、上着とVネックシャツだけの美人秘書。副社長は美尻に容赦なく荒々しい肉棒の突きを見舞う。

汗なのか、愛液なのか、ぬらついて光っている剛直が奈緒の真っ白な尻に出たり入ったりするのは壮観だった。

「出すぞ……」

うめくのは男ばかりで、秘書はほとんど無言で下を向いて喘いでいる。

中で出されるのも慣れているのか、諦めているのか、さしたる抵抗も見せずにそのままの姿勢で男の責めを受け止めている。

「あ、出る」

中年男はそう言うと腰をがくがくさせ、秘書の柔乳を握り締めたまま背中に重なった。しばらくして肉茎を引き抜くと、白濁がぼたぼたと凌辱された陰裂から垂れ落ちた。まだ勃ったままだ。

北村は奈緒の身体をつかんで正面に向かせた。

乱れた髪の間から涙に光る瞳が男を射抜き、思わずたじろぐ。しかし副社長は頬をゆるませると、秘書の腰をぐいとつかんで下から再び挿入する。

「あーーーッ……」

さすがに奈緒の顔が歪み、のけ反る。

屈辱に染まった顔で、唇を噛み締め、目をつぶった。

北村はもう遠慮はいらぬとばかりに、奈緒の愛液で白く光り、ぬるぬるになっている肉棒をびたびた打ち込んでいく。

「くッ……だめぇッ」

規則的な突きに、ついに美人秘書の口が開いて荒い喘ぎ声を吐き始めた。

奈緒の内腿が緊張し、筋が立って荒々しい肉棒の突き込みをしっかりと喰い締め、受け止め始めた。

明らかに汗ではないおびただしい液体が腿から滴り落ちている。

「はぅ……うッ」

中年男は秘書の腰を欲望に任せて自由自在に回し、上に持ち上げ、ぴったりと腰と腰を密着させてローリングさせる。

美女はぶるぶると首を左右に振っている。

「奈緒……感じてるか」

副社長の問いに、秘書は懸命に左右に首を振るが、股間のにちゃつきはますます音を高くしている。

髪がばらけ、汗が頬を垂れ、服の間で豊乳がバウンドするように上下に揺れる。

「ああ……また出ちまう」

中年男がうめくように漏らすと、秘書の手があてもなく壁を探った。

男の動きが止まり、腰をぐいと突き上げた。奈緒は顔を思い切りのけ反らせ、ぶるぶると震えて、中出しの屈辱を堪え忍んでいた。


北村は役員室フロア共通の毛足の長いカーペットの上で全裸になり、窓の下の壁にもたれて足を前に投げ出していた。

奈緒は全裸にされ、上半身を高手小手に縛り上げられていた。

衣類はすべてはぎ取られ、両脚を左右に開いて対面座位の姿勢で剛直に貫かれていた。素裸なのに、自慢の美脚を包んでいる腿までの黒いストッキングが残されているのが、なんとも卑猥だった。

「あぁッ……ハンッ！……くんッ」

美人秘書は下からの突き上げになす術もなく身体を上下させられていた。

特大サイズの肉棒をみっちりと埋め込まれ、濡れきった肉壺を思うままに抉られる。豊満な乳房が痛々しいまでにぶるんぶるんと壮絶に揺れている。

「いやあンッ……深すぎますッ」

淫情に押し流された秘書は、よがり声を抑えることもできなくなっていた。

北村が豊麗な身体の割にくびれた腰を抱きしめ、胸と胸の間で柔らかな隆起を押し潰しながら、蜜壺を抉るようにタイミングよく突き込む。

「だめッ……だめ」

顔を真っ赤にした美人秘書は潤みきった瞳で北村を見上げ、喘ぐ。

(どうしてこんなッ……犯されるたびに身体の制御が利かなくなってくるの？)

ホテルで初めてレイプされた時は、ただ翻弄されるだけだった。

ところが日々生活をともにしながら四六時中犯されていくうちに、頭の中に桃色の霞がかかったように、セックスのことばかりを考えるようになっていった。

「くッ……あああ」

秘書が男の上で背中を反らし、身体をびくびく震わせた。

肉棒が子宮まで届くほど打ち込まれるたび、じゅわんと痺れが広がる。

小水を漏らしてしまいそうになるほど感じてしまう。漏らさないでいるだけで限界だった。

「感じ過ぎてどうにもならないんだろ、奈緒」

「違う……違いますッ」

辛うじてかぶりを振るが、身体感覚が完全に狂っていた。

もともと奥手で男性経験は少ない。良太との性交渉も、向こうが気を遣っているのか数えるほどしかなかった。

絶頂を極めたことなど、ただの一度もなかった。

（セックスが、こんなに凄いなんて……）

北村は余裕を持って、釘打ち機のように連続で撃ち込んだかと思うと、焦らすようにゆっくりと抜き差しをするのだった。

奈緒の腰をくっと持ち上げては腿の上に落としこむ。持ち上げては、角度を変えて落とす。美人秘書は、膣の内壁のどこを抉られ、擦られても快感を得てしまうことに、狂乱寸前になっていた。

「副社長……お願い……もっとゆっくり……」

名前では呼びたくもない憎い男。

それでもこのまま貫かれ、感じ続けさせられていると、自分がどうなってしまうかわからない。

それに何と言ってもここは本社オフィスであり、奈緒の神聖なる職場なのだ。勤務中にオフィスで縛られ、欲望に身を任せて愛液を垂れ流しながら、副社長と不倫セックスに没頭している秘書。端から見れば、そうとしか見られない。そのことに奈緒の心は追い詰められていた。

「奈緒からのおねだりは久し振りだね。ゆっくりが好きなんだね」

北村はだらしない笑みを浮かべながら、ゆったりしたリズムで、びたんびたんと腰を女の丸出しの股間に打ち付ける。

「クッ……ち、違うわ……」

自分の何もかもを知り尽くしているくせに、白々しい台詞を吐く男が恨めしい。エキゾチックなまでの美貌に彩られた、ぞくぞくするほど卑猥な雰囲気をたたえた眼差しに射られ、北村はさらに昂ぶる。

「アウウッ……だめッ……吸っちゃダメですッ」

奈緒の腰がうろたえたように前後に揺れた。

北村がぷるんぷるんと揺れる二十七歳の張りのある乳房をつかまえ、飛び出した乳首を吸い上げたのだ。

男は両方の乳房を手綱のようにつかんで、さらに腰を激しく上下させる。緊縛された美人秘書の身体は人形のようにがくがくと揺れる。

北村は奈緒の紅潮しきった顔を見つめた。

「お前、本当に美人だな。どうしてタレントにならなかったんだ」

「み、見ないでくださいッ」

全身から溢れるくらいに精液を注がれているとはいえ、恋人のように見つめられるのは恥ずかしい。北村は奈緒の顔を引き寄せると、唇を吸った。

奈緒もぼんやりした表情で舌を絡めて受け止める。しばらくねちゃねちゃと口を吸い合った後、唾液の糸を引かせながら名残惜しそうに離す。

「奈緒、お前は素質があるんだよ。俺のプライベート秘書として、これからもっともっと覚えてもらわないといけないことがあるからな」

朦朧として腰が痺れっ放しとはいえ、美人秘書はその恐るべき言葉は、力なく首を振って拒否した。北村は艶やかな髪の流れる肩を抱き寄せ、縄で絞り出された豊乳の先を親指の腹でずり上げた。

「はうんッ……あああンッ……」

美人秘書は首をのけ反らせると、肉棒がみっしりと埋められた秘穴から、じゅんと愛液を漏らした。すでに奈緒がはしたなくも垂れ流した液で、カーペットは黒く染まりつつあった。

（しかし、これほどの逸材とは思わなかったな。充分に金と時間をかけて仕込んだとはいえ、とんでもない大当たりだ）

北村が島田奈緒を見初めたのは半年前に遡る。

専務秘書に有能な美人がいるという噂は聞いていたが、当時は駆け出しのモデルを飼うことに夢中になっていてそれどころではなかった。

しかし、ある日の役員会で見かけ、心臓を射貫かれたような気持ちになった。

美貌、知性、そして白磁の壺のようなボディラインを目の当たりにして、モデルらしい細身の肉体が、にわかに色褪せて見えたのだ。

北村はまず、抵抗力を失わせる薬物の確保、社内の根回しに奔走した。

ところが準備に時間をかけている間に、池田良太に獲物をさらわれたのだった。

（まあしかし、結果的にはよかった）

ただ単に権力者が秘書を手に入れるのでは、安直すぎる。

結婚によってこそ、望んでも手に入らぬ不道徳極まりない関係が結べるのだ。

島田奈緒が人一倍の羞恥心と倫理観の持ち主であることもわかっていた。根っからの変態であった北村にとっては、状況はむしろ好都合というべきだった。


「あぅ……ああ」

すでに一週間以上、北村のマンションで昼夜を問わずに犯され続けている。

もはや奈緒の脳は、まとまった考えが持てないようになっていた。

北村が毎回食事に仕込んだ薬物の効果もあったのだが、それ以上に絶頂漬けによるショック状態が続いていた。

奈緒の乳房と陰部は、セックスを始めると同時に猛烈に疼き始めるのだった。

最初から濡れている陰裂に、良太より一回り大きい肉棒を打ち込まれたままでずっといると、北村に服従したい気持ちがどんどん強くなってくるのだ。

その心の動きを奈緒は認めなかったが、身体の順応だけは抑えられなかった。

美人秘書は後ろ手緊縛された身体を組み敷かれ、大きく開かされた股間が浮き上がるほど強めに突き抜かれて、全身を痙攣させた。

「あうんッ……いやんッ」

「副社長秘書はいままでのようなわけにはいかんぞ。一日五回はこういう特別勤務があるからな、覚悟しとけよ」

「いやいやッ」

職務を辱しめるような男の軽口に、美人秘書は屈辱を覚え、ぶんぶんと首を振る。

しかも淫ら過ぎる表情をしているとわかっている顔を、数センチの距離から見つめられながら、上司に下から肉穴を突かれ続けているのだ。

その時、奈緒のスマートフォンが鳴った。

「ヒッ」

思わず二人は動きを止めたが、奈緒の凍り付いたような顔から北村はすぐに相手が誰かを察した。

にやつきながら、服の間に落ちていた秘書のスマホに手を伸ばす。

美人秘書は腰を浮かせて脚を絡め、男の動きを阻止しようとしたが、北村は挿入したまま手を伸ばし、端末を拾い上げた。

「おお、やっぱり未来の夫からだぞ」

白々しくつぶやく北村。画面表示には「良太」とある。

「お願い、それだけは！」

美人秘書は汗にほつれた髪を額に張り付かせながら震え、必死に哀訴するような表情で男を見上げる。

「婚約者を待たせてはいかんだろう」

男はいささかもためらう様子もなく、着信ボタンを押した。

秘書は信じられない、といった顔で全身が貫かれたまま画面を見つめた。

「もしもし？　奈緒さん？」

彼の声が漏れてくる。奈緒は震えるばかりだ。

北村はスマホを奈緒の耳にあてながら、股間を女体にぴったりと押し付けた。

ぶるぶると震える身体を串刺しにするかのような、力強い抜き差しを始めた。

パンッ……パンッ……パンッ……。

びた、びた、びたと濡れそぼった肉裂を剛直が面白いように貫いていく。

（あ・あ・あ・あ）

美人秘書は口を開けたまま上を向き、緊縛された身体を硬直させた。声を必死にこらえる。

（悪魔！　鬼！　けだもの！）

視線で人を殺せるなら、瞬殺しているであろうほどに北村を睨むが、どうにもならない。突き上げの勢いが増し、肉のぶつかる音とともに、ベッドの上で身体が上下に揺さぶられる。

（なんでッ……でも腰が、腰がぁッ）

「電車かどこかかな？」

気が動転し、何をしたらいいかわからない。

それなのに、奈緒は疼くほどに感じてしまっている自分の肉体を意識して、泣かんばかりだった。

（おしっこ出ちゃう……もうどうでもいい……こんなの初めて）

顔を真っ赤に火照らせ、Gカップの巨乳をちぎれんばかりに上下させながら、美人秘書は男の肉棒を強烈に締め上げ始めた。

この憎い男には、これまで様々な道具を使われて何度となく絶頂を味わわされてきた。だが今回はいままでと全然違う。

（死んじゃう、死んじゃうかも！）

全身が自分でも恐ろしくなるくらいに痙攣している。

つま先から髪の一本一本まで、電撃が走る。ぷっくりと絞り出された乳房がバウンドしながら、破裂しそうなくらいに感じきっている。

(どうなるの？　わたし、どうなっちゃうのぉ？)

叫びたい、この快感を全身で表さないと、肉体が爆発してしまうのではないかと恐れるくらいに、奈緒の肉体には快楽が充満していた。

汗を弾き飛ばし、唇をぎりぎり噛みしめ、痙攣しながらひたすら男の肉棒を秘穴で喰い締めてしまう。

ばちゅんッ……ばちゅんッ……ばちゅんッ……。

美人秘書はぶるぶる震えながら、洪水のように愛液を垂れ流している蜜壺で、男の突きを受け止めていく。

(もうだめ……だめよ)

生まれてこのかた感じたことのない、巨大な疼きの塊が、子宮の奥から全身に広がっていく。

「……イク……イクの！」

緊縛された上半身をせつなそうにくねらせ、豊かな髪と乳房を上下に揺らしながら、美人秘書はついに叫んでしまった。

「……え、来てくれるの？」

のんびりした男の声が、受話口から聞こえた。

絶頂が近いことを告げる、細かな痙攣が奈緒のしなやかな肉体に伝わり出した。

上を向いて口を開けたままの美女は、ぐいと後ろにのけ反り、北村はあわてて抱きとめた。

すると美人秘書は自分で制御できぬほど、いやらしく腰をくねらせて秘割れを男の腰にこすりつけた。

左右、上下、前後、そしてひねりも加えながら、北村の太竿を発火するくらいに熱くなった肉襞で絞り上げ、蠕動するように締め上げた。

（こ、これはたまらん）

北村もいやらしすぎる美人秘書の、ねっとりと力強く、決して教えることのできぬ激しい腰使いにたまらず、奈緒の身体が求めるままに、自身の肉棒を連続して締める蜜穴の動きに委ねた。

「イク！」

奈緒は思いっきり背中をのけ反らせて、可愛らしく絶頂を告げた。

北村は最後の力を振り絞って、何か言っている電話を切った。

美人秘書は中年男の下で十秒以上は痙攣を続けたあと、がっくりと脱力した。美女は細かく震えながら、はあはあと息をつくばかりになった。

「奈緒。今日はまだまだ終われんぞ」

完全にセックスの快楽に屈服した二十七歳の美女は、もはや何を答えることも、抗うこともできないでいた。


その日の夕方。もとは会長室だった副社長室は、完全に締め切られていた。役員も秘書も、適当に理由をこじつけられてすでに退社させられていた。

スイス製の革張り椅子に座った北村に、大きく股を開かされて脚を抱え込まれた奈緒が背面座位でゆっくりと貫かれていた。

「あーッ……あーッ……あーッ……」

婚約者に言い訳の電話をさせながら、マンションから全裸緊縛にコートを着せただけの恰好で、オフィスに連れ込んだのだ。

汗みずくになった二十七歳の瑞々しい肢体を今度は時間をかけて突き、肉壺をこねくり、襞を抉り抜いた。奈緒の身体は一突きごとに敏感に反応し、美人秘書は快美感のあまりすすり泣いた。

奈緒の陰唇は極太の肉棒によって限界まで筒のように広げられ、そこに反りかえった鋼鉄の棒がずんずんと入ったり出たりする。

その度に白くぬらついた本気汁が掻きだされるが、一度抜けば再び処女のように口を閉じるのだった。

「だめッ……だめえッ……イイのッ」

もうどっちなのかわからない。奈緒はうわごとのように、人生のなかでかつて一度も出したことのない、甘えた、悩ましい声を上げ続けている。

男性社員の誰もが憧れる美人秘書は、膣穴を突かれるたびに髪を振り乱し、愛しい肉棒を、腰をくねらせながら締め付けた。

その姿は百戦錬磨の北村にして、余りに刺激的だった。それに抱けば抱くほど溺れざるを得ない、素晴らしく弾力と柔らかさのある肉体だった。

「ああッ……どうすればいいんですかッ」

真っ赤な顔で、もはや隠しきれぬ淫欲にまみれた目つきで背後の北村を見る。その間も腰をくいくいと男の股間にこすりつける。

男も、さんざん揉み立ててすっかり手のあとが付いてしまった秘書の巨乳をつかみながら、規則的に肉茎を下から叩き込む。

「イイッ……死んじゃいますッ」

もはや日常の、きりりとしたキャリア秘書姿はどこかへ行ってしまっていた。霞がかかったような顔で、眉はハの字にひそめられ、いやらしく膣穴で男を締め付けることばかりに熱中している。

「またダメになるの……お願いです……」

幾度となく絶頂に追いやられ、感じすぎた腰が限界なのだろう。

ゆっくりと抜き差しされるのは、奈緒の肉体にとって拷問に近くなっていた。泣き出しそうな顔でこの快楽に早く止めを刺して欲しいとばかりに、自分を貫いている男に目で訴える。

「そんなことを言っていいのか?……婚約者のいる身でな、ハハッ」

「ひ、ひどいわッ」

奈緒は身もだえして汗まみれの胸乳を震わせた。

いくら快楽地獄のどん底にまで堕とされたとしても、まだ最後のプライドは残っていた。何もかも、この男の言うままになる気はなかった。

(それでも……このまま犯し続けられたら、わたし)

そこまで責められたら、本当に頭がおかしくなってしまうのではないか。

美人秘書は恐れた。今でさえ、全身が綿のようにくにゃくにゃに柔らかくなって、セックス人形にされているのに抵抗できないでいる。

「あ……くッ」

腰だけが突きに合わせて勝手に動いてしまう。

奈緒はこのまま男の肉棒に蹂躙され尽くし、すべてを捧げてしまいたいという暗い欲望すら心の中に生まれ始めたことに、怖気をふるった。

「お願い、許してください……」

美人秘書は唇を噛み、力なく首を振った。

「しょうがないな……かわいいやつめ」

北村はたまらず、美人秘書のどろどろになった膣壁の上部にあるGスポットを探り当て、ずくずくと小刻みに突き上げ始める。

奈緒の身体が狂ったようにバウンドした。熱い膣襞が何度も肉棒をぎりぎり絞り上げる。

「ああッ……イキますッ」

可愛らしい声を高らかに発して美しき秘書は緊縛姿のままで再び昇り詰めた。

ぶるぶるとGカップの柔らかな乳房を震わせたかと思うと、どっと汗をかいて背中から男の上に倒れ込んだ。

膣穴が痺れたように疼き、これ以上のどんな刺激も苦痛だった。息を吐くばかりの奈緒の頬から胸までが赤く染まり、汗でじっとり全身が濡れている。

結合部は、赤く見える陰唇が開いて太い肉棒を呑み込んだままでいた。快感だけが秘書を包んでいた。

「ああッ……まだ早すぎますッ……」

再び、力強く動き始めた男に驚き、美人秘書は力の入らない身体を揺らしながら、背中の男に訴える。

「いやッ……もうだめぇ……」

「なにがダメだ、このエロ秘書め！」

秘書の緊縛された身体が再びずんずん跳ね上げられ、力を失わぬ黒ずんだ剛直が、奈緒の真っ白な股間の肉裂に姿を隠したり、見せたりする。

滑らかなラインを誇る秘書の肉体が打ち込みのたびに若鮎のように跳ね、全身は汗でぬらぬらに濡れ光って、なんとも猥褻な雰囲気を発散する。

「いや……強すぎますッ」

自由にならぬ身体を懸命によじらせるが、結合を解かぬ美人秘書の陰部からは粘液の音がぴちゃぴちゃ、ぬちゃぬちゃと激しく立っていた。

秘書の肉襞は肉棒の抽送で引き出され、折り込まれ、壮絶な眺めを呈している。

「くんッ……だめぇ」

北村は脚を抱えていた手を離し、両乳房を背後からつかみ上げた。

長い両脚はだらりと開いたまま肘掛けに乗った。秘書はぐんなりして、どんな卑猥な責めも受け入れるがままだ。

男は腰をいやらしく回しながら、充血した乳房を揉み立てた。

「ああッ……また……また来ちゃいます」

奈緒の腰はまるで生き物のように男の上で自由自在にくねり、肉棒をきつく締め上げるまでになっていた。

(くそッ……俺としたことがなんてざまだ。完全に自分を見失って、こいつに溺れてるじゃないか。もう三倍も薬を飲んじまった)

性の闇黒に堕ちていたのは奈緒だけではなかった。

北村も奈緒に挑むたびに勃起不全薬を服用しているため、完全に許容量を超えているはずだった。

(このまま死んでも悔いはない。そうまで思わせる女だ、こいつは)

「お前……いつのまにそんな動きを覚えやがった」

「うそ……違いますッ」

プロから少女まで豊富な経験を積んだ北村を驚かせるほど、奈緒の膣壁は肉茎にぴったり寄り添っては締め付け、吸い込み、蠕動して男を喜ばせる名器に変貌していた。

「くううんッ」

あまりの気持ちよさに、思わず知らず、ずんと子宮まで届くほどに腰を突き上げ、秘書をのけ反らせる。

奈緒の肉体は緊縛セックスに完全に順応していた。

「くそ、もう」

「きゃあッ」

背面座位がもどかしくなった北村は、奈緒からペニスを引き抜くと、女体を大きな特注の机に仰向けに乗せ上げ、机のものを振り払った。

ばらばらと書類や社印などがこぼれ落ちる。

矢も楯もたまらず机に上がると、正面から秘書の腰をがっちりと押さえ、びたびたといままでとは段違いのスピードで強烈な抜き差しを始めた。

「うあああッ」

爛れたように充血している美女の陰唇に、剛棒が白い粘液をまとわりつかせながら打ち込まれる。

愛液と汗が肌と肌の接点から弾け飛ぶほどの激しいセックスが、美人秘書の美しい肢体を翻弄する。

「あッ……あぁッ……いやッ……いやぁッ」

奈緒は、押さえられた腰に連続的に突き込まれる肉棒の圧力で何度も何度ものけ反り上がり、跳ねまくる。

「こんなとこでッ……ゆるしてッ……許してぇッ」

「くそ、こうしてやる」

秘書は緊縛されている上半身を上下させながら口を大きく開き、ぱくぱくさせて男の狂ったような突きの威力を逃がそうとするが、奥まで突き込まれるたびに確実に子宮口が亀頭で捉えられていた。

「あんッあんッあんッ」

全身は真っ赤に染まり、汗をしとどに垂らしながら美人秘書の視線が宙に舞う。

奈緒は腰の痺れが指先まで伝わり、身体のすべての部位が震えているような錯覚に陥った。

膣壁は強烈に男を締め上げ、物欲しそうに陰茎を絞り上げる。

「ううッ……きつすぎるぜ」

さすがの北村も顔をしかめ、射精を耐えてしゃにむに腰を突き上げるしかない。

「死ぬッ……死んじゃうッ」

奈緒は突かれ、こねられ震わされる肉体をコントロールする術を失って、激烈な快感に咽び泣く。

肉と肉の合わせ目から液体が流れ、机に大きな水たまりを作っていく。

「だめ……だめ」

緊縛美人秘書は、乱れきった長いウェーブヘアに縁どられた美貌を限界までのけ反らせ、ぴくんぴくんと痙攣を始めた。

北村は圧倒的な気持ちよさに耐えながら、腰をつかんで最後の力を振り絞り、連続ピストンを敢行する。

「イク時はイクと言うんだぞ、奈緒！」

「ううッ……」

秘書は快感と羞恥に染まった顔を涙で濡らしながら、どうにもならない腰をぐいと反らし、空中で痙攣させながら男の肉棒をぎりぎりと締め上げた。

「奈緒……奈緒イキますッ！」

「おおっ」

美人秘書の身体が空中で止まった瞬間、北村はたまりにたまった精液を膣内にどくどくと放出した。

「ああッ……熱い！」

子宮口を憎い男の精液で直撃され、動揺と屈辱に奈緒の膣口がさらに締まるが、肉襞は勝手に肉棒を奥へ奥へと吸い込み、子宮へと送り届けるように精液を吸い上げる。

北村は締め付けのあまりの気持ちよさに、何度も何度も残った白濁をびゅく、びゅくと射精して美人秘書の膣内を汚していく。

「いや……いっぱい」

「もう、逃がさないぞ」

二十七歳の完成された肉体は、満足げな男の下で痙攣を続けながら、全身の力が抜けてしまうほどの絶頂感の余韻に浸っていた。

「ふううンッ」

美人秘書の肢体がくねり、縄がぴんと張る。

手のひらでクリームをまんべんなく股間に塗り広げられていくと、びくつきが激しくなる。

北村はぬるぬるになった中指を、十分にこなれた秘穴に差し込んだ。

「あぐぅッ」

相変わらず、指一本でもぎゅうぎゅうに締め上げる稀代の名器だった。

熱く蠕動する肉襞を堪能して、抜いてやると奈緒がほうっと息をつく。

「うああンッ」

今度は薬指を後ろの穴に突っ込んだのだ。秘書の身体が大きくのけ反る。

「そんなッ……いきなりッ」

「ほう。前の穴のほうがやっぱりいいってことかね」

「そ、そういう意味じゃッ……はぅ」

北村のからかいに答える余裕はない。

肛門に入った薬指が全部入ってしまった。菊穴をくいくいと持ち上げられると、指一本ですべてを征服されたような気持ちになってしまう。

「まあいいさ。今日はめでたい日だしな」

「あうッ……は、はい」

指を直腸の奥までぐいと突っ込まれ、奈緒は息が止まりそうになる。

「ちゃんと手入れはしてあるようだな……」

指を回しながら、確かめるように内壁を探る。

奈緒は入れられているだけで精一杯で、荒く息をつくばかりだ。

「奈緒の新しい門出だ。俺もしばらく禁欲してきたしな。精一杯のプレゼントで送り出してやるよ」

「く……」

屈辱に美しい頬を真っ赤にしながら、秘書は顔を背けた。

むろん、排泄口に入れられた指はゆっくり動いている。

社内随一の美人秘書が、北村副社長に屈服して三か月。

明日は池田良太と島田奈緒の結婚披露宴が、都心の外資系ホテルの宴会場で挙行されるのだ。招待客は三百人。社長や役員が総出のほか、政治家が訪れるというわさもある。

「俺も媒酌人として鼻が高いよ。期待の若手のホープと、美貌で名高い清純秘書の取り合わせだからなあ」

北村のジョークにも奈緒は唇を噛み締めたままだった。

からかいのせいだけではない。上半身を後ろ手に緊縛され、四つんばいにされて肛門に指を挿入されていたからだ。

しかし、さらに恐るべきことは、奈緒が身にまとっているのは、明日の晴れ舞台で着る純白のウェディングドレスだという現実だった。副社長の特注で、有名デザイナーの手になるものだ。

「お前はどんな恰好でも似合うが、ウェディングドレスはまた格別だな」

自らの手で縛り上げた作品を、北村は満足げに見下ろした。

処女が着るべきドレスなのに、三か月でGからHカップに成長した胸は剝き出しにされて縄でぎりぎりと絞り出されている。

下半身は股間のみが丸裸で、純白のガーターベルトにストッキング、ヒールできちんと装われていた。

しかも破廉恥なことに、ここはホテル自慢のチャペルの壇上なのだ。

「まさにこれから男を迎え入れるポーズじゃないか」

「うあぁッ」

中年男は、奈緒の後穴に入れる指を二本に増やした。

この三か月、堕ちきった美人秘書の肉体を堪能した。それでも北村はまったく飽き足りるということを知らなかった。

奈緒は汚し尽くされた自分を恥じて結婚は諦めるつもりだったが、北村は何事もなかったように準備を進めた。

昼夜を問わず奈緒の身体を弄びながら、式の支度は着々と行われていった。

会場は当然のように副社長の常宿のホテルと決まり、式の前日に新郎新婦は休暇とともに部屋を別々に与えられた。

むろんこの計画のためであることは言うまでもない。

「言った通り、神聖なる初夜のために前の穴は、しばらく池田君のために残しておいてやる。感謝しろよ」

「…………」

北村はにんまりすると指を抜き、ズボンを下ろし、下だけ裸になる。

改めてローションを肉棒に塗りたくる。音は聞こえているはずだが、まだ新婦らしく髪を結い上げてはいない秘書は目を閉じたままだ。

準備が終わると、北村はチャペルの床に緊縛された花嫁を横たえた。

正常位で脚を大きく広げさせ、正面に座って手で剛直を押し下げ、菊門に先端を合わせる。

「ここの貸し切りも限度があるからな。祝いは手早く済ませてやるよ」

目を閉じて無言のまま、縄で絞り上げられた巨乳を震わせる二十七歳の美しき花嫁が横たわっている。

興奮が抑えきれない北村は、亀頭の先端で菊座の襞を押し開くと、滑りを利用してそのまま一気にずるずると押し込んでいく。

「うあああああッ」

思わず大きく目を見開き、口が開いてしまう。

何度犯されても、アヌスで男を受け入れる行為は屈辱の極みだった。

肛門の襞が開き切り、肉筒にぴったりと寄り添う。奈緒は体内に異物を差し込まれた衝撃の大きさにがくがくとする。

「相変わらず、すごい締め付けだぜ」

北村は強烈な圧力に顔をしかめる。それでもクリームの潤滑を使って、びたん、びたんと腰を尻に叩き付けるほどの勢いで陰茎を抜き差しした。

「く・あ・あ・あ」

花嫁の身体がびくん、びくん、と跳ね上がる。

「お前もいつも以上に感じてるんだろ」

「ち、違いますッ」

カッと頬を火照らせた奈緒は、力なく横を向いた。

本当に痛くなく、最初から背筋に響くような快感を感じてしまったのだ。

男に求められると無意識に括約筋を開き、肛門でも何の抵抗もなく受け入れてしまう天性の性隷であることを、自身は知るよしもない。

北村は遠慮なく最初から大腰を使い、先端まで抜いて根元まで叩き込む激しいアナルセックスを開始した。

「あうッあおッあはッくあッ……」

美人秘書の淡い色をした菊穴に、男のそそり立った肉棒がぬらつきながら入り込み、抜き出される。

打ち込まれるたびに、縄に絞り出された乳房が上下に揺れる。口が開いてしまい、衝撃を逃がそうとしている。

「く・く・う・あ」

「そら、ここか?」

深く突いたかと思うと、小刻みに肛門口を刺激するように、肉棒を自在に花嫁のアヌスに打ち込む。

直腸壁をこすり、深奥まで剛直を届かせる。北村は早くも霞がかかったような目になっている奈緒のあごを持ち上げ、目を合わせる。

「奈緒。尻はいいだろう？」

首を振ろうとするが、その間も肉棒の突きが続いているため、わずかに身体を揺らしただけになる。

上品そうな顔は真っ赤に上気し、淫らに口が開いてしまっている。

「くんッ！　あんッ！」

「もう調子を出してるじゃないか」

深く肛門を突かれ、腰をぶち当てられるたびに重い快感が生まれる。

奈緒はセックスとはまた違う気持ちよさが増してくることに動揺する。縄目を受けた乳首もびんびんに尖り始めた。

「だめッ……だめ……ゆるして……あはあッ」

明日、永遠の愛を誓うこの場所で、ウェディングドレスのままで夫とは違う男に肛門を犯し抜かれる……そんなことを考えつく男は、悪魔でしかない。

（そんなッ……どうしてッわたしの身体……）

それでも憎い男に、この場でアナルセックスで絶頂させられることだけは避けたかった。だが奈緒の凌辱し尽くされた肉体は、本人の意思を裏切り、早くも絶頂への階段を上り始めていた。

「婚約者には尻でイク女だってことは黙っててやるから、安心してイけ」

「うう……ひどいわ……あんッ」

安定したストロークで尻穴を犯されるたびに、秘書の全身が痙攣する。

北村は奈緒の肩をつかみ、開き切ったアヌスへとどめの連続抽送を始めた。

「あ・い・い」

（もうダメ……あたし負けちゃう）

首をのけ反らせ、口を開いて、力が抜けきった身体で肛門への責めを嬉しそうに受け止めるばかりだった。

「い……だめッ……だめぇッ」

がくがくと全身が痙攣し、美人秘書はあっという間に達してしまっていた。自らのふがいなさに、奈緒は大粒の涙を流した。

「ううッ……いやァ」

巨大な十字架の下。バージンロードの紅い絨毯の上で、美しい形をした乳房を縄で絞り出された花嫁が、今度は対面座位で肛門を犯されていた。

「いや……いやン」

ウェディングドレスを身につけた奈緒の両脚は、男の腰にしっかりと絡められていた。

「く……あ」

全裸になった北村の、そそり立った肉棒がみっちりと秘書の肛門に根元まで埋め込まれている。男はゆっくりとした腰使いで、秘書の菊穴を剛棒で突き通し、抜き上げる動きを繰り返す。

ズブリと突けば、緊縛された乳房がぷるんと震え、ずるりと抜き出せば、艶やかな黒髪を左右に振って真っ赤な顔をのぞかせる。

「だめ……だめです……」

はあはあと口を開けて喘ぎながら、美人秘書は菊門を貫かれ続ける。

一度目の挿入で精液を排泄口の中に存分に吐き出され、ぬるついた後穴から肉茎を抜くことも許されず、そのまま二回戦に突入していた。

一方で主なき陰裂は無惨なほどにぐちょぐちょにぬかるみ、畳まれた肉襞が開いて鮮紅色の内臓を見せ付けている。

「この淫乱新婦めッ」

「あぁッ……ひどいッ」

北村はずぷんと肛門に肉棒を打ち込んだ。秘書の腰がくいっと持ち上がる。

菊門の襞が開いた。男はずるずると白い液にまみれた剛直を抜き上げていく。

「抜くときが好きなんだろう？」

「あぁぁあ……こすれちゃいます」

直腸まで一緒に抜き取られてしまうようなおぞましい感触に、花嫁は咽び泣く。

奈緒は男の緩やかな、それでいて容赦なく菊座を存分に犯しぬくアナルセックスに完全に翻弄されていた。

肉棒は一度放出したあと硬度を増し、まるで鋼鉄の太い棒で肛門を拡張されているような感じさえする。

「すごい……これぇ」

肉棒は肛門口を刺激しながら、亀頭は直腸の感じる部分をこすり上げてくれる。

直腸壁がずるりと抉り上げられるたび、ずんとした疼きが腰に走ってしまう。

「うウッ……いいですッ」

二度目の抽送が始まった途端イッてしまった。

あとは抜き差しされるたびに延々と微妙な快感が続いていた。

「ああ……ほんとうに……だめなんです……」

「なにがだめだ、このエロ秘書がッ」

触られてもいないのに乳首はピンピンに尖りきり、肉裂からはひっきりなしに蜜汁を垂れ流している。その下の肛門には、男のモノが突き刺さってにちゃにちゃと盛大な音を立てながら、呑み込まれていく。

「ここはどうだ?」

「そこ……いやあ……しびれる」

抱かれてはいるが、秘書の身体は肛門を奥まで突かれるとびくんと腰が浮き上がり、抜かれると腿の上にはたりと落ちる。

北村はリズミカルな腰の動きで奈緒を自由に操る。

「お、お願いです……」

破廉恥な恰好を男に見つめられながら、アヌスを貫かれる屈辱が花嫁を絶望に追い込む。しかし目を見つめられ、縛られたままで肛門を犯され続けていると、隷従の気持ちが湧いてきてしまう。

(なんてすごい女なんだ。この歳でまだ硬いままだ)

北村も一時間近く経っているのに、硬さは全然衰えず、むしろ苦しいほどだ。

くいくいと美しすぎる秘書の後穴に面白いように自分の肉茎が入り込んでいく感触で、一層興奮してくる。しかも貫かれる美人秘書は喘ぎっ放しで、男の征服欲を限りなく満足させてくれる。

「あんッ……ああッ……ゆるしてぇッ」

「奈緒！　またケツに全部出してやる！」

「アアッ！　だめですッ」

狼狽した秘書の、悩ましい悲鳴が上がる。

裏切りの花嫁はあえなく昇り詰めさせられていく。

北村はぐっと腰を浮かせ、腹まで届けとばかりに奈緒の直腸を突き上げた。

「あ……あ……あ」

美人秘書は突然硬直し、男の腕の中で身体全体を震わせながら、絶え入りそうな声で絶頂を告げる。

北村は二度、三度と白濁を流し込み、直腸を大量の粘液で汚し続けていった。

＊

北村は、今度は奈緒を十字架に正対させ、四つんばいにさせた。長く伸びた脚をぐっと大きく左右に開かせる。

腰が下がり、突きだした桃尻のあわいに美麗な菊皺が見えた。羞恥に耐えきれず、美人秘書は顔をぶんぶんと左右に振った。

「だめです……」

北村は上を向いた菊蕾を二度、三度と亀頭でつつく。

「ひッ」

中年男は菊穴にクリームを馴染ませ、少しずつ体重をかけていく。

「あ・あ・あ・あ」

純白の花嫁の肛門はゆっくりと皺を伸ばしながら、極太の棹を呑み込み始めた。強い抵抗感のあと、ずるんとカリの部分が入り込んだ。

「あーーー！」

美人秘書は口をぱくぱく開けたまま、ショックに耐える。男は花嫁の太腿をさらに引っ張り、尻を高く上げさせた。

「くぅッ」

男は奈緒の肩をつかみ、空中で緊縛された肢体にのしかかる姿勢になって、上からずぶずぶ、さらに深々と肛門を貫く。

「くああッ……」

「そら、お前が好きな体位だ」

今度はずるずると肉棒を抜いていく。

皺のある肛門口の皮膚が捲れあがるように幹にまとわりつく。いっぱいまで抜き、一気に上から叩きつけるようにぶち込む。秘書の背中がぐいんと反った。

「くはああんッ」

真上に近く掲げられた尻穴に、容赦なく肉棒が打ち込まれる。

広げられ、こすられる排泄口が焼けるように熱い。

「この恰好が一番好きなんだろ。狂ったように俺のチ×ポを締め上げてるぞ」

「み、見ないでッ……ああッ」

入り口がどんどん棒の太さに馴染んできたのか、締め付けの力が弱まったのをいいことに、北村の抜き差しの速度が速まっていく。

「はあッ……あッ……うあッ」

中年男はリズミカルな腰の動きでぬりゅん、ぬりゅんと秘書の肛門を貫いていく。入り口が楽になれば奥がない穴だけに、肩を押さえての強烈な打ち込みもそう苦痛ではない。

「ああッ……ああッ……」

「そろそろ、お前に結婚のプレゼントをやる。覚悟しとけよ」

北村は奈緒の後ろにぴたりと張り付いた。アヌスを貫いたまま手を前に回して豊満すぎる乳房を手綱のようにぐっとつかんだ。

「いくぞ、奈緒」

「は……い」

肛門を犬のポーズで完全に串刺しにされてもはや観念したのか、美人秘書はがくりとうなだれる。

肩を空中に固定されたまま、びたんと尻に腰を打ち当てられた。後ろからの壮絶な抜き差しが開始された。

「そらそらッ」

「はあああんッ」

男が上からのしかかるように、秘書の肛門をずぼずぼ突き抜く。

「はあんッ……ああんッ……いやああッ」

「なにがいやだッ、アナル奴隷の分際で！」

北村は縄に縊り出された乳房をつかみ、片手で股間の充血したクリトリスを揉み潰しながらずんずんと菊門を突き上げる。

「ああッ……熱いッ……溶けちゃいますッ」

奈緒は頭をのけ反らせ、口を大きく開けて男の抽送を受け止める。

「奈緒ッ……こんなにぐいぐい締め付けて、いやらしい花嫁だッ」

「いやんッ……いやんッ」

喉頸を震わせながら美人秘書は顔を真っ赤にして、自分から調子を合わせて腰をくいくいと動かし始めた。

「ケツで感じてるのか？　奈緒」

「感じるッ……感じますッ」

背後からアヌスを突きまくられながら、北村の問いかけに咽び泣く。

股間からは愛液なのか、腸液なのか、だらだらと水滴が垂れ落ちる。

ぐんなりした秘書の身体は中年男に押さえつけられ、抽送のままに上下させられる。糸の切れた操り人形のように突かれ、跳ね上げられる。

「あんッ……あんッ……んッ」

猥褻極まりない顔で喘ぐウェディングドレス姿の美人秘書にたまらず、北村は振り向かせて口を吸い上げる。

奈緒は汗にまみれた顔に淫らな雰囲気を漂わせながら、吸われるままに舌を絡め、口を合わせ、唾液を飲み下す。

これほどまでに男に人形のように、モノのように扱われる屈辱。

しかし菊穴の奥までずんずん突かれ、美人秘書は、腰の奥の尋常ではない痺れが、かつて経験したことがないほど大きくなってくるのを感じていた。

「ああッ……イクのッ……イッちゃいますッ」

肛門連続抽送で感じてしまった被虐の思いから、急激に快美感が高まっていく。

びたんびたんとぶつかりあう、男の肉茎と秘書の後穴の合わせ目から粘液が濡れ弾ける。菊門が北村の肉棒をぎゅっと締め上げる。

「そらイケッ」

「いやあッ……またイッちゃいますッ」

花嫁はがくんがくんと大きく腰を揺り動かし、狂おしく剛棒を喰い締める。

「あッ……」

絶頂したのも構わず突き続けられている秘書の股間から、プシャーッと液体が漏れ出し、シートに降りかかった。

「こりゃ式にふさわしいウオーターシャワーだ」

まだ乳房をつかみながら尻穴を抉り続けている北村が気づいて、奈緒を辱しめた。潮吹きは無臭だが、小水の温かい臭いはすぐにわかる。

「お願いいぃッ……止めてッ……見ないでぇ」

泣きじゃくりながらも小水の奔流を止められない奈緒は死ぬほどの恥辱に身をよじるが、北村は意に介す様子もない。

花嫁の小便が、バージンロードを黒い染みで汚していく。

「もうお前はセックスで生きるしかないんだよッ」

「うッ……ああ……」

呆然自失の表情になって、頭をかくかくと揺らす秘書をバックから突き上げながら、ラストスパートに入った。

「ゆ……るし……て」

「おら、何度でもイカしてやるッ」

もはや取りつくろうことのできない痴態をさらし、打ちのめされた奈緒の身体からはまったく力が抜けてしまっている。

男に突かれ放題になって、逆にまた肉が快感を求め出していた。

「ああん……あん……あん」

ぐにゃぐにゃの肛門をコチコチの肉棒でこねられ、突かれ、また大きな痺れが襲ってきた。

もうすべての快感を受け止めるしかない奈緒に、何を拒否する術もない。

「いくの……またイッちゃうの……」

痺れきった腰を自分ではもう動かせず、悔しさに泣きながら唇を噛み締める。

「奈緒、後ろの穴に俺からのプレゼントだ」

「はい……ぜんぶ、ください」

ここまできたら、自分のすべてをさらけ出してしまいたい。

「おおっいくぞッ」

「ああッまたイクッ」

掠れた、悲鳴のような絶頂に達した声が大きなチャペルに響いた。男は直腸へ向けて、大量の放尿を始めた。

「あ……あ……熱い」

何度も何度も、絞り出すように内壁に浴びせ掛けられる恥辱の排泄。

穴が小水で埋め尽くされたとき、膣内から透明な液体が噴き出した。

「はああッ」

アヌスに排泄された屈辱と快感で、今度は潮を噴いてしまった。

精液と愛液、小便のブレンドが次から次へ、赤絨毯に垂れ落ちていく。

「奈緒もこれで、完全なる肉便器になったたな」

わずかに残った誇りも何もかも、粉々に打ち砕かれた美人秘書は、ウェディングドレス姿をひくつかせながら、恥ずかしい姿をさらし続けていた。

V

屈辱の奴隷契約
女学生・千佳

早朝のさわやかなはずの空気が、この女子校の校門周辺では妙に澱んでいる。

女生徒たちが、まるで空港のチェックゲートを通り抜ける時のような、緊張した面持ちで登校していくのだ。

「おい、そこの一年、とまれ」

指をさされ、緊張から一瞬にして怯えた顔に変わった生徒たちの足が止まった。

その横を他の生徒らが、明らかにほっとした空気で次々にすり抜ける。

ジャージ姿に、竹刀を肩にのせるという時代錯誤な恰好で少女に近づいていくのは、腹の出た頭の薄い、風采の上がらない中年の体育教師だ。

頬に浮かべたにやにや笑いが、ピンでとめられた蝶のように動けない女生徒の心を追いつめる。

(またあの変態教師め！　今日こそはとっちめてやるわ)

少女らの間をかきわけるように進みでた一人の生徒。

凛とした立ち姿に、まわりの女生徒たちの列からため息がさざ波のように広がった。

(桂さんだわ)

(生徒会長よ)

早足のためになびく髪が、コロンのような香りを残していく。

百六十センチを超える背に、銀糸のように光り輝く、肩に届かない程度の控えめなストレートヘア。一昔前であればワンレングスと呼ばれたであろう髪型は、いかにも廉潔な少女の気質を映しだしているようだった。

「この短さは明らかに違反だな。ほら、すぐにめくれあがるぞ。お前は誰に見せるつもりだったんだ？」

「違います……やめてください」

校門の壁際に立たされた、気の小さそうな女生徒は必死に制服のスカートの裾を押さえるが、男が竹刀の先で幾度もまくりあげる動きについていけず、白い下着を何度も晒されてしまっていた。

「先生、いい加減にしてください。それは明らかにセクハラです」

鈴を振るような、それでいて芯の通った声が背後から突き刺さり、教師の手が止まった。男は舌打ちしながら振り返る。

立っていたのは、生徒会長の桂千佳だ。

濃いめの眉に黒目勝ちの瞳、桜色の頰。少女らしい顔立ちであるのに、身体のほうはセーラー服を突き上げんばかりに張りだした胸、充実した腰つきがいかにも現代の美少女だった。

「朝から威勢がいいな、千佳」

呼び捨てにされて思わず頬を紅潮させたが、千佳はぐっと踏みとどまる。

「あなた、行っていいわよ。添島先生はもう気がすんだでしょうから」

美少女はにっこりと、最上級の作り笑顔を浮かべ、教師の肩越しに、獲物となっていた下級生に目で合図する。

「おい、なに勝手なこと言ってやがる」

思わぬ生意気な口をきかれて慌てた体育教師は、手にした竹刀で千佳を小突こうとした。ところが女生徒はするりと身をかわし、バランスを失った中年男はその場に倒れこんでしまった。

「いってぇ」

遠巻きにしていた少女たちから、一斉に笑い声があがった。しかし添島が血走った目から視線を飛ばすと、口を押さえながら校内に駆けこんでいく。

「始業時間ですので、失礼します」

生徒会長は何事もなかったように頭を下げると、きびすをかえして生徒たちのあとへつづく。図らずも、少女たちの間からまばらな拍手が沸き起こった。

面目を完全に失った体育教師は、千佳の後ろ姿を突き刺すような目で、いつまでも睨んでいた。


「朝はスカッとしたわ。添島の奴、顔、真っ赤だったじゃない」

「いい気味よ、さすが生徒会長」

「よしてよ」

放課後になっても、うわさを聞きつけた他クラスの生徒まで集まって賞賛を浴びせてくるのを、千佳は面映ゆく受けとめていた。

当然のことをしたまでとは言うものの、やはり気持ちいい。

少女らしい強気が、美少女の胸を昂らせていた。

「最近元気ないみたいだったけど、やっぱり千佳だわ。安心した」

一人が言った言葉に、生徒会長はぎくりとするが、まわりは誰も気づいていないふうだった。

「でも、あいつ仕返ししてこないかしら？」

「あの手の男は、そんな度胸はないのよ。できるのはせいぜいセクハラ！」

周囲の空気を鼓舞するように、声の調子を上げて話し始めた生徒会長は、向かいの少女の顔が強張っていることに気づき、はっと口を押さえる。

「あ、あたしクラブがあるんだった」

「あたしも」

あっという間に、千佳を囲んでいた生徒たちがその場から逃げ去る。

教室の後ろには片手をジャージに差し入れ、トレードマークの汚らしい頭陀袋を肩に提げた、Tシャツ姿の体育教師が立っていた。

（まずッ）

美貌の生徒会長はさすがに冷や汗をかき、思わず立ちあがる。

「ちょっと話がある。体育館でいい」

怒気を抑えこんだような顔で、嫌われ者の体育教師は告げた。


生徒会長と中年教師は、丸められた運動マットを挟んで向かい合っていた。

午後の陽光が高窓から差しこみ、舞い上がった埃が浮き上がって見える。

体育館では練習中のクラブがいたため、人目を憚って横の用具室に入ったのだ。

ボールが鳴る音、靴のきしみが、鉄扉を通してくぐもって聞こえる。

（大丈夫。隣には人も大勢いるし、どうってことないわ）

千佳は知らずしらず、胸をそらせていた。

「なあ、俺が人前で恥をかかされるのを嫌いだってことは知ってるよな」

袋をどんと下に置き、くるりと振りかえった男は、まだ股間に手を入れたままだ。少女は嫌悪感を抑えながら、神妙な顔をつくろう。

「つい興奮しました。申しわけありません、添島……先生」

女生徒の言葉にこめられた軽侮の臭いをかぎ取り、添島の顔色が変わった。

「本当に悪いと思ってるなら、そこに手をついて土下座しろ」

体育教師の理不尽な物言いに、大人しくしているつもりだった女生徒の頭に一気に血がのぼる。

「ばッ……ばかじゃないの！　そもそもあんな、いやらしい服装検査がいけないんですッ」

「どこがいやらしいってんだ？　俺のチ×ポでも勃ってたってのか」

余りに下品極まりない物言いに、潔癖な少女はさらに顔を真っ赤にする。

「もういいです！　話になりません！　私帰ります」

すり抜けて去ろうとする長身の少女の腕がぐっとつかまれた。千佳はとっさに振り払い、叫んだ。

「なにすんのよ、このハゲ！」

怒りに燃えた瞳の前に、ぐいと男の手が突きだされた。添島が掲げた紙切れを見た瞬間、女生徒の身体が硬直した。

「うそッ……な、なんで」

千佳はがくがくと震えだし、よろめいて跳び箱に片手をついてかろうじて身体を支える。混乱しきった目で男性教師を見上げた。

「確認するか？　何度も見返した書類だろうから、そんな必要はないか」

ぶらさげられた白い紙には、確かに自分のサインがあった。もちろん鮮明に覚えている。その時、空白になっていた「相手方」の部分は埋められていた。

レイプ契約書
売主　桂千佳（以下、「甲」という）と買主　添島剛（以下「乙」という）は、レイプ契約に関し、次の通り契約する。

第一条【売買の目的】
甲は、その所有する下記の物品（以下、「本件物件」という）を乙に売り渡し、乙はこれを買い受けた。目的となる物品は次の通りとする。

品名　桂千佳の肉体および貞操

数量　一体

第二条【引渡し】

本件物件の引渡しは、甲に対し、乙が本状を提示した時点で成されるものとする。甲は乙の引渡しに際し、指定される条件（以下、「レイプ条件」という）に、異議を申し立てることはできない。

第三条【単価および売買代金】

本件物件の単価は金一千万円とする。

売買代金は、甲が指定する会社に対する融資の担保に充てるものとする。前条の引渡し以降すみやかに実行されるものとする。

第四条【不可抗力】

天災地変その他甲乙双方の責めに帰すべからざる事由により本契約の全部又は一部が履行不能になったときは、本契約はその部分について、当然効力を失う。

第五条【契約解除】

当事者の一方が本契約の条項に違反したときは、仲介者は何らの催告もせず本契約を解除し、また被った損害の賠償を請求することができる。

第六条【所有権留保】

乙が代金の支払いを完了するまでは、本件物件は甲の所有に属するものとする。

第七条【危険負担】

契約前に生じた物品の滅失、毀損変質その他一切の損害は、検品を行なう乙が異議をとどめず受領したものにかかるものを除き、甲の負担とする。

第八条【合意管轄】

本契約より生じる権利義務に関連する訴訟については、一切を認めない。

第九条【協議】
　本契約に定めのない事項については、甲乙協議の上、定めるものとする。
以上、レイプ契約の成立を証するため、本契約書を二通作成し、各自記名捺印の上、仲介者および乙がこれを保有する。

令和×年　×月×日

売主（甲）　桂　千佳
　住所　東京都
　氏名　桂　千佳

買主（乙）　添島　剛
　住所　東京都
　氏名　添島　剛

「……というわけだ。お前は俺とレイプ契約を結んでいる。しかし俺もまさか、教え娘が契約者の一人だとは思わなかったぜ」

添島のだみ声を、少女はどこか遠くの出来事のように聞いていた。

「俺も名前を聞いた時は耳を疑ったぜ。確かに注文通り、極上の美少女には違いねえが」

「そんな……あなたが、そんな！　だって、それだけ払えるのって！」

徐々に正気が戻ってきたものの、少女は声が震えてしまっているのを自覚した。

「お金持ちの品のいいおじさまばかりだ、とか言ってたか？　大概はそうなんだろうが、残念ながら俺みたいなのもいたってわけだ」

「そ、そんな！」

（こんなの、ありえない！　先生だなんて……それも添島！）

生徒会長の顔から血の気が引き、唇を噛む。

父親の会社が経営難に陥り、金策に走っても無駄骨に終わり、父のみるみる痩せていく姿を目の当たりにした三か月間。

ある日、長女の千佳のもとに謎めいた男から接触があった。

会社への融資を約束する。

ただし、交換条件は……なんということか、千佳の肉体だった。身を任せるのは自己申告ではあるが、処女であることで金額は上乗せされた。

一回限りで、秘密は厳守されるという。

この現代にそのような人身売買が可能なのか。

疑い、調べたが、あらゆる手法でその存在を証明され、打ちのめされることでこの仕組みを運営している組織の力を思い知った。

一か月の後、父の会社を守るため、契約書にサインした。いっときの暴虐を我慢すれば、家族の幸福は守られる。覚悟はしていたはずだった。

まだ呆然としている千佳を尻目に、添島は袋から荒縄を取りだした。

「待って、まさかここで？……」

美しき囚われの女生徒が顔を青ざめさせる。

放課後とはいえ、校内でこのまことに及ぼうというのか。中年男の発想は少女の理解を超えていた。

「当たり前だろ。教え娘と学校でするのが俺の夢だったのさ。それも小生意気な、極上の生徒会長ときたもんだ。しかも処女の保証付きだ」

舌なめずりする、野卑な男に千佳は肌に粟をたてるが、もはやすべては遅い。

どうにもならないとはいえ、レイプ契約などを結んでしまった自分の浅はかさに、絶望感が募る。

「先生お願い、せめてホテルとかで……」

「馬鹿野郎、レイプなんだからホテルじゃ感じが出ねえだろうが。お前も普通に嫌がって構わねえからな。なんて言ったってこれはレイプなんだから」

もうどうにもならない。報酬も受け取ってしまっている。

美少女は我が身を待ち受ける運命にわななないた。


(ここは学校よね。あたしはなんで縛られて、転がされてるわけ？　これは夢なの？)

だが後ろ手に拘束された、手首の痛みは紛うことなき現実だ。

添島は少女をその場に組み伏せ、馴れた手つきで女生徒の瑞々しい制服姿を、荒縄でぎりぎりと縛り上げた。

「すげえな、おい。ちょっと見てみろ」

「ああッ……ひどい」

埃臭い運動マットの上で、美少女は髪の毛をぐいとつかまれ、頭を引き上げられた。痛みと同時に、長い間立てかけられて汚れていたダンスレッスン用の大鏡に映しだされた自分を見て、衝撃に身悶えする。

短めの、顔の下あたりで揃えられたショートヘアは乱れて目の上に垂れ下がり、その隙間から凄艶な美貌が見え隠れしている。真っ赤に染まった濃い目もとと開き加減の唇が悩ましい。

「見ないでっ」

上半身は麻縄で後ろ手に縛められ、捲りあげられた濃紺のセーラー服と真っ白な肌のそこここに黒縄が食いこんでいる。

下着とブラジャーは引きちぎられ、Eカップはあるだろう乳房も縄で縊りだされてむりやり紡錘形に尖らされている。

見るも無惨な少女奴隷そのものだった。

「やっぱり美人なんだな、お前。なんでこんな契約を結んだのかは知らねえが……ああ、事情は聞いちゃいけないんだよな」

「ま、負けないわ。こんなことで」

背中できつくまとめられた手首を、後ろにまわった教師に引き上げられるようにして膝立ちにされている。ただ顔は悲嘆に翳っていてもあくまで美しく、圧倒的な美少女であることを微塵も損なってはいなかった。

「それでこそ生徒会長だ。でも恥ずかしいだろうが、どうだ?」

少女は気弱に首を振る。シャンプーのCMのように艶やかに梳られた直毛がさらさらと揺れ、美しい乳房も震えた。

「いつもよく反抗してくれたよなあ? 貴様のような生徒には、特別コースが必要だと思ってな」

添島はがくりと首を折った女生徒の腰を後ろから片手抱きにすると、頭陀袋からビー玉のようなボールを取りあげた。ガラス玉にも見える直径二センチくらいの球形を、少女の目の前に差しだす。

「なんだかわかるか」

女生徒はわずかにかぶりを振る。

「風呂に入れるバスボールに、すげえ媚薬が入ってるのさ」

男はそう言いながら、特製の玉を握った手を少女の股間に持ってくると、手探りで無造作にボールを処女膣に押しこんだ。

「きゃあああッ……なにするのッ、やめて、やめてッ!」

美少女が激しく身をよじって逃げようとするところを、中年男はまわした腕で腰を押さえつける。自然に分泌された膣内の粘液を利用して、ボールを奥までぬるぬると押しこんでいく。

「あうぅッ……ひどい。こんなのイヤッ！」

処女穴に初めて異物が挿入される感触に、美少女は身体を震わせ、背中を反らせる。しかし十代の膣道は、弾力のある融解性樹脂でできたバスボールをいともたやすく呑みこんでいった。

「だいたいお前は、年長者を敬うことを知らない。そのうえハゲ……だともう絶対に許さんからな」

「そ、そんなこと……これと関係ないじゃない！」

暴れたせいで白く抜けるような肌が今は真っ赤に上気している。

乱れた髪に隠れた、凜々しく、くっきりと描かれたやや太めの眉が歪められる。瞬きをすると残像が残ると錯覚させるほどの濃い睫毛に縁取られた大きな瞳は、いくらこらえても、絶望に潤んでしまっていた。

ぷっくりとしてそれでいて意志の強そうな唇は、少女としてはほぼ完璧な造作だ。入学以来首席を守っている、しかも学園一の美貌を謳われる千佳はスター生徒の一人でもあった。

（こんなやつにいいようにはされないわ……けど）

「やあッ……」

急に緊縛された身体をどんと前のめりに押し倒された。まるで荷物か動物のように扱われ、女生徒の屈辱感はいや増す。

美少女は運動マットの上でうつ伏せにされ、すっぽんぽんにされた尻を高く掲げさせられた。

顔と胸が粗いマット地に押しつけられ、後ろ手に縛られた腕が窮屈そうだ。

「これからお前の曲がった性根をたたき直してやるが……この特製の精神注入棒でな。これが俺の教育だ。抵抗してもムダだぞ」

教師がズボンを引きさげると、早くもいきり勃った屹立がばね仕掛けのようにびょんと飛び出してくる。

千佳はその凶暴な形状に衝撃を受け、総毛立ってしまった。

それでも何とか勇気を振り絞って、男を睨みつける。

「そ、そんな教育方法なんてありません！　犯すなら普通に犯しなさいよ！」

破廉恥なポーズをさせられているのに、気の強そうな眉をきりきりとひそめて言い放つ美少女。陰部を丸出しにされているが、それでもまだ女生徒のまわりには凛とした空気が漂っていた。

男はにやりと笑った。

「レイプ契約を結んでいるくせしてやけに強気じゃねえか。俺はこれでもセックスに関しては求道家なんだぜ。そんな俺に見込まれたお前は幸せモンだ。処女から死ぬほどの快感を味わえるんだからな」

「け、契約は撤回するわ！　あんた以外の人なら誰でもいいって言うわ！」

美少女は嫌悪に震え、不自由な身体を悶えさせる。

いくら理不尽な契約を結んだとはいえ、学校で一番の嫌われ者に犯されるのは耐え難かった。

「いや、俺はイキのいい、跳ねっかえりが好きなんだ。お前は立派に俺を本気で怒らせてくれた。なにもかもが合格だぜ」

「こ、このヘンタイ野郎！」

自暴自棄になって叫ぶ少女に、体育教師は顔をほころばせる。

「くそ、なんてむかつくんだ、このメス犬がッ」

「きゃああ！」

中年男が背中にぴったりと覆いかぶさり、縊りだされた乳房を両手で絞り上げたのだ。いきなり脚の間に硬直した男の象徴が差しこまれ、美少女はおぞましさに身を震わせる。

「スターのお前が俺にレイプされたと学校中に知れたらどうなるかな。契約違反だが、これがネットとかで明るみに出れば、どうなるかなあ……頭のいいお前ならよくわかるだろう」

「ううッ……卑怯よ」

耳元で気持ち悪い猫なで声で囁かれ、千佳は全身に鳥肌を立てる。

にやつく男は、大人しくなった美少女の張りきった乳房をゆるゆると揉みしだきながら、ぴっちり口を閉じた秘唇を肉胴の先端で突っつく。

「あああッ……お願い、やっぱり」

「怖いのか？」

女生徒は顔を真っ赤にしてうつ向くばかりだ。

「大丈夫だ。もう子供だって産める身体だからな。それに死ぬほど感じさせてやるって言ったろうが」

体育教師は身体を離すと、四つん這いの少女の背後に座りこみ、袋からカートリッジ式のペン型注射器を取り上げた。

鼻歌交じりに先端のキャップを取り、照準を合わせる。

「な、なにしてるの？」

「動くなよ。針が折れるからな」

「え？　いたッ」

添島が生徒会長の真っ白なぷりんとした桃尻に、いきなり注射器の針を刺した。

「きゃあッ……な、なにをするの！」

女生徒が尻を引こうとするのを押さえ、最後の一滴まで薬液を注入して抜く。

「さすがに麻薬を注射したりしねえから、心配するな」

「ああ、何を注射したのッ……こんなの異常だわ」

想像以上の手荒な扱いに動転し、美少女はがっくりと首を垂れる。

青い果実が徐々に希望を失うことで、その肉体から雌としての匂いを漂わせ始めた。中年男も興奮して顔が赤くなってきた。

手早く服を脱ぎ捨てると、たるんだ身体には似つかわしからぬ、天を衝くほどに屹立した肉棒の巨大さが、いっそう強調される。

「上に立つものは自己犠牲の精神が肝要だぞ、千佳。お前が犠牲になることでレイプされる女が一人減るんだ。ほら、ノーブラなんとかとか言うだろう」

「ノーブレスオブリージュでしょッ……やめてぇ」

中年男は緊縛された四つん這いの少女の後ろに膝立ちになると、遠慮なしに女生徒の尻にどばどばと催淫ローションを大量に流した。自分の肉棒にもローションをかけると、空になったボトルを床に放り投げる。

「じゃ、いくぜ」

「だめッ、ゆるしてッ」

哀願する女生徒のぷりぷりの尻を両手でつかみ、息を荒くして勝利感に浸った男はやや立ちあがり気味に体を寄せる。

少女は必死に臀部を逃がそうとするが思うにまかせず、腰をくねらせることしかできない。

(これがモノホンの、処女の……へへ、最高だぜ)

節くれだった両手でわしづかみにした尻は引き締まって硬い。

成人女性の柔脂肪とは明らかに違う。身長や体重は同じでも、骨格は未発達で全体的には細身の印象を与えるところが、いかにも青い果実という古い言葉を想起させた。

乳房も大きくともまだ芯のある、処女特有の強すぎるほどの張りを保っている。

上気した首筋から肩のラインの清らかさは、十代そのものだ。

「学園一の美人生徒会長、桂千佳様の処女喪失の瞬間だ」

「あぁッ」

緊縛された女生徒は逃れられぬ運命に戦慄して肩を震わせ、顔をマットに伏せる。体育教師は痛いほど硬直したローションまみれの肉茎を押しさげ、照準を合わせると、斜め上から一気に刺し貫いた。

「あぁぁぁぁ！」

美少女は顔を上げて目を見開き、縛られた腕を引きちぎらんばかりにひきつらせた。男の肉棒は確実に処女穴を、深々と抉り抜いた。

「ううッ……お願いッ、抜いてぇ」

いきなり処女膣を割り裂かれて、校章の入ったソックスを履いたままの足指に力が入る。しかし男は白い尻をがっちりとつかんだまま、ずぶずぶ腰と尻が当たるまで挿入した。

「ああ……きつい」

「どうだ、全然痛くねえだろう。初めてなのにな。なんでだかわかるか？」

生徒会長の動きが止まった。

自分でもおかしいことに気づいたのだろう。前戯もなしにいきなり犯されたのに、まるで痛みがない。

「今打った注射は特別な局部麻酔だ。痛みはないけど感触はわかるだろう？　俺が長年かかって見つけた方法だ。子供でもいちころで入っちまうのさ……ぎゃーぎゃー泣かれちゃ興ざめだからな」

「ひ、ひどい……鬼、悪魔」

人の身体を薬物で意のままに操作しようとするとは。

美少女は教師とは思えぬ男の鬼畜ぶりに怖じ気を振るい、涙を流した。

「お前みたいに気が強くて、気位が高い女は痛いより感じちまったほうがこたえるのさ。処女喪失でイッちまったご令嬢様になるってわけだ」

「ああッ……なんで、そんなひどいことするの」

確かに男の太すぎる剛直が、自分の肉穴にぴったりはまりこんでいることは鈍い感覚だがわかる。

しかし膣口周辺がじんわり痺れているだけで、痛みや恐怖などは感じなかった。

（入ってる……男のひとのアレが、あたしのアソコの穴に）

急に恥ずかしさで顔がぽっと赤くなる。確かに学生の自分は、小汚い中年男に処女を奪われたところなのだ。

「お高くとまっている学園一の美人でも、犯されちまったらメス犬と同じだ。そら、感じろ！」

「はあぁァッ！」

女生徒の背中がぐいんと反りかえる。

男が秘口からぎりぎりまで抜きだした肉柱を、叩きつけるように打ち込んだ。亀頭の先端が膣壁をこすりながら、穴の最奥部まで届く。

美少女は襞の触感のみで、男の硬さと太さを感じることができた。

「あぅぅ……やめてぇ」

体育教師は折りたたまれた少女の身体に覆いかぶさると、両肩をつかんで押さえた。そして白い尻に、ぐいぐいと毛むくじゃらの腰を押しつけた。

これ以上入らないというところまで肉棒を届かせようと、腰を幾度も回し、ねじるように処女の秘裂を肉棒で容赦なくかき回す。

あまりの衝撃に美少女は口を開いて耐え、脂汗を流すしかない。

「俺のは、かなり長いだろう?……痛がる女もいるが、今日はいい具合に広がって気持ちいいぜ。いい穴持ってるな、千佳」

「やめてぇ……」

肩口を押さえつけられて上にも逃げられず、男の肉茎が根元以上に押しこまれてしまったような気さえする。

まさかこんな事態に陥るとは思ってもいなかった。

(なんてひどい……学校で、こんな場所でセックスするなんて)

しかも、自分の身体に空いているあの小さな割れ目に、あの太い肉の柱がピストンのように何度も出入りするというのだ。

千佳は想像しただけで気を失いそうになる。

「どうだ、腹の真ん中まで届いてるだろ?」

少女は真っ赤になった汗まみれの顔をマットに押しつけて左右に振る。

上から押しつぶされるように挿入された剛直は、確かに内臓まで届いているような気がする。それがずるずると抜きあげられ始めた。

「ハァアア……だめ。出ちゃう」

鈍い感覚だが、まるで陰裂から排泄しているかのようなむずむずした気持ち悪さが襲う。いや、事実ソーセージを出し入れしているようなものだ。

男はカリ首のところで止めると、締めつける力は弱まっているとはいえ、肉茎のサイズぎりぎりに広げられた膣口のまとわりつきを楽しむ。

女生徒の白すぎる、滑らかな股間の中心に赤黒く光った獰猛な肉刀が確かにはまりこんでいた。添島は少女の禁断の秘穴を独占している興奮に、昂ってくる。

「うはァあああんッ」

びたん、と音がして再び美少女の緊縛された肢体が思いっきり反る。

腰と尻の合わせ目からローションがはじけ飛んだ。中年男が肉棒を一気に美少女の肉壺に埋めこんだのだ。

「じゃ、本格的にいくぞ。できれば身体の力を抜いてリラックスしろ。チ×ポの動きだけを感じることができれば一人前だ」

少女は背中にまわされた手をきつく握りしめ、屈辱と戦慄に身体を震わせながら首を振った。本番はこれからなのだ。


「あッ……あんッ……あッ……あんんッ」

学園一の美少女、桂千佳は後ろ手に縛られたまま猫のような姿勢にされ、体育教師の添島に乳房をつかまれてバックから肉茎を陰裂に打ちこまれていた。

(ううッ、アソコがッ……ひろがっちゃう)

もう三十分以上経つが、中年男は挿入時からメトロノームのように正確に、時を刻むが如く少女の肉裂を貫いている。

腰が跳ね上がるほどの強い突きだが、麻酔剤が効いていて激しい性交でも少女の処女穴は悲鳴をあげることなく、男の望むままに口をひろげて従順に太棹の洗礼を受け止めてしまっていた。

「ああッ……うああッ」

「いいぞ、千佳。お前のマ×コの締まり具合は最高だぜ」

「ああッ……ひどいッ……あうンッ」

決して挿入で感じているわけではない。

なのに身体の奥底まで突き抜かれると、自然に声が出てしまうのだ。

竹鉄砲を突くと空気圧で弾が出るように、膣道にピストンを受けると、口が開いて男を歓ばせる、淫らな声がもれてしまう。

「ああんッ……いやんッ……」

女生徒はそれが悔しくて悔しくて、黙ろうとしたが結局無理だった。

それよりセックスというのはただ男に突かれているように見えて、女のほうも息があがる激しい肉体運動であることを初めて理解した。

汗が流れ、顔が熱く、口は開けっ放しで、はあ、はあ、と息をつく。

（ああッ……セックスってこんなに激しいの……このままじゃ突き殺されちゃうッ）

少女の心に恐怖が募ってくる。

外はすっかり暗くなり、霜も降りそうな気温にさがってきたが、閉じられた体育用具室のなかは熱気がこもり、男女のため息が交錯する。

「だめ……もうだめです」

セーラー服だけの上半身は後ろ手緊縛のままで、折りたたまれた猫のポーズは変わっていないが、膝の力が抜けて支えていられなくなり、添島の肉棒で秘穴を突き上げられては、落ちかける腰を元の位置に戻される。

「千佳、わかるか……ずっとお前のマ×コに俺の精神注入棒が出たり入ったりしてるんだぞ。どうだ、だんだん身体が真っすぐになって、心が正しくなってきただろ？」

「ば、馬鹿じゃないのッ……くッ……だめッ」

中年男は羞恥と怒りに髪を振る美少女の耳に顔を近づけては、粘着っぽく辱しめる言葉を注ぎこむ。ぱんッ、ぱんッと規則正しい打ちこみがつづく。

「もうチ×ポ、じゃねえ精神注入棒の太さがアソコの穴で測れるようになっただろ？　長さもわかってるんじゃねえのか？」

「知りませんッ……知らないッ」

肉体だけが取り柄の男に、いいように清純な身体を弄ばれつづける屈辱。気位の高い生徒会長の心には、自分ではもはや、どうすることもできないという無力感がひろがっていた。

「きゃあああ！」

ひときわ強く突かれた時、膣の奥で淫らなボールが破裂した。媚薬が肉襞を流れ、膣内がびりりと痺れる。

「いやああッ」

背中が折れそうなくらいに反る、電流が身体を走り抜けたのだ。

子宮口と亀頭に挟まれたボールから流れ出た液体は、性的な快感を一気に増幅させた。美少女は破局が近いことを絶望的に悟った。

（なにこれえ……アソコの中がしびれて……おかしくなっちゃう！）

「へへッ……レイプされてるのに、奥のほうも感じるようになっただろ？……お前が濡れすぎたせいで、計算より早くボールが溶けちまったぞ」

（もうだめだわ……あたし）

女生徒はぎりりと唇を嚙みしめた。言われなくてもわかっている。

ずくずくと、下半身が恐ろしいほどの快美感に襲われている。

屈辱的な、奴隷の恰好で処女穴を突きまくられているうちに、完全に自分がセックスの道具に堕ちていることを思い知らされた。

自分が粗野な男に犯され、汚されたと感じるほど、どういうわけかアソコがじくじく濡れてきてしまうのだ。

「ああッ？」

突然、体内の肉壁を通過する剛棒の突きで、初めて味わう感覚が湧き起こった。

少女はうろたえて尻を振る。

ずん、ずんと上から突きこまれる肉柱の先端が子宮の裏を押すと、そこがじわん、じわんと疼くような、溶けるような異様な刺激が生まれるのだ。

「ああッ！」

突かれて、疼く。今度は本物だった。痺れるような刺激の範囲が広がる。

子宮から膣へかけて女性器官全体を狂わせるべく、媚薬が肉を通じて浸透していったのだ。

「くううッ……ああんッ……そこだめェッ」

自然に恥ずかしい声が出てしまう。アソコ全体がぐずぐずに溶け、どの穴を突かれているのか判然としなくなってきた。

（あぁッ、どうしてこんなッ……犯されてるのに、あたし）

強烈な肉交で愉悦を感じてしまい、女生徒は悔しさと恥ずかしさに咽び泣く。

その間も処女の聖裂は男棒に貫かれ続け、快美感の水位が一気に上昇してきた。

陰唇が入り口でぎゅううんと剛棒を喰いしめる。

「こいつめッ……初めてのくせにこんなに締めつけやがって。麻酔はまだ切れねえはずだが、教育が行き届きすぎたかな」

「ううッ……いやあッ」

汗とローションでねとねとになった尻たぶに、びたんびたんと添島の腰がぶつかる。全身がピンク色に染まってきた女生徒の桃尻がくねり、男のモノを貪欲に呑みこもうとする。合わせ目から、とろとろと液体を垂れ流し始めた。

「うああッ……死んじゃうッ」

反りかえった背中に汗が流れ、少女らの憧れである制服に染みこんでいく。

後ろ手に緊縛された拳がきゅうっと握られる。激しい突きで、処女にもかかわらず肉壺はじゅぼじゅぼと音をたて、男の欲棒を呑みこんでいく。

「おっと」

快感の余り、がくがくと震えて崩れ落ちそうになった美少女の腰を、寸前で添島がつかみ直し、もとへ戻す。

「へへっ……もうどうしようもないみてぇだな、生徒会長。イクならちゃんとイキますって言うんだぞ」

中年教師は得意げになって、びちゃん、びちゃんとますます打ちこみを激しくする。縄で縊りだされた青い乳房がマットにつぶされながら上下している。

「だめぇ……もうだめですッ」

少女は猫のように背中をさらにぐんと反らした。

本能的に、尻を高々と掲げてより深く咥えこめる体勢をとると、陰裂をきゅっとすぼませて連続的に肉棒を締めあげていく。

「おおおッ」

添島は急激にきつくなった穴の圧力に負けぬよう、しゃにむに剛直を突き刺したとたん、不覚にもびゅんと先端から射精してしまった。

「はあああッ……もうだめえええ！」

汚らわしくも熱い液体を体内に流しこまれたのがスイッチになったのか、美貌の女生徒はぶるぶるっと緊縛されたままの身体を震わせ、生まれて初めての性的な絶頂に達していった。


膣口から溢れるほど注がれた精液を垂れ流しながら、激しい息遣いを続けている千佳は、マットの上に転がされていた。

もはやプライドを打ち砕かれ、完全に抵抗の意思をなくしていた。

まっすぐの黒髪が乱れ、綺麗なおでこが見えるところは少女そのものなのに、捲り上げられた制服の下にある充実した身体とのコントラストが、なんとも卑猥な空気を漂わせている。

「あ、あの……まだするの」

「一千万も払ったんだ、けちけちすんな」

添島の親が亡くなったとき、都心に持っていた猫の額ほどの土地を処分して、数千万円の現金が転がりこんできた。

独身、無趣味の男は使う当てもなく放置していた。

ある日、風俗店の待合室で読んでいた雑誌に妙な三行広告を見つけた。

「極上の美処女　秘密厳守前払い　資産ある鬼畜紳士募集」

楽しみといえば女を抱くぐらいのことしかない添島には、秘密めいたその文章に、何かぴんとくるものがあった。

連絡方法は郵送だったので興味半分で出してみた。その後音沙汰はなく、すっかり忘れ去っていた半年後、携帯に突然電話がかかってきた。

話の内容に驚愕した。

その組織が「契約」を結んでいる女なら、いつでもどこでも好きなように犯していいのだという。

「いわばレイプ契約というわけですね」

謎の男はそう説明した。

契約済みの女たちのリストは、毎月決まった日にちに顔写真つきで郵送されてくる。どういった事情で契約したのかは知らないが、どの女も極上の美女ばかりだった。

そんな女たちを自由に犯すことができるのだ。まさに夢のような話だった。

添島は頭陀袋を引き寄せた。

常に携行しているこの袋には、支給された『レイプ七つ道具』が入っている。

懇切丁寧なマニュアルまでついた、ロープ、手錠、ローション、指定の薬物、注射器、バイブ、ローターが取りそろえてあるセットを入れて持ち歩いている。

いつでも、どこでも、その気になれば女を犯せるというわけだった。

添島は中国製の催淫クリームのチューブを数本取りだすと、片端から片手に空けていく。山盛りになった白いクリームを手に、ぐったりした少女の肩を引き寄せると、まず乳房から塗り始めた。

「ああンッ……」

肩を抱かれながら、いやらしい手つきで、縄で膨らまされてぱんぱんの乳房に、ぬるん、ぬるんとクリームを塗られていく。

胸の隆起が微妙な感じになり、千佳は調子の外れた声を上げてしまう。

「へへ、エロい身体に見えるな。もう感じてるんじゃねえのか?」

「ううッ……変なもの塗るからよッ」

辱しめられ、唇を嚙むが、感じているのは本当だった。

痺れてしまっている身体を探りまわされ、ぬるぬるの軟膏をまぶされていくうちに身体が熱くなり、アソコがじゅくじゅくに濡れてきてしまっていた。

（こんな……触られただけで濡れちゃうなんてッ）

乳房から下の全部がまんべんなくクリームで覆いつくされ、少女の身体はまるでビニール人形の肌のように光り、なんとも非現実的な光景になった。

「くッ……ん」

女生徒がもじもじしだした。

早くも催淫クリームが効いてきて、全身が火照り、疼いてきたのだ。整った顔がぼうっとして、みるみる赤くなってくる。

懸命に唇を噛んで刺激をこらえている姿をよそに、添島は悠然と千佳の正面に立つと、ぐいと緊縛された身体を引きあげた。

「あぁッ……なにするのッ」

腹はたるんでいるが、腕力だけは人一倍強い。がっしりとした男の胸に抱えこまれ、乳房が押しつぶされる。

女生徒は立ってはいるが、足がつま先立ちになってしまい、頼りなさにもがく。男にこうして縛られたまま、しっかり抱かれると、改めて自分が無力な奴隷であると思い知らされるのだ。

「だめぇッ」

美少女があわてた声をあげる。

片手で腰を抱き込まれたまま、股間に添島の指が滑りこんできたのだ。見た目に似合わぬ素早さに虚を突かれる。

「ううッ……いじらないでぇ」

「ちょっと気分を出させてやる。あとがきついからな」

男の指はクリームにぬるつく股間のなかをまさぐり、親指でクリトリスを探り当てた。小指で肛門を押さえると、残った指で少女の陰裂をぐっと開かせる。ずぶずぶと中指を深く挿入して、膣上底にあるＧスポットのざらつきをとらえた。

「あああンッ」

つま先立ちで抱えられたまま、女生徒はえび反った。

股を閉じて防ごうとしてもつま先が滑ってどうにもならない。それぞれの指が猥褻な動きをしながら、少女の性感を確実に追い詰めていく。

（また……またきちゃうッ）

大きな太い指がこれほど繊細に動くとは、信じられなかった。

「だめ……だめです」

上気した顔で男を見上げ、首を振るがどうしようもない。

クリトリス、肛門、Ｇスポットをそれぞれ突きあげる指責めの快感に抵抗しようとしても、もうぴちゃぴちゃと大きな音がぬかるみの入り口からしている。乳首が痛いほどしこっている。

「一度、これでイッておけ」

体育教師は命令するように言うと、五本の指の責めを強めた。

「いやいやッ……そんなッ」

こんなに早く、指だけでイカされるはずはない。

だが、腰の疼きはどんどん強まってきている。全身もカッカと火照り、顔も血が逆流するほど赤らんでいることを自覚する。

狼狽する生徒会長は恥ずかしい顔を見られまいと、男の胸に顔を伏せた。だがそんなことをしても、指の動きがとまるわけではない。

「ああいやッ……だめぇ……」

膣壁は絶頂の予感にぐぐっと締まり出す。

男の指は敏感な突起を回しこすり、肛門に半ば入りこみ、秘穴の奥深くへと差しこまれ、コリコリした上壁を突き上げ、しとどに蜜汁を溢れさせる。

添島の指が三点を同時にぐいと強く刺激したとたん、十代の圧倒的な美裸身がピーンと突っ張った。

「見ないでッ……見ちゃだめぇッ」

顔と乳房を男に押しつけ、千佳は痙攣しながら太腿に愛液を垂れ流し、立っていられなくなってその場にくずおれた。

「ち、だらしねえな。講習はこれから本番だってのにな」

中年男はマットにあぐらをかいて座り直した。

息が上がってしまった少女の腰を引きあげ、脚を大きく開かせ、前向きで膝の上に乗せる。

少女の身体から余ったクリームを掻き取ると、自分の屹立に塗りたくる。

「だめッ……だめです」

もはや少女はうわごとのようにしか喋れない。男は背面座位の体位で、上半身を縛られた美少女の両腰をつかんで持ちあげる。

がっくりと首を折った生徒会長の、淡く色づいた陰裂が丸見えになった。

男がつかんだ腰を落としていくと、千佳は俯いていた頭をようやく持ちあげ、快感の余韻から覚めつつあるところだった。

「ひッ」

禍々しい亀頭の先端が割れ目に当たり、美少女は男の狙いを悟った。

また犯されてしまうのだ。動転した女生徒は無駄と悟りつつも、懸命に股間に力を入れ、侵入を阻止しようとする。

「諦めろって」

「あああーッ！」

少女の秘芯はいとも簡単に口を開くと、中年男の肉棒のサイズに広がり、ずるずると呑みこんでいく。

千佳は狼狽して入り口を閉めようとするが力が入らず、体重で一気に根元まで刺し貫かれてしまった。長大な成人の剛直が、またも十代のぴちぴちの体内にずっぽりと納まってしまったのだ。

（ああ……いやあ……また挿れられちゃった）

「二度目はどうってことないな。物覚えがいいぞ、さすが優等生だ」

「なんてひどい……あなたはけだものよッ」

千佳はすすり泣いた。

教師はショックのあまり呆然としている少女の腰をぐっと抱き寄せ、縛められた上半身に顔を近づけると、背中から囁いた。

「でも、こんなぶっといものが何度も入ってるのに全然痛くないだろ？　普通は失神するやつもいるくらいなんだから感謝しな。初めてでこんなにいい具合だなんて、俺のリストでも全国でもトップテンに入るくらい優秀だぞ」

「ううッ……なんてことをッ……許さないッ」

男のおぞましい辱しめに、優等生の目の前が真っ暗になる。

きりきりと眉をひそめるが、諦めたように細い首ががくりと落ちた。中年男は、脚を大きく開いた少女の膝を抱えて持ち上げた。

「あぐッ……きついわ」

バックから幼女のように抱えられ、体重が結合部に集中していっそう肉棒が肉穴に入りこんだ。

美少女は喉を反らせて喘ぐ。さらに男は少女の身体をゆっくりと回し、方向を変えていく。

「やめてぇ……切れちゃう」

「これくらいで切れねえよ、我慢しろ」

千佳の緊縛された身体は、ついに正面を向けられた。

脚は男の腰に乗って、左右に大きく開いている。対面座位の体位で、女生徒の腰は、ぐいと男のほうへ引き寄せられた。

「へへ……自分が今どんな恰好をしてるかわかるか？　ＳＭで縛られて、抱っこされてチ×ポ入れられてるんだぞ。学園一のスターさんがなあ」

男に腰を抱き込まれた美少女は、聞きたくないという風に頭を振った。

（こんな場所で……こんなことされてる）

目に入るのは、学校の用具室だ。昼間だというのに薄暗いこの部屋で、信じられないような猥褻な行為を強いられているのだった。

添島は少女の尻をつかむと、呼吸を整えた。時間はたっぷりある。存分に十代の処女穴を楽しみながら、汚辱の底にたたき落としてやるつもりだった。

「覚悟はいいな、生徒会長さん」

美少女はべっとりと汗をかいた、整った顔を悔しそうに横に向けた。

体育教師は頬をゆるめると、ゆっくりと淫門から肉棒を抜きあげていく。

「う、あッ、あッ……出ちゃうっ」

またあの感じだ。痛覚はないが触覚はある。

痺れるような、ずるずると排泄がつづいているような疼く感覚が、女生徒を襲い、泣きそうになった。

女生徒の肉穴は破られたばかりでまだ締めつける技はないが、決して開きすぎることもなく、ぴったりと凌辱者の肉茎に絡みついていた。あまりに恥ずかしすぎる状況だった。

(こんなこと、ずっとされてたら……きっと狂っちゃうわ)

女体が持ち上げられ、下げられるセックスが始まった。

クリームのぬるつきもあって痛みはないが、それでも限界まで膣口が開ききり、千佳は何度挿入されても強烈な肉の充実感に圧倒される。

ずるずると股間に長棹を埋め込まれる。

千佳は身体の中心にどんどん異物が侵入してくるのを感じ、背中をのけ反らせて耐えた。

「あァッ……入ってくる」

添島の反りかえった剛直が少女の膣内に根元まで納まりきって、陰唇が肉棒の付け根にぴっちりとまとわりつく。

美少女は緊縛されたまま、圧倒的な量感の肉棒でヴァギナを貫かれることで、精神的に完全に屈服させられていた。

男にいつまで人形のように扱われて上下動させられるのか。その行為を恐れながらも、早くとどめを刺して欲しいと思う自暴自棄な自分もいた。

「んむ……」

中年男の顔が近づいてきたかと思うと、唇を奪われた。

あっという間に舌を絡めとられ、口中から舌腹まで、ねちょねちょと嬲られた。

まさかキスをされるとは思わず、意表を突かれた少女は、舌を吸われるまま、唾液を呑まされるままに濃厚なディープキスに応えてしまう。

教師に股間を串刺しにされた状態で、本来は前戯である舌責めを繰りかえされ、なにか倒錯的な気分に陥る。

「んんッ」

舌を吸われたまま、男の手がにゅるにゅるとクリームだらけの乳房をしごき始めた。縄目を受けてぷるんと飛びだした重量感のある隆起を、下から横からさすり、乳首をしごき、こねる。

少女の乳房の芯が固くしこり、じんじんと感じてきた。

（やだッ……どうして）

千佳は激しく動揺した。

舌と胸は愛撫されるのだが、硬い棒で串刺しにされた部分は全然動かされない。焦らすような、余裕を持った男の責めが憎らしく、もどかしくも感じてしまう。

「ンはッ」

さんざん胸と舌を弄ばれたあと、ようやく口をはずしてもらえた。

二人の唇の間で幾筋も唾液の糸が引かれ、消えていく。

女生徒の身体は媚薬で熱く火照って追い詰められていた。体内の剛直は最初と変わらず、硬度を保ったまま自分を貫いているというのに。

「あ、あの」

「なんだ」

ピンク色に上気した美少女生徒会長の顔が、おずおずと男を見つめる。

添島はぬらぬらの胸を揉み、ピンピンに勃ちきった少女の乳首をまわしながら、なにも気づかぬかのように聞きかえす。

「早く……早くすませて、お願い」

「そうか……縛られたまま、早くイカせて欲しいってことだな?」

千佳は力なくかぶりを振るが、肩を震わせた。

しかし乳首をひねると、膣穴がきゅんと肉棒を締めあげる。体育教師は満足そうに頷くと、抽送を開始した。

「ううううッ……こすらないでぇ」

腰を持たれて肉茎を抜き上げられ、下げられる時にはゆっくり肉襞を割り裂かれていく。

膣壁がずりずりと擦られ、締まりかけた穴を再び円筒状にひろげていく。

時間が経つと、びたん、びたん、と処女穴へのペニスの出し入れがリズミカルになってきた。

「くッ……ちょっと待ってぇ」

呼吸をするようなゆったりしたペースだが、肉棒の長さを生かし、根元から先端まで抜きあげ、股間に叩きつける抽送だ。

大きなストロークの抜き差しに肉体が翻弄され、美少女は狼狽する。

緊縛されて絞りだされた乳房が上下に大きくぷるんぷるんと跳ね、美しく整った額に滲んだ汗が飛び、黒髪が抜き差しに合わせて翻る。

（ああ……苦しい。奥まで入りすぎちゃうッ）

本格的にスラストされると、体重がもろにかかる上下動でのセックスは、処女同然の肉体には厳しかった。

痛いほどに股間を割り広げられ、子宮に届くほど奥まで挿入されると、どこまでも入っていきそうな恐怖を感じる。

「あッ？……」

肉棒が角度を変えて数回膣壁を突かれたとき、突然ビーンと電撃のような痺れが少女の子宮の入り口から全身に向けて走った。

「あああッ！」

二度目に突かれた時の痺れはもっと大きかった。

内腿の感覚がなくなるほどの刺激が腰を走る。マットについていた足の裏から完全に力が抜け、尻が男の手で支えられているだけになった。

「どうしてぇ……なんなのこれッ……力抜けちゃう」

「さっき、お前のオマ×コに例のボールをもう一個、仕込んでおいたのさ。そろそろ溶けだすころだよな」

最初に使われた特製の媚薬ボールが、先刻の立位愛撫に乗じて膣内に押しこまれていたのだ。

「ひ、ひどいわ……また薬を使うなんて」

度重なる変態的な愛撫と薬物の効果が理性を上まわったのか、女生徒は紅潮し切った顔で、男を見上げる。

その瞳が、いつのまにかねっとりと、艶めかしい雰囲気に変わっている。

それを感じ取った添島は片手で少女の腰をぐっと引き寄せ、もう一方の手を後ろにまわすと胸と手を縛りあげている縄尻をつかみ、ぴったりと胸と胸を合わせる。

「あ……」

千佳は緊縛された身体を抱きしめられた状態で一瞬男と目が合い、自分がこれから絶頂させられてしまうことを悟った。

(もうだめ、あたし)

「あ、ああ！　ああ、あああ！」

ほぼ真横に開いた脚の間で、少女の可憐な秘芯にこれまでの倍以上の速度で容赦なく剛棒が打ちこまれ始めた。

膣の薄壁を集中的に突きあげ、千佳は甘い嬌声を響かせる。

美少女の下半身はクリームと汗が溶け合い、ぬるぬると光ってなんとも卑猥な雰囲気に満ちてきた。十代の張りきった肌は真紅に染まり、少女は白い喉をのけ反らせて喘ぎ、強烈な打ちこみに耐えていた。

「いやッ……やんッ……だめッ……つらいの」

一回一回の突きで、ただでさえ感じる子宮口のまわりに薬液がどんどん広がっていくことに、千佳は絶望する。

ずんずんと突かれ続け、膣奥の感度が急速に増しはじめていた。膣液が小便のようにだらだらと漏れ、子宮の奥がとてつもなく疼いてしまうのだ。

自分の意思とは関係なく人形のように軽く弄ばれ、屈辱の思いは募るが、快感はそれを上まわる勢いで増してくる。

「ううううッ……イヤッ」

女生徒は嫌悪の表情を浮かべようと必死だった。

しかし男の大きな胸のなかに抱えこまれたまま、クリームの潤滑で面白いように滑らかに上下動させられ、陰裂に杭打ちを受けてはどうにもならない。

「だめえッ……だめなんですッ」

子宮の入り口を亀頭で突かれるたびに、ビーンビーンと電撃のような痺れで一瞬、腰の感覚がなくなる。

強気の生徒会長の面影はもはやなく、膣口からは洪水のように愛液を垂れ流し、凌辱者の股間をびちゃびちゃに濡らしてしまっていた。

(しびれる！　しびれちゃう！)

「み、見ないで」

汗にぎらつく自分の顔が、どんなにつくろってても淫らで感じきってしまっているこことがわかる。

それを真正面から男にじっくりと見つめられていることに、女生徒は狂おしいほどの羞じらいを覚えていた。そんな顔は今まで誰にも見せたことはないし、自分でも見たことがない。

「お前の身体は、俺に金で買われたんだ。奴隷は奴隷らしく、イク時の顔をご主人様にきっちり見せるんだぞ」

添島はにやつきながら言い放つ。

千佳は必死に感じ切った顔を髪に隠そうとするが、全身を大きく上下されているため、どうしても自然に正面を向いてしまう。

「ゆるしてッ……だめですッ……見ちゃいや」

少女は動揺していた。

さっき絶頂に追い込まれたときは後背位で、恰好は屈辱的だったがまだ顔は見られずにすんだのだ。

しかし今度は、それ以上の痴態をさらしてしまうような気がする。

さらに憎い凌辱者に隅から隅まで観察されながら、恥をかいてしまう。

（だめよ……ここでイッちゃったら、もう立ち直れない）

女生徒はもやがかかる意識のなかで、子宮への突きあげによる快感が限界まできていることに焦っていた。

膣口から尿道にかけての部分が、ぎゅううんと疼いているのが自分ではっきりとわかる。腰を制御できなくなると同時に、おしっこも盛大に漏らしてしまうかもしれない状態だ。

「お……願いッ……」

「我慢しないで存分に感じていいんだぞ、千佳。それが卒業証書だ」

体育教師は切羽つまった生徒会長の声が耳に入らぬかのように、自分のペースで、ずぼずぼと、気持ちよすぎる少女穴を突きつづける。

背後から見ると、ぐなぐなになった縄目を受けた肉体が跳ねあげられ、少女が時々はっとして力を入れ、くっと開ききった脚と首を立て直すという状態だ。

「ゆる……やあ……う……あうん」

千佳も理性ではやめて欲しいと言いたいのだが、感じすぎて、とうてい意味のある単語を口にできない。

「だめ……イッちゃう……イッちゃいます」

緊縛された女生徒は口を開いて喘ぎ、痺れっ放しの腰をひくつかせて、うわごとのように絶頂が間近であると告げてしまった。

黒目勝ちの美麗な目元は完全に潤み、幾筋も涙の跡がついた頬は真っ赤に紅潮し、快感の激烈さを物語る。

「いやあッ……ああッ……」

下から激しく叩きつけられ、肉裂は洪水のように愛液を垂れ流し、腰と尻とがぶつかるたびにびちゃびちゃとしぶきが飛ぶ。

男はさらに少女の細腰を抱き寄せ、腰をグラインドさせる。粘膜と粘膜をこすり合わせるように密着させ、ぐいぐいと秘穴を突きまくる。

「あ、あ、あ、あ」

美少女は後ろにのけ反り、身体をがくがくと揺らされる。

(もうだめ！……イッちゃう！)

全身の感覚が消えて失せるような絶頂感が、どっと押し寄せてきた。

「イク……ゥ……」

剛棒で埋められた膣内から、びゅっと透明な液体が飛びだす。

「おっ……潮吹きだ」

嬉しそうに添島が言うが、半失神状態の千佳の耳には届いていない。

抱えられた腰からくたっと背後に折れた美少女は、愛液を垂れ流した膣穴を男に串刺しにされたまま、いつまでも痙攣をつづけていた。

「いま卒業証書をやるからな」

添島はぜいぜい息を喘がせながら、少女の体内から肉棒をずるりと抜きだすとそのまま立ちあがった。

「あ……」

美少女は達しすぎて力が抜けてしまった不自由な身体を支えきれず、くなくなと横倒しになった。

「そら、こうしてやる」

体育教師は自身の肉棒を筆のようにつかむと、千佳の真上から噴出する白濁を振りまいた。

「いやあッ……いやいやッ」

ほとばしる熱い樹液が、自分の顔や胸にふりかかるのを感じ、生徒会長は懸命に緊縛された身体をよじって避けようとするが、どうにもならない。

しなやかな肢体が、みるみる中年男のザーメンに汚されていく。

「うーん、我ながら見事な筆跡だな」

字ともつかぬ白濁の文様をボディに刻印され、汚辱に身体をひくつかせる美しい女生徒を見下ろししながら、男は満足げにつぶやいた。

Ⅵ

過去からの脅迫者

女医・瑞穂

病室に近づくにつれて、優里の足取りは重くなった。研修医生活一年目にして、解決し難い壁にぶち当たっていたのだ。

（ううん、今日こそはきっぱり注意してみせるわ）

若々しい、初々しい顔立ちはショートボブに縁取られ、なんとも愛らしい風情を醸し出している。

浅野優里は、意を決して病室の戸を開けた。

「おお、ユリちゃん、待ちくたびれたよ」

ベッドに身を起こし、相好を崩した野獣のような顔を見ると、少女は先ほどの決心が早くも萎えてくるのを感じ、懸命に立て直す。

「添島さん、検温です」

「ユリちゃんみたいな美人にお尻を向けるなんて、おじさん恥ずかしいけど……やっちゃおうかな」

ごそごそとパジャマを脱ぎかけた添島に、優里はあわてて駆け寄る。

「そっちじゃありません！　口です、口」

「へえ、口でしてくれるのか。すごい病院だな、ここは」

「きゃあ！」

首を抱きこまれ、肌掛けの上に顔を押しつけられてもがく新人研修医。

その隙に中年男の手は、充分に発達した乳房の上を這いまわる。

「いけません！　添島さん、やめてください！」

「おじさんはもう余命短いんだよ……後生だから、死ぬ前に一度、一度だけでいいからぴちぴちした肌を味わわせて欲しいんだよ、なあユリちゃん」

「ただの検査入院でしょ、もう！」

なんとか身体をもぎ離し、エロ中年の魔の手から逃れた優里は、顔を真っ赤にして、はぁはぁと息をつく。

「……ちょっと、なんの騒ぎですか」

「塩谷先生！」

純白の白衣の前を押さえながら、優里は直立不動になる。入ってきたのは、ロングヘアを後ろで束ねた美しい女医だった。

「添島さん、セクハラがすぎると本当に病院から追いだしますよ。ここはキャバクラじゃありませんから」

「そんな店よりよっぽど美人ぞろいなんでつい興奮しちまうんだよ、先生」

ひくひくと鼻をうごめかせる野卑な男に、女医の塩谷瑞穂は顔をいやというほどしかめる。

問題患者、添島剛が、原因不明の「腹痛」を訴えて入院して一週間。金は持っているらしく、四人部屋ではなく、わざわざ個室を借りきって検査を受けている。無理難題ばかりを言うので、他の医者はさじを投げ、理事長の命令で瑞穂が担当することになった。

瑞穂は二十九歳になったところだが、この病院の医師としては若手組である。新人研修医で二十五歳の優里と一緒に、問題患者を体よく押しつけられたと言っていいだろう。

(貧乏くじもいいとこだわ……)

「浅野さんももう少し、しゃんとしてもらわないと」

「す、すみません」

長い黒髪に理知的な細面の、和風美人といったふうの瑞穂に射すくめられるような視線を浴びせられ、新人研修医は身を縮める。

「おいおい、ユリちゃんは悪くねえぜ」

「センターに戻ってなさい。ここは私だけでいいから」

しゅんとした優里は頭をさげると、うなだれて出ていき、静かに扉を閉めた。

個室の病室には、添島と瑞穂、二人だけになった。

「若い娘にはあんま厳しくすんなよ、いくら既婚者でもお局だって嫌われるぜ」

(あんたのせいでしょうが！……それに私もまだ十分若いわよ！)

口には出さないものの、怒りに満ちた視線を向けられ、男は肩をすくめる。瑞穂は努めて冷静を装いながら、台の上で準備をはじめる。

中年男はちらちらと、かがんだ女医の胸の谷間を覗きこむ。

Vネックのセーターを着てきたのは失策だった。瑞穂はほぞを噛むが、さらにいらいらが募るばかりだ。

「瑞穂ちゃん、そりゃなんだい」

何度注意してもその呼び名を改めない男を無視しながら、女医は注射器を上に向けて、薬液をぴゅっと少し出す。

「見ればわかるでしょ、注射です。さ、左手を出してください」

「ば、馬鹿野郎、そんなもん必要ねえよ」

見るからにあわてだした中年男の姿に、瑞穂は少し溜飲をさげる。注射器を持ったままにじり寄ると、ベッドの上で男が身を引いた。

「あーら、いい年して注射が怖いのかしら。新人の胸は触れるくせに、てんでだらしないったら」

主客逆転とばかりにここぞと言いたてる若い女医に、男の顔色が変わる。

「おい、いいかげんにしろよ」

「いいから、早く腕を出しなさいって」

瑞穂が半ばけんか腰になって男の腕を取ろうとするところを、添島は逆手にひねりあげた。

「いたたッ、なにすんのよ、このハゲ！……え？」

手を引き抜いた時、女医の目に一枚の紙が飛びこんできた。

「……レイプ契約書だ。わかってるな、提示した時点で売買成立だ。確認するか？」

それまでとは打って変わって、低い声で添島が囁いた。

「そ、そんなッ」

瑞穂は悲鳴にも似た声をあげてしまった。確認するまでもないくらい特徴的なその紙が、いつ来るのか、恐れていたものだったからだ。

「あなたがどうしてッ……何者なのッ」

「不労所得だけには困らない、ただのハゲさ。人を学歴やら見た目やらで判断してるから、こんな目に遭うんだぞ」

棒立ちになっていた女医は、腕を取られてベッドへ引きずりこまれた。

「お願い、叩かないで」

ベッドの上で組み敷かれた若い女医は、震えていた。

いきなり添島の寝ていた汗臭いベッドに引きずりこまれ、最初は抵抗したものの、二、三度頬を張られるとすっかり怯えてしまった。

「もう金は払ってあるんだ。あんまり手間を取らせるな」

女医はかくかくとうなずく。確かに契約は結んだ。しかしかなり長い間待たされたため、現実味が薄れかけている時だった。

(それに……金持ちの紳士が、一夜の遊びでするものだって聞いていたのに)

目の前に現れたのは、とんでもない男だったため、思わず女として正常な対応をしてしまったというわけだ。

背中まで届く長い髪が解かれ、白いシーツの上にひろがっている。添島は唇をゆがませながら、美しく整った日本的な美女の顔を堪能していた。

「痛い思いをしたくねえなら、大人しくしてな」

中年男は白衣のボタンを一つずつはずし始めた。

整っているのに優しげな美しい顔立ち。白衣の前が開かされるにつれ、女医の顔がピンク色に染まってくる。まぶしいような真っ白な首筋も紅潮してきた。

「な、なにをするつもりなんですか……」

「わかりきったこと聞くなよ。オマ×コだろ」

中年男は、瑞穂が身につけていた高級そうな薄いグレーのニットを、ブラもろとも力任せに引き裂いた。

「きゃああ！」

「おお、すげえ！　とても医者の身体じゃねえな」

添島は女医の悲鳴とかぶさるように歓声をあげてしまった。見事なまでに美しく、しなやかな肢体だったからだ。

すらりとした長身で、胸はそれほど大きくはないが滑らかな曲線を描き、腰もきゅっとくびれた、曲線だけで構成されているようなボディだった。

白い肌を真紅に染めた美貌を縁取る、黒髪が揺れる。選ばれた女の裸体は、それ自体で一個の美術品であった。

「お願い……言うことは聞きますから。病院で、あまり変なことはしないで」

ベッドの上でぐいと白衣をくつろげられ、乳房を露わにされて急に少女のようになった女医が腿をよじった。

両手で胸を隠しているポーズもどこか悩ましい。

「あッ……」

添島はズボンをおろし、臨戦態勢を整えると、女医の腕を左右に開かせ、磔のように押さえつける。ベッドの上で黒髪を広げた裸体の女はどこまでも愛らしく、そして美しかった。

「ふぁんッ」

男が乳房の先で尖っている乳首を、ちゅっと吸いあげた。思わず変な声をあげてしまい、瑞穂は赤面する。

「あうぅッ……吸わないでッ」

乳首を吸われながら甘噛みされ、女医の腰が跳ねる。女の身体はくなくなとしなり、どこにも骨が通っていないのではないかと思わせるほど、柔らかく動いた。

しつこく吸われて、乳首がピンと硬く勃ってきた。ぞわぞわした感触が乳房の芯を疼かせる。

「なんだ、もう感じてるのか。最近旦那とはご無沙汰なんじゃねえのか」

「い、言わないでッ……あの人のことは」

瑞穂は屈辱に身を震わせ、添島を睨みつける。

だがそれは事実だった。広告代理店勤務の夫とは、互いに激務ということもあるが、新婚にもかかわらず肉体の交わりは月に数えるほどしかなかった。

「きゃあッ」

中年男が両腿を持ちあげ、膝が身体の脇にぴったりつくぐらい開かせたのだ。元々柔軟な肉体なのか、蛙を仰向けにしたような、腿も膝から下も水平になるくらい大きく開いてしまっていた。

「お前、ちっとは抵抗するもんだぜ。それともこういう恰好が好きなのか？」

あきれたように言う添島に、瑞穂は力なく首を振る。

獣のような強引すぎるやり口に、抵抗する気力が失せてしまったのだ、と自分には言い聞かせるが、実のところ、女医のなかに、男に従いたいという気持ちが湧いてきてしまっていたのだ。

「ああーッ」

添島が白い薄地のショーツに噛みつくと、引っぱるようにして引き裂いてしまった。黒々とした恥毛に彩られた陰部が丸出しになってしまう。

「こうすると自分のマ×コが見えるだろ？　綺麗なもんだ……なんだ？　もう濡れてるのか？」

中年男が秘割れの下から上へ、ずるりと舐めあげる。

「ふぁんッ」

ほどよくふくらんだ陰阜は毛も薄く、なんの抵抗もなく舌が滑る。

女医の身体が、くんとあがり、乳房がぶるんと震えた。

「先生はマゾっ気があるんだな。まあ、こんな契約受け入れるくらいだからな、犯されて燃えるタイプなんだろうが」

「違うッ……違います」

羞恥責めを加える中年男に、女医は首を振るだけだった。

添島は瑞穂の膝をベッドに埋まるくらいに押しつけた。

美女のぷりんとした尻が持ちあがったところに、屹立を合わせる。まだ口を開けてもいない人妻の密やかな肉裂に、先端が押しつけられた。

「ああ……うそ」

夫だけにと立ててきた操を、野卑な男に奪われようとしているのだ。

許されざる禁忌だ。しかも聖なる病院で汚されようとしている。瑞穂はそれを自覚するだけで、赤く口を開けた秘裂から、淫汁が溢れてきてしまった。

(ああ、あなた……許して。犯されるのに濡れちゃってる)

美人女医が身体をひくひくさせているところに、添島が少し腰を入れただけで、にゅぷんと亀頭が熱い割れ目に入りこんでしまった。

「そら、瑞穂。お前のオマ×コに旦那以外の男のチ×ポが入っていくところが見えるだろう」

「いやです……あああ」

人妻女医は端整な美貌を真っ赤に染めながらも、その光景から目を離すことができなかった。

少し反りかえった太い肉刀が、じゅぷじゅぷと音をたてるように自分の体内に姿を隠していく。股間に開いた自分のなかの空隙がぐりぐりと割り裂かれ、どんどん他人の器官で埋められていく。

(やだ、大きい……あの人より、ずっと。それに長いわ)

中年男の腰がぴたんと敏感な陰部に当たった。

「はぅん」

男の毛むくじゃらな根元が当たるほど、肉棒が入りきってしまった。

自分の下腹が、ペニスの形の通りに膨らんでいる。

信じられないほどの長さが、体内のこんな奥まで届いているのだ。女医は自らの肉体の淫らさに絶望する。

「ふふ。大病院の美人女医さんのくせに、こんなにいやらしい身体の持ち主なんだからな。まるで男のために、セックスのために誂えられたような身体じゃねえか」

「違う……違うのッ」

うわごとのように喘ぐ美女。瑞穂の心を見透かしたような不良患者の言葉責めに、手もなく追いあげられていく。

「違うもんか。だってお前のオマ×コが嬉しそうにチ×ポをきゅんきゅん締めつけて離してくれないぜ。それにこの濡れ具合はなんだ……旦那に恥ずかしくないのかよ、先生！」

添島は肉棒を抜くと、一気に叩きこんだ。じゅぽん、と愛液がまわりに弾け散った。女医は真上を見るくらいまでのけ反った。

「いやあッ……見ないでッ」

いったいどうしたことか、濡れすぎて本当に水浸しのようになっている股を串刺しにされ、シーツが濡れるほど淫液がこぼれてしまった。

瑞穂は目の前で見せつけられる自分の肉体の惨状に、頭が狂いそうになる。

言われずとも、膣壁が男をいやというほど締めあげていることもわかっていた。

「ゆるして……お願いです」

女医は快楽になんとか抗しようと、潤みきった眼差しで自分を貫いている男に許しを乞うが、ひくひくと慎ましやかに肉茎を幾度も絞りあげる女性器の動きがそれを完全に裏切ってしまっている。

「へへ、こんなに締めつけやがって、なんの説得力もないぜ、先生」

「いやああッ」

中年男はいきなり、美人人妻の子宮まで届くような深突きを開始した。

しばらく男を受け入れていなかった膣道だが、渇望していた肉茎を呑みこんですぐに、完全に男性器のすべてを納めていた。

美しき女医はシーツをつかみ、髪が乱れるほど頭を左右に振る。

「やんッ……いけませんッ」

もう幾度となく交わった肉棒と肉壺のように、ぴったりとサイズを合わせて互いを刺激するように、腰を使ってしまう。

突かれるほどに淫穴は広がり、どこまでも男棒を受け入れる。

瑞穂の膣は粘土細工のように、添島の剛直に合わせて形状を変えているのかと思うほど密着し、粘膜を一体化させていた。

(すげえ……本当にすげえぞ。こんな女がいるんだな)

風俗の固太りの女とはまるで違う、細身でも充分に脂肪の柔らかさが感じられる熟しかけた肉体だった。

いくら強く打ち抜いても、なよなよと腰を震わせるだけで、どこまで深く抉っても受けとめることのできる身体だった。

「こんなッ……病院で、いけませんッ……みんなにバレちゃうわ」

瑞穂はのけ反り、汗を垂らし、乳房を震わせて叫んだ。

真っ白な肌が紅潮し、くびれた腰は蛇のようにくねり、男を絞り上げる。

「この淫乱女医がッ」

「いやッ……いやです」

初花を破るのも味わいがあるが、やはりセックスの快楽では、経験を積んだ人妻の身体に敵うものはない。

いったん挿れてしまうと千変万化する媚肉、男とはまるで違う、絡みつくような滑らかな柔肌の虜にならない男がいるだろうか。

「くそッ……瑞穂、脚を俺の腰に絡めろ」

「は、はい」

突かれてのけ反るだけだった美人女医は、従順にすらりと伸びた脚を掲げて男の腰の上で交差させた。さらに二人の密着度が高まる。

添島はたまらずに女医の首を抱くとキスをし、腰をしゃにむに突き入れながら舌を吸いあげた。瑞穂もおずおずと上になった男の首に腕をまわした。

(あなた……ごめんなさい。あたし、もうだめです)

「んッ……んッ」

くちゃん、くちゃんと股間の合わせ目から淫らな音をたてながらぴったりと抱き合い、まるで恋人同士のようなセックスに耽る。

しかし下になった美人女医は、金で買われた娼婦同然に扱われているというのに淫らに腰をくねらせ、快楽の奴隷であることを如実に示していたのだ。

肉の交わりに没頭していた二人は、ドアが開いたことにも気づかなかった。

「きゃあッ」

短い悲鳴が聞こえた。中年男と女医が交わっているところに入ってきた、研修医の浅野優里が呆然と立ちつくしていた。

「ユリちゃん、なんで来るんだ」

「瑞穂先生が呼んでるからって、連絡があって」

「わ、わたしは呼んでないわ」

「……ああ、そういうことか」

狼狽から立ち直った添島は、慌てず騒がずペニスを女体から引き抜くと、足早に優里に駆け寄り、動けないでいるところを取り押さえた。

「ああッ……いったいなにをッ」

正気に返った研修医がもがくところを引っ張り込み、無理やり医療用ベッドに引き上げる。

「おい瑞穂、ちょっとこいつを押さえてろ」

隣で青ざめている女医に向かって命じる。

「やめてッ、な、なにする気なの……ああ、先生までッ」

先輩医師にベッドに押さえつけられた優里は、懇願するように見上げる。

「ごめんなさいね、浅野さん」

顔を背けた瑞穂に、研修医はショックを受けた表情になる。

その隙に添島が突然、袋から大ぶりのカッターナイフを取り出したのを見て、研修医の顔が恐怖にひきつった。

「ユリちゃん、わかるだろ？」

男はそれをぶらぶらさせ、それ以上は何も言わない。美人研修医は仰向けのまま震えながら、かくかくと頷いた。

にやりとした男はスカートをまくりあげ、優里の股の上に座り込む。

ようやく、新人医師の長い脚がじたばたし始めた。

「大人しくしてろ、切れるぞ。おい、瑞穂、しっかり押さえろ」

中年男に命じられ、震える手で女医は、新人の両手を強く押さえつける。

添島は優里の下着の脇を持ち上げ、カッターでぶつりと切った。

「いやあーッ」

悲鳴をあげながらも、優里は傷つく恐れから極力身動きを抑える。

「大声出すな。痛い目に遭いたいのか」

新人研修医は慌てて口を閉じたが、叫ぶのも無理はなかった。

誰にも見せたことのない陰毛に覆われたぷっくりふくらんだ恥丘、ほころび始めた陰部と肛門までが丸見えにされたのだ。

「ここは新人離れしてるんだな」

「へ、へんなこと言わないでッ……」

「本当に動くなよ」

添島は、手荷物から袋を出すと、中からペン型の注射器を取り上げた。

「ど、どうして、そんなものを持ってるんですかッ」

なぜ医師でもない添島がそんなものを携行しているのか。優里はめまぐるしく変わる状況についていけず、震えている。

「やめて……やめてください」

「ちょっと我慢しろ」

上半身を押さえている瑞穂も、青い顔で見つめている。添島は優里の脚を押さえると、ためらわずに太腿に針を刺した。

「いたいッ」

浮きあがりそうになる腰を押さえ、手早く薬液を注入してしまう。

「ま、まさか変な薬を……」

動転して蒼白になる研修医は、がくがくと身体を震わせる。さすがに女医も呆然として見守っている。

「クリトリスに効く、ただの興奮剤だ。単に感じすぎて死にそうになるってだけだ」

「ああ、なんてひどい……あなたは悪魔よッ」

新人研修医はほっとしたのもつかの間、ボブカットの髪を激しく振りながら、涙に暮れる。

「ちぇッ、どいつもこいつも俺を悪魔呼ばわりしやがる……まあいいさ、すぐに悪魔に魂を売り渡したくなるくらいひどいことになるからな」

「先生、なんでッ……どうして？」

優里はすがるような、咎めるような瞳を女医に投げかける。

（この男はともかく、なんで先生が従ってるの？……それより、私を呼び出したって）

詰問するような研修医の視線だったが、意外にも女医はまっすぐに受けとめた。

「……去年の事件の情報が流出したの。たぶん、あたしたち二人は病院に沈黙の代償として売られたの。こんな騒いでて、誰も来ないことでわかるでしょう」

白衣の前が破れ、乳房と繋みがのぞいているというあられもない恰好の女医だったが、どこか諦めに満ちた口調で答えた。

「先生、そんな……」

優里は目を大きく見開いた後、がくりと首を垂れた。

一年前に病院で集団院内感染が発生、七人が亡くなるという重大事件が起きた。原因はわからずじまいに終わったが、瑞穂と優里は、自分たちの不手際で感染が拡大したことを知っていた。

ちょうど名家の御曹司との結婚直前だった瑞穂は、名乗り出る勇気が持てなかった。駆け出しの優里を説得して、頬かむりを決めこんだのだ。

どこで嗅ぎつけたのか、謎の組織から接触があったのはそれから半年後だった。

(悪事の報いだわ……でも、もう後戻りはできない)

添島は感心にも、意味ありげな二人の事情を聞きだそうとはしなかった。


注射のあと、ベッドに大の字に縛りつけられた美人研修医は顔を真っ赤にして、腰をよじり始めた。

「あ、熱い……なんなの、これぇ」

太腿を閉じてこすり合わせることもできず、優里は脂汗を流して必死になって股間の疼きを耐えようとする。クリトリスは赤紫色になって倍以上に腫れ、見るからに痛々しく、きつそうだ。

「しばらくはその辺が熱くて痒くてどうにもならなくなる。なにかを入れてこすってもらわないと、気が狂っちまうかもしれねえぞ」

「ああひどい、信じられないッ……そんな薬を使うなんてッ」

激しく身を揉み、手足を突っ張らせる。ベッドの金具がぎしぎし鳴った。

研修医の可愛らしい、すべすべの顔は上気し、くりっとした二重の瞳はまだそれでもきっと男を睨みつける。

「どうだ、お前のオマ×コもこれでこすって欲しくなってきたんじゃないか?」

添島は腰の逸物を握りながら、優里の整った顔に近づける。

新人研修医は激烈な嫌悪の表情を浮かべ、懸命に顔をそらして逃げる。

「いや！　初めての人は、結婚する人と決めてるの！」

「え?」

思わぬ言葉に、添島は改めてこの研修医を見直した。

まっすぐに伸びた肘から先は真っ白で、皺一つない。手も水仕事などしたことはないと言いたげに節一本なく細く、先端まですっきりとしている。

胸は白衣に押さえられているが、相当大きいようだ。そこから蜂の腰のようにくびれ、むっちりと張りだした臀部に至る曲線は日本人離れしている。

おそらく一番の自慢は脚なのだろう。おかしな反りも出っ張りもなく、それでいて直線では決してない充実した肉づきの、張りのある美脚だった。

「ユリちゃんは処女だったのか。それはおじさんもうれしいよ。大丈夫だ、絶対痛くしないからね」

添島がからかうように手で腿をつかむと、研修医は身体をよじって抵抗する。

瑞穂も新人医師のあられもない姿を、呆然とした顔で眺めているばかりだ。

しかし徐々に薬物が効いてきたのか、優里はじきに上を向いて、はぁはぁと喘ぐばかりになった。

「ユリちゃん、白衣の替えは持っているのか」

「そ、それがなに……ううッ……早く離して！」

「ならいい」

添島は優里の上にまたがると、カッターで白衣を切り裂き始めた。

「なんてことをッ……んッ」

美人研修医が悲鳴を上げる前に、手で口をふさぐ。そして服をずたずたにしては、声を出しそうになる口を押さえ、鼻歌交じりで解体作業をつづけた。

「ううッ……」

新人研修医の服は切り裂かれ、胸や股間が剝きだしにされた。

予想通り、モデルのようなグラマラスなボディだった。

胸の大きさは瑞穂を上まわり、尖った乳房の形の美しさも遜色ない。くびれや脚のラインは素晴らしいものだった。

「瑞穂、ちょっとこい」

女医の肩をぐっと引き寄せ、唇を奪った。

美女は素直にキスに応じ、頰を染めてすぐに舌を絡め合う。

真上でディープキスを交わす中年男と美人女医を見て、研修医が驚きから、カッと目を見開く。

「優里、この女はさっきまで俺のチ×ポでさんざん悶えていたのさ」

添島が、呼び捨てにし出した美人研修医に笑みを浮かべながら告げる。

優里は恐怖に目を大きく開いたまま、中年男を見つめる。

不良患者はローションのボトルを傾けて、中身をベッドで大の字にされた女体の上にぶちまけ始めた。

「きゃあぁッ……冷たいッ」

研修医は激しく身をくねらせるが、両手足をベッドの脚に縛られて、ほとんど動けない。大量の液体が見事に隆起した胸から腹、くびれた腰の上にまでかけられ、身体がびちょびちょにされていく。

「いやあ……」

添島は空になったボトルを投げ捨てると、囚われの女の上から降りる。その間も、そばに立っていた女医の乳房を掴んだままだった。

「瑞穂、優里のクリトリスを舐めてやれ。本当にこのままじゃ、気が狂っちまうからな」

「な、なにバカなことを！……そんなこと、先生がするわけないでしょッ」

しばらくは喘ぐばかりだった優里が動転して、ふたたび身をよじりだした。

瑞穂は指示通り、人形のようによろよろと動くと、ベッドに上がって新人研修医の股間に身を潜りこませた。

「や、やめて！　塩谷先生、やめてください！」

「ああ、あなたの身体……すごく綺麗ね」

女医は顔を真っ赤にした優里の激しい拒絶を気にする様子もなく、腿を両手で押さえると、陰裂に向かって舌を差しだした。

「ンアアアッ」

研修医の肢体がベッドから浮き、跳ね上がった。

痛々しいぐらいに腫れあがった女の肉芽を、美女がちゅるっと吸い上げる。あまりの快感に優里は身体をくねらせ叫ぼうとするが、声にならない。

尊敬する女医に、自分のもっとも恥ずかしい部分を吸われ、舐められている。

優里は完全に打ちのめされ、抵抗の意思を失った。


「ん……んむ……あんッ」

すでに三十分が経過していた。優里は素裸に剝かれたうえで、ベッドに磔にされたまま、上半身と下半身に淫靡な責めを受けていた。

ベッドの頭側に回った添島に、豊乳をローションでマッサージされ、揉み続けられていたのだ。刺激に頭をさんざん振ったため、高級サロンで手入れされた髪は乱れきっていた。

全身は汗とローションでべっとりと光り、紅潮もしている。

だが一番変化していたのは目だ。眼差しは宙に浮き、定まらない。

クリトリスは腹ばいになった瑞穂に吸われ、舐められ続けた。

なにを打たれたのか、優里は陰核だけでなく全身もがカッと熱くなって血流が速くなり、心臓もドキドキするのを感じていた。

同時に全身の皮膚がひりひりと敏感になっていた。

愛撫の経験などまったくない新人研修医は、舐められただけで数えきれないほど気をやらされた。クリ舐めと乳房への責めは、優里がいくら泣いて哀願しても、延々と続けられた。

「やめてえ……お願いです」

美人研修医は先輩女医にも哀願したが、聞こえている様子もなくしゃぶられつづけている。二十分を超えたころからは、身体全体が急に火照ってきた。

「あああんッ」

ある臨界点を超えた瞬間、優里は突然ジーンとした痺れが突起の先から身体の奥へ向かってずっと続くようになったことを感じた。

びくびくと身体が震え、艶めかしくぷりぷりした尻を振ってしまう。

「優里、どうだ……瑞穂の舌は最高だろう」

「へ、平気ですッ……こんなの、なんてことない」

添島がにやりと笑う。感じきっていると見透かされていることはわかっており、羞恥で顔にどっと血がのぼる。

目をつぶって男と女医を視野から消そうとするが、かえって全身の感覚が鋭敏になって胸と股間ばかりに気がいってしまう。

じんじんとした痺れがひっきりなしに全身を襲う。

「そろそろ、大爆発するぞ。これだけ気をやっていれば最後は大変なことになる。体験したことがないくらいすげえやつだ。期待しとけよ」

口調だけは優しげに、中年男が語りかける。

優里は余計に猥褻な責めをされていることを意識させられてしまうが、もちろんそれが添島の狙いだった。

「ああ……もう、だめです」

優里は、乳房と股間の感覚がすでになくなっていると悟った。

というより、感覚器官がそのまま剝きだしにされ、シナプスに直接信号を送りこまれているような気分にさせられていた。

「お願い……やめてくださいッ……」

もはや許しを乞う以外のことはできない。

じんじんした痺れは腰全体にひろがり、乳首からの快感とつながろうとしている。それがつながった瞬間、自分がどうなってしまうのか。二十五歳の美女は、心からの恐怖を抱いた。

拘束された、ローションにぬらつき光る申し分のない肉体をくねらせ、ぱんぱんに張った乳房を突きだして、感じきった表情で悩ましい声をあげる美人研修医に、添島も股間の欲望を滾らせていた。

(もう……耐えられないッ)

ついに優里の腰の痺れは内腿までひろがり、上からは乳首の痺れが腹を伝って腰まで下りつつあった。

「だめ……限界!」

必死で腹に力を入れて抑えてきた努力が解け、力が抜けた途端に三点の痺れがリンクして一つになった。

「んむむむッ!」

美女研修医は外国人並みの肢体から汗を飛び散らせ、思いっきり腰を跳ねあげた。ブリッジの体勢で空中に静止し、そこからびくんびくんと幾度か痙攣する。

「死ぬッ……死んじゃうッ」

こらえにこらえてきたせいで、絶頂はより激烈な体験となった。

これまでにない快感に全身は痺れきり、何度も何度も波のように押し寄せる気持ちよさに、新人研修医は完全に打ちのめされていた。

添島は、美女の全身から力が抜けた状態を見てとると、手足を縛っていた縄をほどく。優里は解放されても、全身が綿のようになって力が入らず動けなかった。

「いやぁ……」

中年男が縄が巻き付いた手首を背中に回し、今度は胸の上と下にぐるぐると巻き始めたのだ。

縛られる、と悟っても抵抗らしい抵抗もできない。

優里はEカップの乳房を縄でさらに大きく膨らまされ、縊り出された。

男は、紅潮して乱れてきた女体の腰をつかみ、ぐいと上に引っ張りあげ、後ろ向きであぐらをかいた膝の上にのせた。

「アアッ……」

後ろ手縛りにされた背中から、痛いほど張りだした乳房をむんずとつかまれた。

ぬるぬるになった乳房をギュッと握りしめられ、揉まれ始める。達したあとで感覚が痛いほど鋭敏になったところを揉まれ、思わず身体が反りかえる。

「男の味を教えてやるよ、時間はあるからな。たっぷりいたぶってやる」

耳もとで地獄行きの宣告をされ、優里は顔をそむけてすすり泣く。

添島は研修医の若い乳房を下から持ちあげ、遠慮なく揉みくたにする。

たぷたぷと揺らしながら柔脂肪を持ちあげたり、揺らしたりして楽しみながら、ぬりゅん、ぬりゅんとローションの滑りを利用して揉みしごく。

「ううぅッ……だめぇ」

オイルマッサージを、感じる乳房全体に施されているような状態だった。

新人研修医は男のいやらしくもツボを心得た刺激に早くも感じさせられ、口を開けて喘ぐことしかできないでいた。

「どうしてこんなッ……」

あれほど嫌悪していた、それもみすぼらしい中年患者に胸をいいようにされているのに、どうしようもなく感じてしまう。

肌が敏感になり、絶頂後で身体から力が抜けて感じやすくなっているところを、ぬるぬるとマッサージされてはたまらない。

「ほれほれ優里、気持ちよすぎて腰が動いてるぞ」

「な、名前で呼ばないでッ……違うッ」

知らぬ間に疼いてきた腰を自分で動かしていることにはっと気づき、研修医は真っ赤になる。

しかしどうしようもなく乳房が気持ちいいのだ。添島は猥褻な手の動きをとめずに、耳にかぶりつき、舌を耳孔に差しこむ。

「ううッ」

ぞわんとした感触が首筋を走り、優里の身体が反り上がった。ピンと勃起してしまった乳首を、両方ともずるりと擦られた。

「ふあああッ」

感じる突端を強く擦られ、新人研修医はあえなく軽い絶頂を味わわされた。

「そろそろ、いいいな」

添島は口をゆがめると乳房を握っていた手を下ろし、破れた下着の間から、陰部に直接触れた。

「やああーッ、触らないでッ」

胸を解放されたと思ったら、今度はアソコを手で責められるのか。

優里は腰をよじって男の手を外そうとするが甲斐なく、すっかり濡れさせられた花芯にずぶりと中指を埋めこまれてしまった。

「あう……挿れないでぇ」

指で深々と串刺しにされ、研修医は大きくのけ反る。添島は優里の反応に構わず、指で膣穴のなかをぬちゃぬちゃと探りまわす。

「くうッ」

膣壁のざらつきを指でこすられ、ぐんと胸を反らす。

「こりゃ間違いなく処女だな。膜があるぞ」

指を陰裂に差しこんだまま添島が指摘すると、優里の肢体がビクッとした。

「まあでも、ここまで濡れてりゃ平気だ」

「くッ……うんッ」

男は優里の処女穴に道筋でもつけようというのか、容赦なく指をずぼずぼ出し入れし始めた。

新人研修医は美しく整った顔を真っ赤に火照らせ、曲線美に満ちた肢体をくねらせ、容赦ない指責めに耐えるが、それでも身体がびくびく震える。

「ん?……また濡れてきたぜ」

「ち、ちが……」

股間からびちゃびちゃと粘液による、いやらしい水音が立ち始めた。

研修医は恥ずかしさと信じられない思いで首を振るが、添島が強めに手のひらを秘穴の入り口へと叩きつけると、音がさらに高まってしまう。

「いや……音はさせないで」

上半身を緊縛された状態で、秘裂にずぶずぶ、びちゃびちゃと指を埋められ、もう大きな抵抗もできず、男にされるままになっていた。

「そろそろ本番だ」

「お願い……だめ、絶対無理です」

美人研修医は身体をくねらせて必死になって抵抗するが、乳房をつかまれていて、感じてしまった身体では身動きできない。

(どうして誰も来ないの……様子を見に来てもおかしくないのに!)

中年男は優里が何度もちらちらと戸口を見ていることには気づいていた。

「あきらめろ。誰も来ねえよ。瑞穂に確認させた。しばらく俺は面会謝絶らしいってな」

動揺した研修医はすがるような目で女医を見たが、瑞穂は首を振ると、頭を垂れた。優里の目の前が真っ暗になった。

「いや……いやです」

ローションまみれの医療用ベッドの上では、緊縛を受けたショートヘアの美人研修医が膝立ちの中腰になって、首をがっくりと垂らしていた。

優里の胸を括り、後ろ手に縛った縄は、天井の介護器具を固定する鉄パイプに結ばれていた。

縄で絞られた乳房は弾丸のように飛びだし、それでも垂れることなく乳首はぴんと上を向いている。立ち仕事で鍛えられた充実した太腿を開き、かろうじて姿勢を保っている研修医だが、もはや望みは絶たれ、抗う気力はなかった。

「じゃ、挿れるぞ」

優里は大きく息をするばかりだ。

正面に同じく膝立ちになった中年男は、美人研修医の腰をしっかりつかむと、淫蜜でしとどに濡れている肉裂に、先走り液のにじむ先端部を押しつけた。

「いや、待って」

最後の抵抗も空しく、添島は腰を突きあげると、一動作でズブズブと貫ききる。

「うあああああッ」

「そら、あっさり全部入ったぞ」

そうは言ったが、結構中はきつく、男はひと息つく。

緊縛レイプで根元まで挿入されてしまった優里は、口を開けて肉体が二つに裂けるような衝撃に耐える。二十五年間守ってきた処女が、こんな男にあっさり奪われるとは。思わず涙がこぼれ落ちる。

「ひ、ひどいわ……」

「もう遅いぜ。俺がお前の最初の男だ」

がっくりとした新人研修医は、緊縛された肉体を震わせる。股間を串刺しにされ、しくしくと痛んだ。

その痛みによって自分が女であることを、身体にいやと言うほど思い知らされる。それも野卑極まりない中年男によって。

(本当に挿れられちゃった……病室で)

優里の真っ白な肌に汗に濡れた黒い髪が張りつき、なんとも男心をそそる風情だった。気弱そうになった眼差しが下を向いた。

「きついの……動かないで」

「だめだ。動かすぞ」

男がゆっくりとカチカチになった剛茎の抜き差しを始めた。

ずるずる抜かれ、ずぶずぶ貫かれる。抜いて、入れる。美人研修医の腹のなかに、鋼鉄のような肉の棒が入ってくる。

「んんんッ……」

薬で追いあげられ、すでにぬらぬらの状態の陰裂はそれほど痛みもなく、黒々とした剛棒を呑みこんでいる。

優里のうつ向いた目に入る光景は、まるで他人の体のことのように見える。剛直を根元まで埋められ、ぱん、ぱんと腰と腰がぶつかり始めた。添島は新人研修医の頤《おとがい》をつかみ、唇を奪おうとする。

さすがに嫌そうに顔をそむけるが、中心に杭を打ちこまれていては大きな抵抗もできず、結局口を吸われてしまう。

「やめッ……ンムムッ」

優里はびくんとするが、それでももやがかかったような瞳になり、激しい抵抗は見せず、唇を重ねたままだ。二十五歳の処女の甘い舌を吸い、口の裏を舌で嬲り、口内を舌で犯すように出し入れする。

諦めた様子の美人研修医は、処女を奪った男のなすがままに延々と唇を重ね、舌を吸われていた。

＊

三十分後。

添島は全裸にして後ろ手に縛り直した、ロングヘアの女医を対面座位で抱きしめ、弾みあげていた。脚を腰に絡めさせ、剛直で貫きつづける。

初の中出しを受けた優里は、うつろな目でベッドの上でぐったりしている。

「ああッ……ハンッ！……くんッ」

女医は添島の下からの突き上げになす術もなく身体を上下させられていた。太棹をみっちりと埋めこまれ、濡れきった肉壺を思うままに抉られる。美乳がぶるんぶるんと壮絶に揺れている。

男が、しなやかな身体にふさわしくくびれた腰を抱きしめ、胸で美乳を押しつぶしながら腰をくいくいと送りこむ。

「だめッ……だめ」

顔を真っ赤にした瑞穂は潤みきった瞳で添島を見上げ、黒髪を振って喘ぐ。

犯される前は、暴虐のひと時を耐えればいいだけだと思っていたが甘かった。

エリートの夫とはまるで違う、獣のようなセックスだった。

（こんなの……感じちゃう、感じすぎちゃう）

肉棒が子宮まで届くほど打ちこまれると、漏らしてしまいそうになるほど感じてしまう。小水を漏らさないでいるだけで精いっぱいだった。

最初から腰が痺れてしまっている。

「感じすぎてどうにもならないんだろ、瑞穂。どうだ、旦那以外の男もたまにはいいもんだろ」

「そんな、ことない……」

なんとか首を横に振ることはできたが、感じていないとはあまりに白々しくて言えない。どうしてこんな中年男に犯されて感じてしまうのか。レイプされて感覚が完全に狂っていた。

（ああ、あなた、助けて……このままじゃあたし）

添島は余裕を持って、瑞穂の腰を回しては、腿の上で何度も突きあげ、落としこむ。持ちあげて、落とす。

美女は自分がこれほど狂わされているのに、男が軽々と責め抜いているのが信じられない思いだった。

「添島さん。お願い……もっとゆっくり……」

これ以上ないくらい羞恥に染まった顔で、中年男の慈悲を乞う。

「ふふ。ゆっくり、ということはずっと犯してくれってことなんだな」

男は、びたんびたんと腰を女の淫汁だらけの股間に打ちこみながら、わざと聞きかえす。

「ひどいわ……」

何もかもを自由に操っているくせに、そんなことを言う男が恨めしい。

瑞穂が乱れた髪の間から、ぞくりとするような眼差しで見つめる。

人妻の、ぞくぞくするほど卑猥な雰囲気を湛えた女そのものといった視線に、添島はさらに昂る。

「あううンッ……」

中年男がぷるんぷるん揺れる張りのある乳房をつかみ、飛びだした乳首を吸いあげたのだ。両方の乳房をつかんで、絡めさせた腰を激しく上下させる。ふらふらと頭を揺らす美女を抱きとめ、添島はいったん動きをとめた。

「な、なんで……」

子供がむずかるような声を出して、女医は腰を動かそうとしながら、気持ちよすぎる抜き差しの中断に抗議する。

中年男は瑞穂の頭に、ざっくりと垂れる、腰のある長い髪をつかんで顔をあお向けさせた。

「あ……イヤア。顔は見ないでぇ……」

ロングヘアで隠れていた顔は真っ赤になり、淫欲に染められていた。

乱れ髪が汗ばんだ額にはらりと垂れかかり、強烈な色っぽさだ。

「恥ずかしい……」

夫以外には決して見せないであろう女っぽい姿を、こともあろうに後ろ手に拘束され、下から男にずっぽりと入れられている時に露わにされてしまった。

「先生、いつものしかめっ面よりそっちのほうがずっといいぜ。それなら患者もすぐに治るってもんだ」

「ううッ……そんな……」

ふだんの男勝りの気張った顔はすっかり消え、本来の女性らしい美貌が戻ってきていた。

「あんた、なんでレイプ契約なんて結んだんだ？　ま、どうせさっきの様子じゃあ、なんかしでかしたんだろう。まあでも人間誰でも失敗はあるさ」

「ひ、他人事だと思って……」

瑞穂はこのような状況に陥った原因である自分の失策に触れられて、眉を怒らせる。しかしその間も自分の体内に、鋼鉄のような肉棒が突き刺さったままのため、強く出ることができない。

「あんた、エリートだから失敗が怖いんだろうが、しちまったもんはしようがねえ。これが贖罪だと思って楽しみな」

添島は瑞穂の顔を引き寄せ、唇を吸うと、女も舌を絡めて受けとめる。

(勝手なことを……ああでも)

女医は、中年男が発した「贖罪」という言葉に、どこか解放されるものを感じていた。この男に犯されれば許してもらえる。

ずっと良心の呵責に苦しんできた日々を、終わらせることができるような気がしていた。しばらくねちゃねちゃと口を吸い合った後、唾液の糸を引きながら名残惜しそうに離す。

「瑞穂、違う男の味は格別だろう」

もはや朦朧として、腰が痺れっ放しの美女は素直に頷く。

男は黒髪の流れる華奢な肩を抱き寄せ、片手で握りしめた乳房の先を親指の腹でずりあげた。

「はうんッ」

首をのけ反らせてびくびくと感じている。

これほどの責めは経験がないのは当然だが、それにしても結合部からはしたないほど愛液を垂れ流してしまっていた。

(どうしようもない……淫乱なわたし)

女医の美乳から飛びだした乳首をまるでおもちゃのようにいじり、腰をゆるやかにまわしながら添島が追いこむ。

「俺の女になるか、瑞穂」

びくんと震えた美人女医は、目もとを真っ赤にして、追いつめられた子鹿のような眼差しを目の前の男に向ける。

腕が後ろに回され。ぎりぎりと縛り上げられた真っ白な上半身に、長い黒髪が胸のあたりまで下がっている恰好がなんとも悩ましい。

「そんな……それは無理です」

「俺の言うことを聞けば、毎日こうしてハメてやるぞ。どうだ。今まで勉強できなかった本当の男を実地で研修させてやるぜ」

乳房とアソコの猛烈な疼きが延々と続いている。

濡れきった淫裂に、大きい肉茎を打ちこまれたままでずっといると、男に服従したい気持ちがどんどん強くなってくる。

それに感づいたのか、添島も腰の突き上げを強めにしてきた。

「あうんッ……いやんッ」

「俺が入院している間でかまわねえ。病院では俺のセックス奴隷になれ。いい思いさせてやるぜ」

女医は自分でも淫らすぎる表情をしているとわかっている顔を至近距離から男に見つめられ、恥ずかしさで意識が飛びそうになる。

下から割れ目を肉棒で突かれつづけている。羞じらいで頰が火照る。

「で、でも」

「こんな男の奴隷にされるってのがプライドが許さねえのかな」

瑞穂はうつ向いて、唇を嚙む。

添島は苦笑しながら瑞穂の腰を両手でしっかり支えると、下から力強い連続的な抜き差しを始めた。

びたびた、と濡れすぎた肉裂を剛直が面白いように串刺しにしていく。

「あ、あ、あ、あ」

女医は口を開けたまま上を向き、硬直して快感に痺れきった身体を棒のように立たせている。

もう小便が出てしまってもどうでもいいくらいに感じさせられている。生まれてこのかた感じたことのない疼きが、腰の奥にたまってくる。

「ああ……イッちゃう……ごめんなさい、あなた」

ぶるぶると長い髪と乳房を震わせながら、絶頂が近いことを告げる可愛らしい声を漏らす。添島もいやらしすぎる女医のひくつく腰の動きにたまらず、ずくずくと肉棒を突きあげてしまう動きがとめられない。

「イク！」

瑞穂は思いっきり背中を反らせて絶頂を告げた。

男のモノをギュッと蜜壺で締めあげたあと、荒い息遣いで添島の胸にもたれかかる。腰にまわした脚がだらりと垂れた。

「瑞穂。もっとみっちり犯して欲しければ、俺の女になると誓え」

完全に男の肉棒の責めに屈服した二十九歳の人妻女医は、もはや首を縦に振ることしかできないでいた。

＊

一時間後。医療用ベッドの上で、今度は優里が腰の下に丸めた布団を突っこまれ、腰を高い位置に上げられて大きく股を開かされ、中年男に思うままに貫かれて続けていた。

「あんッ、あんッ、あんッ、あんッ」

まだ上半身の緊縛は解かれず、汗みずくになった二十五歳の瑞々しい肢体を添島は時間をかけて突き、肉壺をこねくり、襞を抉りまくった。

新人研修医の処女陰唇が限界まで筒のように広げられ、そこに反りかえった鋼鉄の棒がずんずんと入ったり出たりして、そのたびに白くぬらついた粘液が掻きだされるのが見える。

「だめッ、だめだめッ……イイッ」

もうどちらなのかわからない。

優里はうわごとのように、女が男に抱かれるときにしか出さない悩ましい声を上げ続けた。ショートの黒髪を振り立て、肉棒の突きを外国人モデル並みの腰をくねらせながら締めつける姿はあまりに刺激的だ。

男なら誰もが溺れるであろう、素晴らしく弾力と柔らかさのある肉体だった。

「添島さん……ゆるしてぇ」

真っ赤な顔で、淫欲にまみれた目つきで中年男を見上げ、腰をくいくいと股間にこすりつける。

中年男も紅潮したEカップの乳房をくたくたになるまで揉み抜きながら、規則的に肉茎を叩きこむ。

「イイッ……死んじゃいますッ」

もはや先刻までの新人研修医らしい清純な姿は去り、いやらしく膣穴で男を締めつけることに熱中している。

冬の日差しが翳る前の外の静寂とうらはらに、病室では中年男と若い女が、相手からどれだけ快楽を搾りだせるかという淫肉の交接に没頭していた。

「もうだめ……だめなの……」

感じすぎた腰が限界なのだろう。

泣きだしそうな顔でこの快楽に早くとどめを刺して欲しいとばかりに、優里は自分を貫いている男に目で訴える。

「俺のセックスはいつもこうだ。あと三十分は耐えろ」

「そ、そんなッ」

そこまで責められたら、本当に頭がおかしくなってしまう。

全身が綿のようにくにゃくにゃに柔らかくなって、まったく抵抗できなくなっている。腰だけが突きに合わせて痺れを増すばかりだ。

美人研修医は男の肉棒に蹂躙されつくすことに、怖れと同時にすべてを捧げてしまいたいという悦びさえ感じ始めた。

「イカせて……早くイカせてぇ」

「しようがねえな、なら添島様、優里はあなたのモノです、ご主人様の奴隷になります、と誓いな」

男は膣壁の上部をドリルのように小刻みに突き始める。

新人研修医の見事な身体が狂ったようにバウンドしだした。熱い膣襞が肉棒をぎりぎり絞りあげる。

「そ、それは……」

(そこまでは……犯されたとしても、奴隷になる宣誓なんて)

日常生活では付き合うことなどあり得ない冴えない中年男の奴隷に。

しかし逆に、そこまで身を堕とした、汚辱にまみれた女医である自分の姿は想像するだけでぞくぞくした。

まさか自分には汚されて喜ぶマゾの血が流れているのでは。

美貌の研修医は心のなかの真実の前に立ちすくむ思いだった。その間も男の硬い肉棒がぐちゃん、ぐちゃんと体内を貫きつづけている。

「そら、早くしろ」

優里は唇を嚙みしめ、身体を揺らされながら逡巡した。

そして高まる快感と被虐の悦びがわずかに残ったプライドを押し流した時、美人研修医は淫らな叫びをあげた。

「あぁッ……添島様ッ……優里は、優里はあなた様のモノです！……奴隷になりますッ……イキますッ」

中年男についに陥落させられた新人研修医は、可愛らしくも恥ずかしい声を高らかに発して、後ろ手緊縛のままで再びのぼりつめていく。

「あんッ……あんッ……あんッ……あんッ」

瑞穂は診察用の丸椅子に腰掛けた男の腰の上に乗せられ、背面座位でずっぽりと中心を貫かれていた。

病室での何時間にもわたる交接で頬から胸までが赤く染まり、汗でじっとり全身が濡れている。いや、もっとも濡れていたのは結合部で、赤く見える陰唇が開いて太い肉棒を呑みこんでいる部分がぬらついて光っている。

「ああんッ……見ちゃいやッ……」

「チッ、奴隷が指図できる立場かよ。優里にもっとしっかり見せろ」

縛られたままの研修医が、犯されている瑞穂の前にひざまずいて、結合部をちろちろと舌で愛撫する。女医は狂ったような嬌声をあげた。

「あはァッ……いやん」

長い黒髪のしっぽをひるがえしながら、緊縛された美麗な肢体がずんずん跳ねあげられ、黒ずんだ剛直が白い股間の肉裂に姿を隠したり、見せたりする。

究極のSラインを誇るボディをした美人女医の肉体が、打ちこみのたびに跳ね、ぬらぬらに濡れ光って、なんとも猥褻な雰囲気を発散する。

「いや……いやん」

「そら、もっとマ×コを締めてみせろ」

ぴったり合わさった陰部からは粘液の音がぴちゃぴちゃ、ぬちゃぬちゃと激しく立つ。肉襞が肉棒で広げられたり、たたまれたりで壮絶な眺めだ。

添島は縛られた乳房をつかみあげ、両乳首をいじくりながら肉棒を突き立てる。

人妻女医はぐんなりして、卑猥な責めを受け入れるがままだ。男はさらに腰をいやらしくまわしながら、膨らんだ乳房を揉みたてる。

「消灯のあとでもたっぷり犯してやるからな」

「いやん……いやあッ……」

担当医としての立場を思い知らされたのか、女医は長い黒髪をぶんぶんと振る。すっかり馴染んだ肉壺は形状を千変万化させ、剛棒をすべて呑みこんではきつく絞りあげる。女医の腰は中年男の上で自由自在にくねり、肉棒をさらにきつく締めあげている。

「おおすげえ……掃除機みたいに吸いこみやがる」

「いや……」

セックス馴れした添島を驚かせるほど、瑞穂の膣壁は肉茎にぴったり寄り添っては締めつけ、吸いこみ、蠕動して男を喜ばせる名器だった。

「くううんッ」

下から男が、ずんと子宮まで届くほどに腰を突きあげ、女医をのけ反らせる。

縄目を受けた人妻の肉体はセックスに完全に順応していた。

ただでさえ成熟した身体が欲求不満を溜めていたところに、満を持して生挿入を受け続けているのだ。

「はあぁんッ……」

いつの間にか、はしたないほど濡らしてしまっていた秘芯に、男の肉棒が腰ごとぶち当てられるほど強く、びたんびたんと打ちこまれている。

そのたびに瑞穂の腰の芯にずーんと重い痺れが届き、変な声を出してしまう。

(また……またイッちゃうわ)

レイプされているのに、何度イカされたことだろうか。

誰に対しても厳しいくらいに対応していた自分が、これほど容易に男に屈してしまうとは。しかし奥まで串刺しにされると、達してしまうのだ。

「くそ、なんてエロい身体してやがるんだ」

「はッ……あッ」

添島自身も、無理やり女を犯していると、その肉体を冷たい異物に感じる時があったが、今日はまるで違った。腰に乗せ上げた美女が、明らかに自分と呼吸を合わせていることに気づいて顔をほころばせる。

「くううんッ」

スラストのペースを緩め、ぬるぬる滑る乳房をつかみ直し、下からしごきあげる。肉茎でゆっくりと熱い襞を味わいながら、秘穴を開削していくように深々と貫いていく。

胸にやや強めにマッサージを加えると、びくびくと人妻女医の身体が痙攣する。

「先生、胸がいいんだろ？」

恥ずかしそうに横を向いた顔はすっかり紅潮して、汗に濡れている。

答えなくても身体が正直に反応してしまう。瑞穂は自分のなかがカチカチの棒で抉られ、男に完全に征服された気分になった。

「そら瑞穂、口を吸わせろ」

もう呼び捨てにされていることも気にせず、言われるままに顔を預け、男に唇を委ねる。その淫猥さは、とてもさっきまで夫に操をたてていた人妻だったとは信じられない。

添島は手を女の腰に戻すとがっちりと押さえ、びたびたびたと今までとは段違いのスピードで強烈な抜き差しを始めた。

爛れたように充血している陰唇に、剛棒が白い粘液をまつわりつかせながら打ち込まれる。愛液とローションが股間から弾け飛ぶほどの激しいセックスが、二十九歳の熟れた身体を翻弄する。

「あんッ……あぁッ……いやッ……いやあッ」

病院の誇る美人女医は、押さえられた腰に連続的に突きこまれる肉棒の圧力で何度も何度も空中に押しあげられ、のけ反り、跳ねまくる。

「ゆるしてッ……ゆるしてぇッ」

口を大きく開き、ぱくぱくさせて、恐るべき突きの威力を逃がそうとする。

女医の狂ったように快感に悶える姿に刺激されたのか、下半身に陣取った優里も遠慮を忘れて膨らみきった肉芽をしゃぶりたてる。

「ああッ、だめぇ！　浅野さん、だめ！」

感じすぎる突起を吸引され、たまらず瑞穂は内腿が攣りそうになるくらいひきつらせる。だが奥まで突き込まれるたびに、確実に子宮口が亀頭でとらえられ、それどころではなくなりはじめていた。

「はんッ、あんッ、あんッ、あんッ」

全身は真っ赤に染まり、汗をしとどに垂らしながら緊縛美女の視線が宙に舞う。

瑞穂は腰の痺れがずんずんと響き、指先まで身体のすべての部位が震えているような錯覚に陥った。

膣壁は強烈に男を締めあげ、生き物のように陰茎を絞りあげる。

「ううッ……すげえぞ」

さすがの添島も顔をしかめ、懸命に射精を耐えてしゃにむに腰を突きあげる。

「死ぬッ……死んじゃいますッ」

美人女医は突かれ、こねられ、震わされる肉体をコントロールする術を失って、激烈な快感に咽び泣く。肉と肉の合わせ目からは絶えず液体が流れ落ち、卑猥な水音を立て続けている。

「だめ……だめえ」

優里は乱れる黒髪に構わず、健気に口を二人の結合部に押しつけた。

瑞穂は頭を限界までのけ反らせ、美しい乳房を上下させせながらぴくんぴくんと空中で痙攣を始めた。

添島は気持ちよさに耐えながら、連続ピストンを敢行する。

「イク時はイクと言え！」

「ううッ……」

ロングヘアの女医は快感と羞恥に染まった顔を涙で濡らし、どうにもならない腰をぐいと反らし、空中で痙攣しながら男の肉棒をぎりぎりと締めあげた。

「イクッ……またイキますッ！」

「おおっ」

美人女医の身体が空中で止まった瞬間、添島は溜まりに溜まった精液を膣内にどくどくと放出した。

「ああッ……だめェ！」

またも生で中出しされてしまったことに狼狽し、瑞穂の膣口がさらに締まる。肉襞は勝手に肉棒を奥へ奥へと吸いこみ、子宮へと届くように精液を絞り出す。

添島は締めつけのあまりの気持ちよさに、何度も何度も残った白濁をびゅくびゅくと射精して、人妻の膣内を汚していく。

「いやあ……」

量が多すぎて、白濁が割れ目から噴きだしてきた。

研修医はそれを愛おしそうに舐め取っていく。

瑞穂はひくひくと男の上で震えながら、夫以外の精液で体内が汚された屈辱と、全身の力が抜けてしまうほどの絶頂感の余韻に、いつまでも浸っていた。

Ⅶ

地に堕ちたプライド
コンパニオン・しおり

イベントコンパニオンの藤野しおりはいらついていた。

先ほどから何度となく、むさ苦しい中年男が巨大なレンズのついた一眼レフで、下からあおるような撮影を繰りかえしているのだ。

展示場を二館しか使わない、この程度の規模のイベントに駆りだされたのもトップモデルのしおりとしてはプライドが許さない。

そのうえ、ルールを弁えない客にいつもは完璧な笑顔すら乱されていた。

（カメラ小僧のほうがまだましだわ……たいがい睨みつければ退いていくもの）

事務所の先輩が急に出られなくなり、しおりにお鉢がまわってきた仕事だった。

「おう、もうちょっと目線くれよ」

そう言われて反射的に得意の笑顔を向けるが、またあの男だとわかって表情が強張ってしまった。

（なんなのよ、このオッサン！）

大体が、地味な医療ソフトのブースというのも気に入らない。

展示会であれば新車発表や、大手メーカーの戦略商品というのが彼女の主戦場である。代役とはいえ、刺身のつまのような弱小ソフトメーカーとは。

「あ、おい！」

中年男が声をかけるのを無視して、ぷいとそっぽを向いてブースの裏に飛びこんだ。

「ちょっと社員さん！　あいつなんとかしてよ！」

いきなり美形モデルに頭から怒鳴られ、パイプ椅子で休んでいた営業マンが飛びあがる。

ビニールコーティングの胸の開いたコンパニオン服が、はちきれんばかりの肉体を誇示している姿は眼福としか言いようがないが、そのうえに夜叉のような顔がついていているとなれば話は別だ。

「はあ、今度はなんすか……」

これで何回目になるのか。

しおり付きにされた若い営業部員は、不承不承に腰をあげた。

こんなイベントに藤野しおりが来るという情報を聞きつけたカメラマンが押し寄せ、へそを曲げた女王様のマネージャー役をやらされている。

若い男は、ブースの隙間から様子をうかがう。コンパニオンは背後で腕組みをして、脚を開いて突っ立っていた。

「うーん、なにか怖そうだなあ。あれはまずいですよ」

ちらりと見えた男……悪徳教師の添島だった。

カメラマンジャケットに最新のデジタル一眼、高級そうな白レンズと出で立ちは立派だったが、照明は貧弱なフラッシュのみで、素人臭さがまるわかりだった。

それでもあくの強い顔、傍若無人な歩き方や、凶暴そうな雰囲気からカメラ小僧とはわけが違う危険人物である、と営業マンの勘が告げていた。

「なによ、情けない男ね！　あんな腹の出たハゲおやじ一人くらい排除しなさいよ。そんなこともできないから、表にも出してもらえないんでしょ、本当にだめね！　大体こんなしょぼい会社に、あたしがついてやるだけでありがたいと思いなさい！」

裸のような煽情的なコスチュームを身につけたモデルにいいように罵られ、若い男は頭に血がのぼりそうになったが、辛うじてこらえる。

しおりは百七十センチを超える背にくびれた腰、突きでた胸、そして自然に流れた肩までの髪。ぱっちりした切れ長の二重にすっきりした口もとなど、どこを取っても非の打ちどころのない美形だった。

レースクイーンとして写真集も出し、タレント活動も始めているほどの彼女に見つめられると、なまじの若い男では腰砕けになってしまうものだ。

「わ、わかりましたよ」

頰を膨らませながら、大胆にもブースの正面で腰をおろして撮った写真のチェックをしているカメラマンに、営業マンが恐るおそる近づいた。

「あのー……」

「ああ？」

他人を威圧するのに馴れた口調で問い返され、若い男は早くも逃げ腰になる。

「どうかこれで、お引き取り願えないでしょうか」

そう言って若い男が差しだしたのは、ブースの抽選で豪華賞品として用意していた旅行のチケットだった。

「はっきり言えや。あの姉ちゃんにあいつを追い払えって言われたんだろ？」

添島はぎろりと睨みあげた。思わず逃げたくなったが、営業マンは感心にもぐっと踏みとどまった。

「いえいえ、決してそのようなことは……ただ、コ、コンパニオンさんはほかのお客様のお相手もしないといけないと……」

若い男は勇気を振り絞って言ったのだが、どうしたことか中年男は、吹きだす寸前のような顔つきでじっと見つめている。

「すみませんが……」

「なにが、ココココンパニオンさんだ。あんたも二十歳そこそこの小娘にいいように顎で使われてよ、大の男が恥ずかしくねえのか？」

「な！……」

背の低い男に大声でからかい混じりにあざ笑われ、営業マンはその場に棒立ちになる。添島は急に立ちあがると若者の首に手をまわし、会場の壁のほうに歩きだした。

「な、なにするんですかあ！」

裏で殴られると直感した営業マンは叫ぼうとしたが、鶏が絞め殺されるような声しか出せない。

「あの女の言葉も全部丸聞こえでよ、表で社員連中がお前のこと笑ってたぜ」

「ええッ」

きまり悪さと、やり場のない怒りで若者の顔が赤くなったり白くなったりする。

すでに二人は、コンクリート壁の隅まで来ていた。男は手を離した。

「なあ、お前……あいつに思い知らせてやろうと思わねえか？」

「え？」

驚いて中年男の顔を見る。ゴリラのような顔に、にたにた笑いが浮かんだ。

「あんな小生意気な、男を男とも思ってねえ女はビシッと教育しないとな。お前には迷惑かけねえから、ちょっと協力しろや」

営業マンはごくりと唾を呑みこんだ。


「藤野さん、ちょっといいですか？　うちの社長が来てるので、ご挨拶をと」

「あら……ごめんなさい、ちょっと」

相変わらず張りついたような笑顔を振りまいていたコンパニオンの耳もとに、営業部員がおずおずと囁いた。

弱小メーカーとはいえ社長なら別だ。一応、腐ってもＩＴ系である。いい休憩にもなると思ってしおりは機嫌を直し、パーカーを羽織ると若い男の先導で颯爽と歩いていく。

吹き抜けになった展示場の二階は、会議室がずらりと並んでいる。一番奥の部屋の前まで来ると、営業マンは「ここです」と言った。

その瞬間、扉ががちゃりと開いた。笑顔の美女が、一瞬で変貌した。

「いったいどういうことよ！」

営業マンに怒声を浴びせる。先ほどの中年男が、にやにや笑いながら、そこに立っていたのだ。

「ばかばかしい……何が社長よ。あたし、帰るわ」

きびすをかえして立ち去ろうとするコンパニオンの目の前に腕が伸び、一枚の紙切れが差しだされた。

「と、いうわけだ。これで契約成立だ」

添島が手にしたレイプ契約書を見て、しおりの顔が蒼白になっていく。


「待って、縛るのはやめて」

「お前に拒否する権利はない。そういう契約だろ」

パイプ椅子に座らされたコンパニオンは、整えられた眉をきりきりと逆立てて睨みつけるが、中年男は平然として拘束具を手に近づいてくる。

しおりは唇を噛んだ。

タレントデビューしている事務所の同僚に張り合うため、高価な衣装や装飾品、車などを次々と買いこみ、エステにも大枚を支払った。気がつくと借金は一千万円を超え、利息だけで首がまわらなくなっていた。

破産寸前に差し伸べられた救いの手は……救いともいえないものだったが、見栄っ張りの彼女にしては最上の解決策に違いなかった。

（でも、こんなオヤジに身を任せないといけないなんて！）

「あぁッ」

無造作につかまれた腕を背中にまわされ、しおりはうろたえた声をあげる。男は両手首を革の手錠でつなぎ合わせた。

「やるなら、は、早くすませてよねッ。まだ仕事があるんだから」

コンパニオンは虚勢を張って、つんと顔をそらし、冷ややかな目で目の前の男を威圧しようとする。

「ずいぶんと強気じゃねえか、ねえちゃん」

添島はかがみこむと、足首を椅子の脚に括りつけ始める。

「あ、あたしみたいなすごい身体、見たこともないでしょ。触っただけで出ちゃうんじゃないの」

しおりはふんと鼻で笑ってみせた。男はいきなり女の股に手を突っこんだ。

「きゃああ！　なにすんのよ！」

悲鳴と同時に、布が裂ける音が重なった。パイプ椅子ががたがた鳴り、モデル美女が身をよじらせる。中年男の手には黒いショーツの切れ端があった。

「ちょっと、それ高かったんだからね！」

男は苦笑いしながら立ちあがると、白い顔をして壁際に立っていた若者に、顎をしゃくる。

「な、なんでしょうか」

中年男に概略は説明されたものの、とても現実とは思えない成り行きに突っ立っているだけだった営業マンは、ばね仕掛けのように動いた。

「お前、やってみるか」

「えええ？」

仰天して叫んだ若者は、しおりを見やる。

うなだれて顔はよく見えないが、ぴったりとしたコスチュームに包まれた胸や尻は、とても同じ人間とは思えないようなプロポーションをしていた。

「さっき簡単に説明しただろ。この女と俺は、レイプ契約を結んでいる。いつでもどこでも、好きな時に犯すことができるのさ」

営業マンは思わずごくりと唾を呑んだ。決断まで数秒もかからなかった。

「え？　なに？　どうしてあんたが！」

今度は、先ほどまで顎で使っていた営業マンが血走った目で寄ってくるのに気づき、コンパニオンは慌てふためく。

若者は、砲弾のように突きでたFカップの乳房をむんずとつかんだ。

「いたいッ……離してッ」

「すげえ……これが藤野しおりの身体なんだ」

女が嫌がっているのも目に入らないのか、営業マンは股間の前に座りこむと、震える手で腿を開かせていく。

「イヤッ……見ないで！　だめ！」

足首を拘束され、膝頭を割られては、太腿を閉じているのは無理だった。

ぱっくり割られた剝き出しの股間を男に凝視され、さすがのしおりも羞恥に身を揉む。繁みのなかに、紅く口を開けた陰唇が息づいていた。若者は本能のままにむしゃぶりつく。

「いやああッ」

わずかに会場の喧騒が届く会議室に、美女モデルの悲痛な叫びが響き渡った。

「くッ……ううッ」

いかに異常な状況とはいえ、二十一歳の健康な肉体が懸命なクンニリングスをされつづけてはたまらない。

抵抗しても無駄だと悟ったコンパニオンは、途中から目を閉じて口を真一文字に結んで耐えていたが、びくっびくっと身体を震わせる頻度がだんだん増えてきていた。

その様子をデジカメでばしゃばしゃ撮影していた添島だったが、頃合はよしとみたのか、若者の肩に手をかけた。

「そろそろ、挿れてやれ」

営業マンは自動人形のように立ちあがると、ベルトをはずしてスラックスを下ろし、先走り液で濡れた屹立を飛びださせた。

しおりはもはや打ちのめされたようになって、ぐったりとしている。

若者は女の腰をつかむと、ぐいと前に引っ張った。

「ああ、だめ……」

尻がパイプ椅子の座面を滑り、大きく開いた股間が宙に突きだされた恰好にさせられ、美女コンパニオンは顔を真っ赤に染める。

息を荒くする営業マンのイチモツは腹につかんばかりにいきり勃っており、しおりに逃れようのない運命を思い知らせた。

（俺はこれから、藤野しおりとセックスしようとしてるんだ）

若者は女の腰骨をつかみ、すぐにでも挿入できる体勢であるのに躊躇っていた。陰茎は感覚がないくらいカチカチになっているし、目の前では、手足の長い美人モデルが椅子に拘束され、抗う気力も失っているのにだ。

「そら、遠慮すんな。お待ちかねだぜ」

業を煮やした添島が若者の腰をつかんでぐいと押しだすと、ぬるんと肉茎がコンパニオンの陰裂にはまりこんだ。

「いやあーッ」

しおりの悲痛な叫びが会議室に響いた。しかし営業マンはコンパニオンに抱きつくと、一気に腰を進めた。

「うそぉ……いやああッ」

何事が起きたのかわからなかったのか、コンパニオンは呆然としていたが、すぐに身体をバウンドさせ、のしかかった男を引き離そうとする。

そうはさせじと若者がコンパニオンの腰を引き上げ、股間をぐいぐいと押しつける。やがて男の尻の筋肉がびくっと痙攣したようにひきつった。

「うッ」と呻いたきり、営業マンはしおりの身体にしなだれかかった。

「おい、まさか……嘘だろ」

若者は面目なさに顔を赤らめながらも、身体をびくつかせながら、至福の表情で射精の余韻を味わっているところだった。

「あああー！　んむむッ」

藤野しおりはぴんと立ったコンパニオンの衣装の襟に嚙みつき、なんとか苦痛を和らげようとする。

会議用の机の上で、両手首がそれぞれの足首に結びつけられ、机に肩をつけた四つんばいの姿勢で、まさに肛門を貫かれたところだった。

圧倒的な量感の肉棒が、排泄口を限界まで広げていく。切れているのではないかと思うほど痛いのと同時に、じくじくと染みるような妙な感じがする。

「へへ、しおり。お前のケツの穴、最高に締まりがいいぜ」

「ひ、ひどいわ」

トップモデルの美しい顔からは高飛車で傲慢な雰囲気は消え失せ、男に初花を蹂躙される無力感が漂っていた。

しおりの肉壺のあまりの気持ちよさに、挿れただけで出してしまった営業マンに呆れた男は、続けてその穴に挿入する気が失せてしまった。

しかし気を取り直して、自分は尻に挑むことにしたのだ。

コンパニオンのチューブトップの上着は上に持ちあげられ、豊かな乳房をさらされている。そしてたっぷりとオイルと薬液で肛門を拡張されたあとで、アナル処女を奪われたのだ。

「動かすぞ。花のコンパニオン様の後ろの味はどうかな」

「ま、待ってッ……本当に痛いんですッ……うああッ」

みっちりと埋められた肉棒をずりずりと抜きあげられ、不自由な身体を思いっきり反らす。

添島も強烈な括約筋の締めあげに四苦八苦しながら、抜き差しを開始した。

「うああッ……いやんッ……出ちゃうッ」

会場で憧れの視線を一身に浴びていたスターモデルは、野卑な男に菊座をいいように抉り抜かれながら、マゾっぽい涕泣をもらす。

初めてのアナルセックスにもかかわらず、ファンのカメラ小僧が見たら卒倒しそうなほど淫らに、男の動きに合わせて腰を振りたてる。

「くそッ、しおり、もうちょっと力を抜け」

真っ白で張りきった桃尻に男はぴしゃん、ぴしゃん、と何度も張り手を食らわせる。

「やめてッ……叩かないでぇ」

みるみる真っ赤になるほど尻を叩かれているのに、見事な肉体を誇るモデル美女は陰裂をぐっしょりと濡らしていた。

臀部が痺れてきて、肛虐の痛みが少し薄らぎ、生ゴムのような締めつけが弱くなった。ここを先途と中年男はスラストを大きくする。

「あぁッ……おああッ」

ずちゅん、ずちゅん、とオイルのぬめりで後穴に出入りする剛直の動きがスムーズになってくる。菊門に塗られた弛緩剤が効いて、思った以上にたやすく挿入できるようになっていた。

両腰をしっかりとつかみ、叩きつけるように排泄口を犯し抜く男に、しおりの身体は屈服しきっていた。

それでもびたびたと腰が尻肉に打ちつけられるたびに、真っ赤に染まった美貌を机に擦りつけ、羞じらうのだ。

「イヤッ……そこだめッ……」

尻穴を打ち抜きながら、添島が下から回した手でクリトリスをつまんで、動きに合わせて引っぱる。しおりの腰が狂ったように痙攣する。

南洋の木の実のような重量感ある乳房が、ぷるんぷるんと揺らされる。

「うッ……アアッ」

不浄の器官をセックスの道具に使われている屈辱と、それにもかかわらずはしたないほど濡れてしまう肉体の罪深さに、しおりは忍び泣くしかない。

初めての肛門性交なのに、指先が痺れるほどの快美感にうろたえていた。男はぐんにゃりして、瘧《おこり》のように震えだしたモデルの絶頂が近いことを悟る。

「しおり、ケツでセックスしてるのにもうイクのか？　強気のマゾってレイプデータは本当だったんだな」

「いやいやッ……イカせないで」

羞恥のあまりモデル美女は力なく首を振るが、肉体のほうは限界に近づいていた。

（ああ……あたしの身体、どうしちゃったの？）

死ぬほどの屈辱を味わっているのに、下半身が痺れてどうしようもない。

悪徳教師は上から下に叩きつけるように、にゅるん、にゅるん、とリズミカルにコンパニオンの菊穴を肉茎で埋めつくす。

豊満な乳房をすくい取って、腰を根元まで打ちこむたびに、美女の背中が折れそうなくらい反る。

「おらッ……尻の穴にたっぷり出してやるぞ」

「いやああッ」

排泄器官に、男の精液を吐きだされる……あり得ない汚辱に、美女の背徳的な屈辱感が高まっていく。肛穴の締めつけがまた強まってきた。

会議室で汗まみれの二人は、調子を合わせて禁じられた肉欲の宴に没頭する。

「イッちゃうッ……しおり、お尻でイッちゃうの」

悔しそうに、それでもどうにもならないという表情でスターモデルはアナルセックスの快感に溺れていく。肛門口がきゅんきゅんと男のモノを絞りあげ、添島はたまらずにしおりの直腸に白濁を浴びせかけていく。

「イクぅッ」

打ち抜かれた菊門を支点に緊縛された身体をがくがくと反らせ、二十一歳の美女は目の前が真っ白になるような連続的な絶頂に押しあげられていく。

がたん、と横で音がした。しおりは朦朧とした目で見上げ、だんだんと焦点が合ってくると、早漏の若手営業マンが食い入るように見つめているのがわかった。

「あぁッ……見ないでぇ！」

中年男に屈服しきった快感に溺れた女の姿を、ろくにセックスもできないような若造に見られるのはいやだった。

美しきモデルは身体を倒し、羞恥と屈辱で真紅に染まった顔を隠そうと、机にめりこまんばかりに押しつける。

「どうだ、もう元気か。さすがに若いな」

添島はしおりの菊穴に肉棒を埋めこんだまま、営業マンに声をかけた。しおりは突っ伏して震えている。若者の剛直は、再び勢いを取り戻していた。

「ほら、もういっぺん揉んでみろよ」

若者は言われるままにふらふらと寄ってくると、縛られたままの美女の側に行き、豊かな隆起をむんずとつかんだ。ゆっくりと柔脂肪を揉みしだかれ、しおりの身もだえが大きくなる。

「やめてぇ……」

にやつきながら眺めていた男は、しおりの背中に覆いかぶさると、美女の顔を横に向かせて唇を奪う。

「んん……」

豪奢なほどに整った顔を染めながら、悪徳教師の口唇愛撫にこたえる美女。

若者はひきつった顔でその様子を見つめていた。

「この女はまだまだ教育が足りん。俺たちが一本筋を通してやらないといかんのだが……どうだ若者、名誉挽回でもう一回やってみるか？」

営業マンがおどおどと、それでいてはっきりと首を縦に振る。

中年男はモデルの肛門から、まだ角度の衰えない剛直を抜きだす。しおりが、はあ、と大きく息をついた。

「しおり、いいか」

中年男に呼ばれ、美人モデルは乱れた髪の頭をあげた。

「こいつがお前に挿入している間、俺はお前の口を使う。一時間以内にお前がイカずに我慢できたら、そこで勘弁してやる。お前がイッたらそこで負けだ、わかったな」

「……わかったわ」

ウエーブのかかった艶やかな髪を垂らした美女は、勝ち誇ったように答えた。

契約を結んだ以上、理不尽でも相手のどんな要求も受け入れねばならないとはいえ、この若造にそんなテクニックなどないと踏んだ。

（組み合わせをこいつに任せるなんて、ちょっと舐めすぎじゃないの）

「そ、それはちょっと……」

営業マンは動揺して、思わず中年男にすがるような視線を送る。

「まあ俺に任せておけ。心配すんな」

「は、はあ」

若者は男に言われるままにスラックスを脱ぎ捨て、会議室の床に横たわった。

そもそも仕事中にいったいなにをしているのか……ふと疑問が頭をよぎったが、自信に満ちた中年男に引きずられるように、言うままになっていた。

「じゃあ、始めるぞ。そのままで力を少し抜け」

しおりの足の緊縛を外し、幼女に用を足させるような恰好で抱え上げる。

「ううッ」

さすがに、あまりに屈辱的な恰好に、レースクイーンも真っ赤な顔になる。

そして寝そべった男の腰の上に徐々に落としていく。

「こんな……こんなことって」

異常な状況にコンパニオンの美女も朦朧とした目で口を開け、顔を真紅に染めながらも従順に身を任せてしまっている。

「あんッ」

若者の屹立の先端が美女のじゅくじゅくになった秘裂を突き、しおりは腰を浮かせる。思わず手を出しそうになった営業マンを添島は蹴り飛ばした。

「バカ野郎、お前は人形でいるんだよ」

目でも怒りを伝えると、若者は慌てて手を戻す。

問題はこの男がどこまで耐えられるかということだった。ただ二回目だし、しおりが自分からはほとんど動けないため、刺激はそう大きくはないと踏んでいた。

「うあああッ」

今度は一回で先がはまった。

モデルのぬるぬるの肉襞を、再び若者のカチカチになった肉棒がかき分けていく。腰が下ろされるに従い、鋼鉄のペニスが縛られたコンパニオンの秘芯に姿を隠していく。

しおりも震えながら、真っ赤な顔をのけ反らせた。

「はンッ」

びちゃん、と音がして腰と腰が当たり、ずるんと屹立が根元まで美女のなかに入りこんだ。抱えていた脚を離すと、男に跨る恰好で左右に垂れた。

「うん。ザーメンがいい具合にローション代わりになってるな。どうだしおり、気持ちいいか?」

「なに言ってるのッ……い、いいわけないじゃない」

しおりは強がってみせたが、その実、挿入されただけで腰がぞわぞわする妙な感覚に、狼狽していたのだ。男に串刺しにされ、征服された感触がだんだん強まってくる。

(こんな姿勢で犯されちゃったのに、あたし感じてるの?)

「あッ……だめよッ」

あまりの快感に耐えきれず、若者が少し腰を突きあげたのだ。長めの剛直が子宮口に当たり、後ろ手に拘束された美女は、予想外の快美感にうろたえる。

(やっぱり最高だぜ、藤野しおりは……)

若者の昂りは頂点に達する。

憧れのトップモデルである藤野しおりを犯し、生で貫く。先刻はそれを味わうどころではなかったが、今度は違う。

「動かしたら……動かしたら、許さないわ」

狼狽し、頬を羞恥に染めながら、コンパニオンは首を振る。

その動きで、柔らかそうな真っ白な乳房がふるふると揺れる。

こちらも興奮で顔を真っ赤にした営業マンは、見たこともないほど淫らな美女の肉体を呆然とした顔で見上げている。

「そうだな。それじゃいい思いをしすぎだよな。動くなよ、おい」

若者は不満げな顔をしたが、思い直したようにかくかくと頷く。

実のところ、挿れているだけで精いっぱいなのだろう。一度出してはいるものの、芸能人であるしおりを緊縛レイプするなど、想像すら超えていた。

「口を開けろ」

添島は美女の顔を上向かせ、口を開かせる。そこへじゃぷじゃぷと透明なローションを流しこんでいく。

「じゃ、行くぞ」

中年男はしおりの頭を両手でつかむと、勃起しきった肉茎をローションの溜まった可愛らしい口のなかに、ずぶずぶと挿入していく。

「あぶッ……んむあッ」

(汚い！)

さっきまで自分の肛門に入っていた肉茎をいきなり入れられ、しおりは気持ち悪くて吐きそうになった。

しかし男は一向に構わず、最初からじゅぶじゅぶと粘液の音をさせながら、美女の口に肉棒を出し入れする。

コンパニオンが液をこぼさないように、口をすぼめていられたのは僅かな時間だった。まるでものを扱うような激しい抜き差しに、すぐに口からローションがだらだらと垂れ落ちる。

「うぶふぁッ……うみゅあぷッ……」

ずりゅっ……ずりゅっ……と喉奥まで突かれるような勢いで、強制フェラチオがつづけられる。

口内のローションが減ってくると、後から後から注がれて休む間もない。

「あぶッ……むむぁッ」

しおりの顔は息苦しさと屈辱で真っ赤に染まり、口からローションを垂れ流し続ける。口を完全に性器代わりに使われ、肉棒をずっちゃ、ずっちゃとスラストされる。

（うそッ……なにこれッ……恥ずかしすぎる）

トップモデルの自分が男の肉棒を咥えさせられ、だらしなくローションを口から垂れ流していると考えるだけで、しおりの頭は羞恥で真っ白になる。

しかも体内には、同じように硬い男の印が深々と打ちこまれているのだ。

突きあげられはしないものの顔が乱暴なくらい揺り動かされると、身体全体が自然に波打つように連動してしまう。

微妙に合わせ目がこすり合わされ、膣のなかで男根が位置を変えてくる。

(動かないって……もしかしてッ)

「ぶはあッ……許してッ」

コンパニオンはあまりの苦しさに、口からぶるんと肉茎を吐き出してしまった。

バネ仕掛けのようにびろんと飛びだしたローションまみれの剛棒が、勢いで戻ってきてびちゃんと美女の頬をたたく。

しおりはそんな屈辱にも、はあはあと荒い息をするだけだった。

「あぷッ……」

添島は容赦せずに、美女の顔をつかむと新しいローションを口中に流しこむ。

身悶えして逆らおうとすると、腰が動いて自然に子宮を突き上げられてしまう。

モデルは男の企みを完全に理解した。

動揺した表情で睨み上げる美女に、男は笑みで返す。

（へへ、気づいたみたいだな。だが少しずつ飲んでるローションの意味まではまだわかっちゃいまい）

究極の美女コンパニオンの口を、オナニーマシンのように自由にする快感は何物にも代え難い。

男は再び美女の頭を押さえると、ぬんちゃ、ぬんちゃ、と二十一歳の熱い口内を使ったローションオナニーを開始する。

「あぶふッ……むぷふぁッ」

拘束された美女の豊満な胸から腹まで、垂れ流したローションでべっとりと濡れている。男の突きはますます激しくなり、唇に男の陰毛が当たるくらいまで喉の奥深く押しこまれるようになっていた。

その事実を悟ったしおりは動転する。

（どうしてッ……苦しくないの？……こんなところまで入っちゃうッ）

歯磨きをすると割合浅くてもえずくことが多いしおりだったが、今日はどうしたことか、とんでもない奥まで男を呑み込んでしまえている。

「しおり、すごいぞ。こんな奥まで呑みこみやがって……本当にお前はセックスをするために生まれてきたみたいだな。チ×ポなら苦しくねえんだろ？」

悪徳教師の辱しめに、トップモデルは頭をわずかに振る。

信じたくないが、本当に苦しくなく入ってしまうのだ。淫猥な仕打ちに馴らされすぎて肉体が変貌してきてしまっているのでは、と怯える。

「ああくそ、お前の喉のざらざらが気持ちいいぜ」

「あぷッ……んんッ」

突然美女が身体をぴんと立たせた。知らぬ間に身体がくなくなと色々な方向に揺れ、屹立が膣内で暴れ回るようになってきたのだ。

(だめッ……これ以上動かされちゃ……)

減ると、口の隙間から足されるローションは次々と胸から腹へ垂れ落ち、しおりの身体の前と、貫いた営業マンの腹や腰までぬるぬるになってしまっている。

そのせいでちょっとの振動でも腰が滑り、まるでスローセックスを試しているかの如く、結合部が動いてしまっているのだった。

「そろそろ一回目を出してやるか、しっかり受けとめろよ、しおり」

「んむッ」

髪を手綱のように引っぱられる。ますます激しくなるイラマチオにコンパニオンの顔はどんどん仰向けになって紅に染まり、汗がじっとりとにじんでいる。

じゅぷじゅぷとローションを足されながらされる口淫の卑猥さに、美女の頭は霞がかかったようになってくる。

ところが、揺れてしまう腰を止めようとしおりが力を入れると膣が締まるのか、若者が時々びくっとのけ反るのに男は気づいた。

(まずいな、こりゃ)

添島は口唇性交を続けながら、営業社員の太腿を足の指でつねった。

若者は驚いたような顔で見上げたが、意味がわかったのか自分で自分の腿をつねり始めた。

「あぷぷッ……んぐむッ」

気を入れて美女モデルの口を突きまくる男の動きに、しおりはされるがままにがくがくと揺らされるだけになった。

ずっと上を向かされた状態で、中年男の口唇凌辱を受けとめる。

「そらッ、出すぞッ……全部呑め!」

「んむぐぅうッ」

ずんと喉奥を突かれ、そのまま先端から大量の白濁が口内に噴射される。

上を向いたところにだくだくと熱い精液を流しこまれ、しおりはそのまま呑み下すしかない。

「んぐッ……あぷッ……ぷはぁッ」

ついに苦しくなって、また肉のソーセージを口から吐きだす。顔にも白濁まみれのローションがふりかかった。

「げほッ……ぷッ」

喉に絡まった白濁やローションが口から垂れ、全身にだらだら流れる。

これまで見たことがないようなトップモデルの壮絶な姿に、営業マンも動けずにいる。

男は大きく息を吐きながら、ぐったりとしている美女の髪をつかんで顔を引き上げる。

「二十分経った。三分の一だ」

コンパニオンは自信が急速に萎えていくのを感じていた。

「あぶふぅッ……あんッあむッ……ぷはぁッ」

しおりの口からまたぷるんと曲がった肉棒が粘液を飛び散らせながら躍り出て、

添島の腹にぺちんと当たる。

「お願いッ……ちょっと休ませて、あむッ」

荒い息を吐きながら慈悲を乞う美女の口に、再び容赦なく屹立がずぶりと押しこまれる。ずちゃ、ずちゃ、とローションと唾液を垂れ流しながらの強制フェラチオがつづく。

「まだまだぞ、しおり。早く終わらせたくないのか?」

すでに開始から四十分がすぎてしおりの顔からは汗が垂れ落ち、百度近いサウナのなかにでもいるような真っ赤な顔でいる。

中年男は二回目の口内射精を遂げており、ロゴ入りのコンパニオン衣装は垂れ落ちたローションと精液にまみれ、ぷんと異臭が漂うまでになっていた。

(まずいわ……どうしちゃったの、あたしの身体)

もっとしおりを追いつめていたのは、途中から喉だけでなく腰がじんじんと痺れ出し、勝手に膣のなかのモノを締めあげてしまうようになっていたことだった。

(お腹のなかが熱い……)

クリトリスと乳首も、痛いほど尖っているのがわかる。

髪を引っぱられると隷従したいという気持ちでいっぱいになる。その上どうしたことか、喉奥をずーんと突かれるだけで、連動しているはずのない子宮から妙な感覚が湧きあがってくるのだ。

「あむううんッ……あばはぁッ」

もう何千回、口のなかを肉棒が行き来したことだろうか。ずるずる滑る身体を立て直すたびに、膣のなかの肉棒も動きまわる。

（これじゃセックスされてるのと変わらない……）

実はあまりのもどかしさに、何回か自然に腰が動いてしまっていた。

それを察した若者は動きに乗じて、密かにくい、くいと軽く中を突きあげてくる。感じる子宮口の部分を押され、美女モデルは唇を噛んだ。

違反を指摘しようにも、先に腰を動かしたのは自分なのだ。

（こいつ、ずるい……ああ、それよりこの疼きをなんとかしなきゃ）

その瞬間、しおりは大量のローションを飲ませた中年男の策略を悟った。今度は自分から口内の肉茎をずるんと抜いた。

「ひどいわッ……変な薬を使ったのねッ……ああああッ」

顔を振った拍子に肉壺のなかの剛棒がＧスポットを叩き、コンパニオンは腰をがくがくとくねらせる。

この快感は間違いない。肉棒で貫かれていると感じるだけでアソコがじゅんじゅんと濡れ、膣襞が男を絞りあげる蠕動運動をはじめるのだ。

「別に条件はつけなかったぜ。お前が自分から腰を動かさなきゃ勝ちってだけだ。おら、トップモデルのプライドで欲望に打ち勝ってみせろ」

「ああむッ」

顔を押さえられ、またも口に挿入される。

悪徳教師は見事すぎる肉体のコンパニオンを汚し抜くこのゲームに興奮しきっていた。営業マンもしおりが微妙に動いてくれるようになってからは調子を取り戻し、抵抗を突き崩す側面援助を怠らなかった。

「んッ……むッ……」

五十分がすぎ、しおりの動きも鈍くなってきた。

男が頭を持っていないと、そのまま前に倒れこんでしまいそうなくらいふらついている。声もほとんどあげられず、口に肉棒を打ちこまれるままになっている。

美女の全身は紅潮し、べっとりと汗を噴いている。ローションと汗の濡れ具合で肌が光り輝き、なんとも艶めかしい風情だった。

(あともう少しよ……)

股間は完全に痺れ、意思だけがしおりの身体を支えていた。男がずるんとモデルの口から剛棒を抜きだす。

「え?……」

自慢の絹ごしのような髪を肌に張りつかせたまま、顔をあげる。

添島は背後にまわると、美乳をむんずとつかみ、揉み立て始めた。同時に、下になった若者が女のクリトリスをこすりはじめる。

「あああーッ……卑怯よッ、そんなの反則だわ!」

ぐんなりした身体を反らし、男たちの責めを避けようとするが、もはや力がまるで入らない。上下の突起から送りこまれる新たな快感が美女モデルの限界の壁を押し流そうとしていた。

「だめぇ……だ、め」

ぱんぱんに張った乳房は触れられるだけでびりびりとした快感をもたらし、乱暴に剝かれたクリトリスは生の刺激をそのまま快美感に変換していく。

ここまで肉体を玩弄されたうえに、二人で責められてはどうにもならなかった。

「うそッ……ああ、ずるい、あたしもうだめッ……ゆるしてッ」

美女の腰がくちゃくちゃと前後に動き始めた。

挿入された肉棒を膣襞で感じてしまえばもう止まらない。ローションに濡れ光る細腰が、生き物のように蠢く。

「しおり、もういっぱい動いて、感じていいんだぜ」

「ああッ……ゆるしてぇッ」

コンパニオンの身体がぐんとのけ反り、ロングヘアが煽られて汗が飛ぶ。中年男の合図を受けた若者は、いきなり大腰を使って美女の身体を突き上げ始めた。

「イヤッ……激しすぎるぅッ」

モデルの身体を支えるように胸を揉みつづけていた中年男は、淫ら色に染まったしおりの顔を上向かせると、背後から唇を吸い取った。

「あむ……んんッ」

待たされすぎた若者の激しい突きは、美人モデルの奥ばかりを連続的に抉りあげる。男につかまれた柔らかな、それでいて重量感のある乳房はローションに光ってぶるんぶるんと突きに合わせて激しく上下する。

「いやあッ……いやですッ」

三人の呼吸を合わせた淫らすぎる絡み合いに、静かな会議室の空気もピンク色に染まってきているかのようだった。

びちゃん、びちゃん、と二十一歳の蜂腰が上下に浮き上がっては、男の腰に叩きつけられる。

赤黒い肉棒が姿を現しては、消えていく。コンパニオンルックに彩られた、壮絶に揺れるFカップの美乳は、まるで現実とは思えないくらい卑猥だった。

「もぉだめッ……イキますッ」

首に筋が張るほど頭をのけ反らせた、しおりの拘束された肉体が痙攣を始めた。ぐちゃん、ぐちゃんという肉音とともに上下する美女の下半身が、くねくねと淫らな動きを加える。

「イクッ……イッちゃうッ」

高らかに敗北を告げた妖艶な美女は、がくがくと男の腰の上で激烈な痙攣を始めた。これ以上ないくらいの圧力で膣内の男を締めあげる。

「あッ、ちくしょうッ」

ここまで耐えてきた営業マンが、ついにトップモデルの深奥に向けて怒濤の勢いで精液を噴出した。

溢れ出るほどの白濁は、美女の子宮のなかへ一気に流れこんでいく。

「やあッ……なにッ……またイクッ」

まるで予想していない射精を受け、しおりは動揺しつつも第二弾の絶頂に押しあげられてしまう。

若者は締めつけに顔をしかめながら、残りのザーメンを絞り出す。コンパニオンはがくりと首を垂れ、後ろにいる中年男の胸によりかかった。

「お前の負けだな、しおり」

「ちがう、ちがうわ……」

大息をつきながら、ぐんなりした肢体をびく、びくと痙攣させるばかりになった美人モデルだ。

力の入らない身体を、営業マンは下からがっしりと抱きしめる。

「最高だったよ、しおり。なんだかもう一回戦いけそうだ」

「いやあッ、絶対にいやー！」

軽んじていた若者の調子にのった言葉に、コンパニオンは狂ったように身をよじらせる。

この程度の男に絶頂に導かれ、あげく、膣内で射精まで受けたのだった。

「そんなに嫌がるなよ。僕らはもう他人じゃないのに。これからも付き合ってくんないかな」

気味の悪い下っ端社員の言葉など聞きたくないというように、美女はぶんぶんと頭を振る。そのうえ考えたくもない悍《おぞ》ましいことだが、自分のなかにまだ若者のものがみっちりと入り込んでいるのだ。

「お願い、おじさん。こいつもキモいからいやなのッ」

「な、なんだと」

女が自分をレイプした中年男に助けを求めるに至って、若者の顔色が変わった。

「優しくしてやってるのにつけあがりやがってッ」

若手社員はモデルを抱きしめたまま、腰を突き上げ始めた。

再び肉襞をこすり上げ始めた肉槍の動きに、美女は激しくうろたえる。

「だめッ……動かさないでぇ」

「お前の大嫌いな下っ端のチ×ポでまたイカせてやるよ。恥をかきやがれ！」

「い、いやああ」

ローションと汗と精液でぐちょぐちょの陰裂を突きあげられ、達したばかりの美女コンパニオンの肉体が快感を呼び覚ましはじめる。

これが持って生まれた性なのか、しおりの身体は何度でもセックスから快感を引きだせるようになっていた。

「いやッ……いやよぉ」

ぐちゃん、ぐちゃんと地面に杭を打ちこむような若さに任せた突き上げに、コンパニオンのつきたての餅のように柔らかな身体が馴染んでいく。

しおりは快感に溺れはじめながらも、悔しさに涙を流した。

「あうッ……あぁッ」

添島はその光景を見ながら、ペニスにローションを塗り直す。

「にいちゃん、ちょっと止まれ」

若者も師匠の言うことには素直に従う。中年男はしおりの身体を前に伏せさせると腰をつかみ、後ろから覆いかぶさるような体位をとった。

「両方の穴を、とことんまで犯してやるよ」

「やめて……うあああーッ」

狼狽した美女の背中が、折れそうなぐらい反らされると同時に、添島のペニスがしおりの肛門を刺し貫いた。

さほど経験のない二十一歳に両穴挿入は苛酷すぎた。アヌスと陰裂の間の皮膚が切れそうなくらいに引き伸ばされている。

「ゆるして……ゆるしてぇ」

息も絶えだえのしおりの尻穴を、男は剛直で連続して貫きはじめる。

「うああッ……動かないでえッ」

サンドイッチにされたモデル美女が悲鳴を上げる。

悪逆の師弟コンビは息を合わせて、激しく動き始めた。

「二本刺しは最高だろ？　死ぬほどイカせてやるよ」

二人の男の間でもがく美女の腰をつかみ直すと、中年男はリズミカルにコンパニオンの肛門を突きあげる。

「んんんッ、あーッ」

つかんだ細腰から上の上半身が跳ねあがり、豊乳が壮絶に揺れた。

縛られた手足がぴんと張る。セックスで絶頂した美女の股間はいい感じに力が抜け、後穴もあっさりと前戯なしの挿入を受け入れている。

「ひどいわって顔だな。でもマ×コもケツの穴も、嬉しそうに全部呑みこんじゃってるぜ」

若者は中年男の激しいながらも緩急をつけた腰使いを真似ながら、若さの勢いでしおりの陰裂を抉り抜く。ぷりんとした乳房をつかみ上げ、腰を打ち込む。

「あンッ……んんッ」

またもすぐにぐちょぐちょと音を立て始めたしおりの肉穴は、抜き差しのたびにペニスに白い本気汁をまとわりつかせていく。

(だめ……感じちゃう)

営業マンにその顔を見られまいと横を向いたしおりの首筋から背中は、羞恥に真っ赤に染まっている。

自分はこうして淫らな恰好で、二人のとるに足らない男に獣のようにレイプされているのだ。そう思うと、しおりの秘割れの濡れがいっそう激しくなる。

「しおり、俺のチ×ポで感じてるんだろ？　うれしいぜ！」

若者のからかいにも、返す言葉がない。

ぱちゅん、ぱちゅん、と水音がするほど濡れている美女の陰裂から愛液が床に垂れ落ちる。誰もが羨むモデルの肉体は、いまや二本の禍々しく反り返ったペニスに、いいように蹂躙されているのだった。

若者は首をもたげ、汗ばんだしおりの顔をつかむと唇を奪った。

「ンムッ……ん」

驚いて顔をもぎ離そうとしたが、舌を吸い取られて力が抜ける。

中心を二本刺しで深々と貫かれていては、強気の美女コンパニオンの抵抗も長くは続かなかった。

「ん……む」

濃い美貌を興奮に染めて、美女モデルが股間から粘液を弾かせる。

しおりが羞じらうように腰を振ると、素晴らしいプロポーションがよけいに強調される。

淫裂を若者の肉棒で深奥までずぶずぶ割り裂かれ、しおりは背中を反らせ、圧倒的な挿入感に腰を震わせて耐える。

添島も、昂って菊穴への抜き差しのスピードをどんどん上げてしまう。

「んッ……んッ……んッ」

ばしゅばしゅと音がするほど強く、中年男の股間が美女の尻たぶに叩きつけられ、排泄口を深奥まで貫く。

トップモデルとして君臨していた藤野しおりはいまや息を喘がせ、アナルセックスの快感に腰をくねらせ、ウエーブした美しい髪を振って快感に耐えているただの雌犬だった。

営業マンは半ば憎しみを込めて、コンパニオンの肉裂を抉り抜く。前後から激しく打ちこまれて、しおりも身体が二つになるくらいに背中を折る。

「んああッ……またイッちゃうッ」

なんの配慮もない嵐のような責めなのに、しおりの肉体は快感の頂点に突き上げられていく。縛られた手足を、限界まで突っ張らせた。

「あむッ……イクッ」

上に乗った美女コンパニオンの身体を持ち上げるほどの勢いで営業マンの体がブリッジし、子宮に向けて大量の精液を噴射した。

そしてとどめを刺すように、痙攣して白目を剝いているモデルの直腸にも、悪徳教師が熱い白濁液をどくどくと流し込んでいくのだった。

Ⅷ

高度一万メートルの調教

CA・涼子

緊張と感激でしゃちほこばった後輩の姿が妙におかしく、涼子は思わず笑いをこらえた。

（わたしも昔はああだったのかしら……）

航空会社支給のカートを颯爽と引いて、大阪行きの機内に乗りこんだ、モデルばりの美貌とスタイルで際立つ制服姿のキャビンアテンダント。

長い髪をぴったりと頭に沿うようにして、首の後ろで団子にまとめる王道スタイルが、キャリアウーマンの凜々しさを際立たせていた。

彼女が入場口付近に近づくと、周辺のスタッフが賞賛のまなざしを送ってくる。

「あ、深谷先輩こんにちは。この便なんですか？」

後ろから息せききって走ってきた別の乗務員も、思わず足をとめた。

「ええ、でも急いでるんでしょ、行きなさい」

そう言って嫣然たる笑みを浮かべた先輩の美貌に見とれていた乗務員は、はっとして頭をさげるとまた走っていく。残された涼子は眉をひそめた。

乗りこんだ時から、気になっていた。空気がなにかざわついている。

（フライト前に、なんのトラブルかしら？）

「おお、深谷君、ご苦労様だね」

今度はパーサーが小走りでやってきた。心なしか顔が強張っている。さすがに理由を聞かないわけにはいかない。

「なにかありまして？　もしお手伝いできることがあれば……」

上司がその言葉にはっとしたような顔になったのを見て、涼子は問題の発生を確信した。

「あれだよ」

カーテンの陰からパーサーが指差す先を見て、涼子は合点した。

(なるほど、問題乗客ね……)

だらしなくジャンパーを着て、短い脚をスーパーシートの前席に放り出した中年男が、横に立たせたキャビンアテンダントをねちねちいたぶっている様子が見えた。

「ツアーのお客様なんだが、シートが空いてるからいいだろうとおっしゃって。新人がつい立たせようとしたら……つまずいて転んでね。むろん演技だろうがずっと騒ぎたてている。名前は確か添島とか……」

パーサーはそう言い捨てると、顔をしかめた。涼子は片頬をゆるめた。

(まったく、うちの乗務員教育もまだまだね。この程度のトラブルもおさめられないなんて……)

厳しい競争を勝ち抜いてきた自負心が人一倍強い客室乗務員たちにして、素直に鑽仰《さんぎょう》のまなざしで見ることができる唯一の存在が『深谷涼子』である。

入社四年目、二十六歳の若さですでに社のトップキャビンアテンダントの名をほしいままにし、起業家や政治家直々の指名フライトも多い。

「たまたま経験不足の乗務員があたったということでしょう。よろしければ、わたしがお相手しますわ」

パーサーの顔がぱっと明るくなった。

「おお、そうしてくれるかね。空港警察を呼んでもいいんだが、出発が遅れてまた面倒だからね。助かるよ、さすが深谷君だ」

涼子は皮肉そうな笑みを浮かべながら、前に進みでた。しかしそれでも、心中は穏やかではなかった。

(まったくなんて厄日!……おとといパリ帰りだってのに、またニース行き便に乗れって言われて……しかも大阪発!……その便がこれなんだもの!)

今度の休みはゆっくりしようと思っていたのが、緊急の呼びだしがかかってしまった。

東京から大阪へもトランジット並みのせわしさで行かねばならない。

ただ、涼子の声望は美貌やスタイルだけで高まったのではない。

VIP便をはじめ、数々のトラブルを未然に防ぐ技量によって、トップCAと呼ばれるようになったのだ。

（まあいいわ。国内便とはいえ、トラブルを放置していては深谷涼子の名がすたるってものよ）

「お客様、後輩が大変失礼を申しあげました」

涼子の必殺技である、床に立膝をついて自慢の太腿を覗かせてかしずくという姿勢で、乗客ににじり寄る。

「おお！　なんだなんだ、すっげえ別嬪じゃねえか！　この会社にこんな美人がいたなんて知らなかったなあ……あ、俺飛行機乗らねえから当たり前か！　わっはっは！」

勝手に一人で突っこんで、どっかりと腰をおろした男からは、ぷーんと酒の臭いがした。右手には機内用のワイン瓶を握っている。

（ほうら、あたしの脚に釘付けね。もう大丈夫）

「失礼はわたしが重々お詫びいたします。代わりといってはなんですが、大阪までの短い道のりではございますが、僭越ながらわたしがお客様のお話相手をいたしますわ。お邪魔でなければですけれど……」

立て板に水のように一気に喋り抜いた涼子は、ここぞとばかり、衆院の二世議員が思わず求婚したという最上の笑顔を浮かべた。

「ああ？　ふーん、そうかそうか。いやまあ、俺も話のわからねえ男じゃねえ。おい、先輩に免じてお前は許してやらあ」

にわかにだらしない笑みになった男を見て、半泣きになっていた後輩を下がらせ、涼子は男の横に腰かけた。

「姉ちゃん、仕事なのにこんなとこ座っててていいのか？」

涼子は営業用のスマイルを顔に張りつけながら、頭をさげた。

「わたしはこの便の乗務はございません。大阪から国際便に乗るので、会社にそこまで移動させてもらっているんです。規定で制服で搭乗することになっておりますので……失礼致します」

「おお、そうだろうなあ。やっぱりこんな色っぽい美人は国際便じゃなきゃもったいねえよなあ」

じろじろと不躾な視線を浴びせる中年男にも、美女は笑顔をつくろう。

ウエストが絞られ、濃紺に金ボタンのジャケット、後ろにスリットの入ったタイトスカートは伝統のデザインで、この会社の客室乗務員らの誇りだった。

特に涼子は大ぶりな独特のスカーフの巻き方が派手めの顔に似合い、真似する後輩が続出するなど、おしゃれでも有名だった。

「国内便のイモ姉ちゃんとはさすがに違うな。いや、服じゃなくてボディの話だけどよ。おっぱいもヒップもぷりんぷりんだ」

美貌の客室乗務員は男の言葉にぴくりとする。

確かに彼女の胸は、それほどラインを強調していない控えめな制服を押し上げる勢いで、見事なヒップラインは座っていてもわかるほどには違いなかったが。

「おっと添島さん、極上の席ですな。スーパーファーストですか」

トイレを探していた、顔を赤くした団体客の一人が添島に気づき、声をかけた。

「なあに……若いアマっこスッチーがとろとろしてやがるんで、怒鳴りつけて席を替えさせたのさ。ちょろいもんだ」

(なんてこと！　本職のやくざなのかしら？)

あまりに野卑な言葉遣いに、涼子も目を白黒させる。見た目以上に粗暴なタイプかもしれない。トップＣＡはよりいっそうの警戒態勢に入った。

「お客様、ご一緒の旅行ですか？」

「おうさ、なんかくじで当たったんだ。じじいばっかのしけたツアーなんで、色気もねえし、大したことはねえんだが」

涼子は意味のない微笑を浮かべたものの、どこか不安になっていた。

仲間の乗務員が横を通るたび、気の毒そうな目を向ける。声高に話す添島がうるさいのか、スーパーシートの残りの乗客は一番離れた場所に移動してしまった。

（なんなの、これ。罰ゲームじゃあるまいし）

何度か切れそうになったが懸命にこらえる。

涼子のなかで、我慢較べが始まっていた。今までの数あるフライトでも、ついぞ経験のない不愉快さだった。

だが、この程度の客もあしらえないようでは……というプライドが邪魔をして、添島の相手を続けたのが不幸の始まりだった。

「……ええ、そうです、この部分が膨らんで……な、なにをなさるんですか！」

「おっとわりいわりい。どれくらい空気が入ってるかと思ってね」

なぜか救命胴衣を取りだした中年男が、出発前の実演をやってみせてくれと言いだして不承不承にやっていたところ、手がいきなり胸の上を押したのだ。

視線で人を殺すことができるならかくや、と思われるほど強烈な目付きで睨みつけられるが、添島は横を向いて平然とワインを口にした。

中年男はなにかと口実をつけては、酒臭い息を吐きかけながら、キャビンアテンダントの完璧なボディを触りまくっていたのだ。

(ああもう限界……評判なんかどうでもいいから、こんな下品な男の相手なんて一秒だってしてられないわ)

「お客様、申しわけないですが、ちょっとわたし、失礼させていただきます」

「なんだよ、涼子ちゃん。うんこか？」

耐えきれずに立ちあがった客室乗務員に、赤らんだ顔の男がとんでもない言葉を浴びせた。ついに涼子の堪忍袋の緒が切れた。

「あなたのような、下品な人の相手はしてられないという意味ですっ」

次に飛んでくるであろう怒声に対し、キャビンアテンダントは一瞬身構えたが、中年男は涼子の顔を黙って見上げているだけだった。

(え？……)

しかも足を引いて座り直し、乗務員が通りやすいように前を空けてやる。

「し、失礼します」

毒気を抜かれたようになって、涼子は二、三席離れたところに腰かけた。

(酔ってただけで、悪い人じゃなかったのかしら……まだまだだめね、わたしったら)

キャビンアテンダントは大人しくなった乗客の男をちらりと見て、罪悪感にかられながら反省する。

行程も半ばをすぎたころ、ポンと警告音が鳴った。反射的に涼子は姿勢を正す。

「えー、機長です。ただいま空港より、管制トラブルのため、当機はしばらく上空にて待機せよとの指示がありました。お急ぎのところ申しわけありませんが、旋回して待機いたします。燃料は充分ありますのでご安心ください」

機内がざわつく。客をなだめるため、サービスのドリンクカートを急いで押してきた後輩を、涼子は呼びとめた。

「どれくらいかかるかしら。ドイツ行きに乗り換えるのだけど」

「理由がわからないので、ちょっと……」

「そうよね。しようがないわね」

涼子はやはり厄日だ、と思ったが、こんな日もある。諦めて座り直すと、急に添島が覗きこんできた。

「な、なんでしょう」

さきほどの後ろめたさがあるため、今度はできるだけ優しい声を出す。

「ちょっとなんか腹が痛くてね。持病のせいかもしれないんだが。注射を打ちたいんで手伝ってくれないかな」

「ええ？　それは……お医者様がいらっしゃるかどうか聞いてみましょうか？」

「いや、いつもの習慣だから。どこか人がいない場所はないかな」

額に汗をかいている男からは、先ほどの傍若無人な雰囲気が消えている。

「そうですね……今日はお客様が少ないので、後方はがらがらですわ」

「トイレはあったかな」

「ええ」

ざわざわしている普通席を通り抜け、添島を支えるようにして涼子は後方へ向かう。途中で乗客対応でてんてこまいの乗務員に事情を告げる。

「すみません、先輩。仕事中じゃないのに」

「緊急時はお互い様よ。任せて」

後部座席はほとんど無人だった。最後部にまわりこむと、キャビンアテンダントは振りかえった。

「お客様、こちらが……」

表情が凍りついた。男が一枚の紙切れを差しだしていた。

「レイプ契約書だ。三十分で済む。付き合ってもらうぜ」

紙をかざして笑っている男の顔が、悪魔の形相に見えた。

「ま、まさか、あなたが……」

「そのまさか、さ」

添島はずかずかとキャビンアテンダントに近づくと腕を捻りあげ、観音開きの機内トイレの扉を押し、そのまま押しこむ。

「だめですッ……すぐ着陸かもしれないのッ……せめて、せめて降りてからにしてッ」

狭いトイレの中で、二人はもみ合った。

しかしこれほど限られた空間では、女はすぐに壁に押し付けられるようにされ、抱きすくめられてしまう。男はにやつきながら、耳元でささやく。

「なんでか知らんが、三十分はかかるそうだ。確かな筋からの情報さ」

「どうしてそんなことをッ……」

自信満々で落ち着き払っている中年男に、涼子は気圧される。

（そんな情報、いったいどこから……まさか、もしかして）

涼子は中年男に抱きしめられ、身を震わせる。

身体を這いまわる手のおぞましさに鳥肌が立つが、同時に抵抗する力が弱まっていくのを感じていた。

（あの組織……それくらいの力は持っているのかも）

「すげえな、最高の身体じゃねえか。むちむちでたまらねえよ」

「くッ……」

時間など気に留める様子もない添島は、張りだした胸、尻、腰をいいように撫で回す。美人乗務員はあまりの屈辱に顔を赤くする。

「お願い、人が来るわ……そうしたらおしまいよ！」

「うるせえな、これでも食らえ」

男はいきなりタイトスカートをたくしあげると、ショーツのなかに手を突っこんできた。驚いて手を押さえようとしたが、突然、股間に異物を感じた。

「あああッ」

涼子は腰をがくがくと揺らし、壁に手をついた。下着の中で、股間に張り付いて盛大に振動を始めたものがあった。

「ピンクローターだよ。初めてか？……ならいい経験になるぜ」

「くッ……」

美人ＣＡは卑しげに笑う中年男をきりりと睨みつけるが、股間の振動は無視できないほどだった。

（わたし……どうなっちゃうのッ）

こんなはずではなかった。確かに契約はしたが、金満家の老人の一夜の相手を務める程度だと思い込んでいた。

これだけ風俗が発達している世の中で、常識はずれの大金で女を買おうとするなど、粋人だけの遊びだと仲介者も匂わせていたのに。

（なんてこと……でも絶対、他人には知られちゃだめ）

学歴、美貌は申し分ない涼子にとって、唯一の弱点が弟の存在だった。

放蕩三昧の弟は学生時代から賭けマージャンにはまっていた。

お定まりのコースで、やくざ相手に巨額の借金をこしらえた。両親は自己破産すると言いだしたが、涼子の将来を考えてためらった。

そして組織から差し伸べられた悪魔の誘いに、美人キャビンアテンダントは乗ってしまったのだった。

添島はどこに入れていたのか、シャツの背中からSM用の赤い麻縄を取りだすと、女の目の前でびゅんびゅんとしごいた。

「な、なにを……」

「一度、スチュワーデスを縛ってみたいと思ってたのさ」

まさか、この制服の上から縛るというのか。涼子は周章狼狽する。

「いけませんッ……皺でばれちゃうわ」

若くしてトップに君臨するだけに、スキャンダルは倍になって跳ね返ってくる。セレブ相手のサービス業という側面もあるCAにとって、性的な醜聞など最上級の禁忌であるに違いなかった。

「知ったことか。俺の看病で大変だったとでも言え」

「そんなッ」

想像以上にまともな答が返ってきてしまい、恨めしそうに男を睨むが、これも最初から考えていたに違いなかった。

この状況ではもはや、涼子に拒むことはできなかった。

「あはッ……」

ジャケットのボタンを外され、ブラウスの前をぐっとはだけられる。

大きく張りだした乳房が剝きだしにされ、胸の上に二重にした麻縄を回されると、キャビンアテンダントは思わず甘い吐息をついてしまった。

（やだ、どうして？）

涼子は自分の声に赤面する。

「縛られると思っただけで、アソコが疼いてくるだろ？　マゾの証拠なんだよ。お高くとまってる女に多いんだ」

美人ＣＡは頰を真紅に染めて顔を振る。

しかし、無理やりショーツのなかに挿入されたローターが、蜂の羽音のような振動音を盛大に響かせている。

涼子は知らず知らずのうちに腰をよじりはじめていた。

「あふッ」

きゅっきゅっと衣擦れの音をさせながら、美女の見事な肉体に厳しく縄がけがされていく。豊満な乳房は特に念入りに絞りだされ、ロケットのように突きだされてしまった。

「こ、こんなに縛るの……」

キャビンアテンダントの声が思わず震えてしまう。

添島が仕上げた縄化粧は、憧れのＣＡの制服姿をぎっちりと縛りあげていた。特に乳房の部分は、真っ白な肌に赤い縄で筋が描かれるように絞り出され、滑らかな肢体に奴隷の印を示していたのだ。

「いいな。紺の制服に映えて綺麗だぜ」

後ろ手に縛られ、縄を打たれた美人キャビンアテンダントが身悶えする。きっちりセットされた黒髪を這わせた雪白の首筋が震え、縊り出されたＦカップの胸が揺れる。

股間の性具も徐々に効果を発揮してきたのか、ぽっと染まった美貌から喘ぎ声が漏れ、表情も艶めかしいものに変わってきた。

「きゃあぁあッ」

添島は便座の上に腰かけ、涼子の身体を後ろ抱きにするとぐいと持ちあげた。美女は足が届かない不安でじたばたする。

「心配するな。まだ時間はある。誰も来ねえよ」

「そんなわけないわッ……もし来たらどうするのッ」

男が本気で、ここで犯そうとしていることを知り、キャビンアテンダントは声を抑えながらも恐怖に震える。

「へへ……機内でスチュワーデスとセックスするのは男の夢だろ。本当は国際線で、一晩ねっちょりお付き合いいただきたいところだがな」

「なに言ってるの、変態！……犯すなら普通に犯せばいいじゃないッ」

目的はわかっても、とても承服できるものではない。

恋人同士の乗務員がトイレでしたことがある、という噂は聞いたことがあるが、それは海外のキャリアの話だ。

しかし職場でそんな行為に及ぶなど、涼子の職業倫理からは耐えられることではなかった。まして自分はいかがわしい、見るに耐えない猥褻写真のようなＳＭ緊縛を施されているのだ。

（そんな場所でわたしは……）

冒瀆的な振る舞いに、涼子の頭はくらくらしてくる。

そんな思いを知らぬげに、添島は美女の膝裏に手を回すと、一気に抱えあげた。

「きゃああッ」

どしんと尻餅をつくようにキャビンアテンダントの身体が男の膝の上に落ちた。

添島は顔をしかめるが、動けないように抱きしめる。

「なにしてるのッ……こ、こんな恰好いやあッ」

幼女が親に抱えられて小水をする時のような姿勢で固定され、涼子は屈辱と羞恥のあまり、全身を震わせる。

「横を見てみろ、本当に綺麗だぞ」

「ああッ……見ちゃいや」

涼子の声が震え、弱まった。

脇の鏡に、今の自分の全身が映し出されていたのだ。

見馴れたトイレの設備を背景に、男の腿に乗った、黒髪で制服姿のキャビンアテンダントがいる。

しかも白い肌には赤い縄が打たれ、大きく脚を開いているのだった。

(信じられない……あたし、どうなっちゃうの)

男は片手を外して、呆然としている涼子の片脚を下ろすと、手を伸ばして黒いストッキングの股間部分をびりびりと引き裂いた。

「ああッ……やめてえ」

さらに中の小さな下着を引っ張り上げ、無理やり引きちぎる。

ローターが、ごとんと音がしてトイレの床に転がり落ちた。

「うああッ」

クリトリスを盛大に振動させていた道具が急に消え、キャビンアテンダントの腰がびくびくとした。

美女の割れ目はすでにぐっしょりと濡れ、陰毛が張り付いている。

異常な状況での性的な刺激に、涼子の肉体は敏感すぎるくらい反応してしまっていた。

「な、なにッ……」

今度は男が自分のズボンを摑み、ずりずりと引き下げ始めたのだ。

屹立した黒々とした肉茎がびょんと姿を現し、涼子の太腿に当たる。中年男の本気を悟り、美女の動揺がにわかに激しくなった。

「本当にだめッ……人に見られたら、あなたもおしまいよッ」

「そうだな。だから早く済まそうぜ」

「そんなッ……」

キャビンアテンダントは身体をくねらせ、なんとか腰を逃がそうとする。

「そういうわけだから、大人しくしてくれ。すぐ終わるから辛抱しろ」

添島は再び涼子の両脚を抱え上げ、M字開脚の恰好をさせる。

「あぁッ……こんな、こんなことってッ」

淫らすぎる姿勢を強いられた美人CAは、天井を見上げて震えた。

いくらすぐ終わると言っても、実際に残された時間はそれほどあるわけではないはずだ。

「で、でもッ……いくら契約だからって……こんなの、異常よ！」

「おい、暴れるなって」

身をよじって叫ぶキャビンアテンダントに、添島は顔をゆがめる。

これが常軌を逸していることは自覚している。しかし、これほど極上な女を目の前にしては、冷静でいられるはずがない。

「だめぇッ……ひどすぎますッ」

涼子のほうも極限の羞恥に頭を振るが、それで現実が消えることはもちろんない。美しいラインを描く肉体にはＳＭの菱縄が打たれ、強調された乳房の先では乳首がびんびんに尖っていた。

男に抱えられたまま抵抗するが、どうにもならない。

「見られちゃう……みんなに見られちゃう」

うわごとのように美女が喘ぐ。

トイレの外では平常の業務が行われ、仲間が忙しく立ち働いているはずだった。

しかし××航空の誇る美人客室乗務員は、ＡＶ女優でもしないような異様な痴態を、神聖なる職場でさらしていたのだ。

「くそッ……涼子」

男がなにをしようとしているのか本能で悟った美女は、必死に腰を振って逃がそうとする。中年男は女体を引き付けて動きを封じ、どろどろに溶けた割れ目に剛直を押し当てた。緊縛された身体に震えが走る。

「ああーーーーッ」

つい出してしまった悲痛な叫びが室内に当たって跳ねかえる。

男が腰を突き上げた拍子に、下つき気味の涼子の陰裂にずぶりと肉茎が入りこんでしまった。怯えのせいか美女の膣口は強烈に男を締めあげる。

「ひどい、いきなりなんて……ああ、だめ……早く抜いてぇ」

涼子は肩まで滑らかに流れる黒髪を振り、いやいやをする。

がちがちに硬直した男根は、キャビンアテンダントの場違いなほど白い肉体の中心を割り裂いて完全に埋まっていた。ついに機内でレイプされた瞬間だった。

（こんな……こんなの）

添島は両手で涼子の脚をぐっと抱え直すと、背面座位で激しいピストン運動を開始した。

「ああッ、いやあッ……入ってきちゃうッ」

二人の獣じみた姿が鏡に映っている。

大股開きで弾みあげられ、犯されている涼子は、狂ったようにCAらしいセットされた髪を振った。それほど濡れてもいない狭い肉壺を、容赦なく中年男の剛棒が抉り抜いていく。

(だめ……負けちゃう)

ところが異様な状況に美女の花芯はどんどん濡れそぼち、白くぬらついた液体をあとからあとから垂れ流す。

濡れ光る肉棒が面白いように、それでいて秘めやかに蜜壺に出入りしだした。合わせ目は泡立ち、じゅぼじゅぼと卑猥な音をたてる。

「いやあッ……奥まで突かないでッ！……」

突き抜かれている美女は、全力疾走でもしたように喘ぎ、緊縛された肢体をくなくなさせて声を嗄らしている。

添島も女の強烈な締めつけに、早くも追いあげられていた。

膂力だけでキャビンアテンダントの女として充実しきった肉体を上下させるの

も、限界に近づいていた。

「涼子ッ……こんな場所で縛られて、犯されて感じてるのかッ、この淫乱めッ」

「いやあッ。違いますッ……」

縄に縊りだされた真っ白な豊乳がぷるんぷるんと上下に揺れ、びちゃん、びちゃんと肉穴を突き上げられる。客室乗務員は顔を上に向けて口を開け、必死に喘いでいた。汗が額や身体を次々に流れ落ちていく。

その時、ぽん、とシートベルト着用のサインがついた。機体ががたがたと揺れだす。着陸前のルーティンだ。

「きゃッ」

ここでキャビンアテンダントの中に出せなかったら、一生後悔する。

添島は最後の力を振り絞ってずぼずぼ音がするほど、スラストを速めた。美女の膣壁が急激に締まりだした。

「涼子ッ、出すぞ……イクぞッ」

「いやッ……なかはだめッ」

快感に我を忘れた二十六歳は、思いっきり背中を反らして痙攣を始めた。

最後に叩きつけた肉棒の先端が子宮口にぶつかった。その途端、たまりにたまった白濁が涼子の膣内に噴射される。

「あああッ……いやあッ」

膣奥に跳ねかえって子宮に流れこんでいく中年男の精液を感じ、美人キャビンアテンダントは咽び泣きながら何度も何度も腰を震わせた。


男は湯気の立ちそうなほど濡れた肉棒を、涼子の肉穴からずるりと抜き出す。締め付けのせいか、膣からぽんと空気音がして美女をびくつかせる。心棒を失った美人CAの身体はふらつき、べたりと男の上に尻を落とした。

トップキャビンアテンダントの名をほしいままにしていた乗務員の淫裂は、無惨にもぽっかりと口を開け、卑猥な深い紅肉をさらけだしていた。

男はふらふらの美女の縄尻をつかみ、そのまま立たせせた。鏡の前で、髪をつかんでぐいと顔をあげさせる。

「ほら見てみろ、もう完全に女の顔だ。自分でも色っぽいと思うだろ?」

「やめて……」

涼子の整った美貌は真っ赤に染まり、汗まみれで、そこここに張りついた乱れ髪が凌辱の凄惨さを物語る。口は開いて、息が上がってしまっている。

縄に縊り出された乳房には赤い指の跡がつき、隆起の下の白い肌には縄ですれた赤い奴隷の刻印がくっきりと捺されていた。汗が滑らかな肌を光らせる。

「そ、そんな」

美女の尻に押し当てられた肉茎が早くも存在感を増し始め、涼子を怯えさせた。

添島はたっぷりと量感のある双乳を、彼女自身に見せつけるように腕で抱え、たぷたぷと弄ぶように弾み上げる。

「いやッ」

羞恥責めの意図を悟り、涼子は顔を伏せようとするが、男がつかんだ前髪を引きあげ、それを許さない。

(ああ……これがわたしなの？　なんていやらしい……)

無理に見せつけられた、鏡に映った女はとても自分とは思えなかった。

いつもより、数段上の女っぽい雰囲気を漂わせていた。

上半身に縄を打たれ、強調された美乳を玩弄され、汗まみれで上気した顔で喘いでいる。

その姿は、とてもトップキャビンアテンダントとは思えぬ淫らなものだった。

「どうだ涼子、俺のセックスの味は。かなりイケただろう？」

野卑な笑みを浮かべながら、胸を弾ませる動きを休めずに問いかける中年男に
ぞっとして、美女は顔を背けようとするがすぐ引き戻される。

「やめて……これだけすればもう充分でしょ」

「馬鹿野郎、まだ大事なケツが残ってるだろうが」

「な！……」

打ちのめされていた美人乗務員の顔が、ひきつった。

まさかそこまで要求されるとは思っていなかった。犯されたうえ、ついに肛門
までこの中年に捧げてしまうのか。

「無理よ、そんな……いきなり入りっこないわ」

「大丈夫さ。いい注射があるんだ。さっき言ってたのはそれだ」

低く笑う中年男に、涼子は怖気をふるう。

男は美女の頭を持ち上げて、目で促す。

「ほら、早くしねえと着陸しちまうぞ。お前からおねだりしてみろ」

「ば、馬鹿じゃないのッ」

美人ＣＡは、思わずかっとなって言いかえす。

「ずいぶん強気じゃねえか。契約には、男の求めにはすべて応じると記載されて

いたはずだろうが」

「そ、それは」

美女が気弱に俯いた。

レイプ契約に応じるなど、いかに自分が甘い考えだったか。すべてはもう後悔してもどうにもならない状況だった。それに時間がない。

「わ、わかりましたッ……あの」

尻を何度も剛直でつつかれ、美人キャビンアテンダントはうろたえて、屈辱の台詞を口にしようとするが、すぐに声が細くなってしまう。

「聞こえねえな。はっきりと言え」

男がかさにかかって責めたてるが、美女は唇を嚙むしかない。

「あ、あの……お、お尻を……」

「肛門を犯して欲しいんだな?」

業を煮やした添島が助け舟を出す。

涼子はあまりの羞恥と屈辱に真っ赤に染まった首筋を震わせるが、しばらくためらったあとでわずかに頭を頷かせた。

「お前ほどの美女に頼まれちゃあ、イヤとは言えねえな。じゃ、今度は入りやすいように自分でケツを突き出してみろ。エリートのお前なら一番いい角度はわかるだろ」

「ううぅッ……」

髪がばらけてかかった整った顔が恥辱にゆがんだ。

機内の洗面台に押しつけられ、後ろ手に固められた客室乗務員の上半身から、コンパスのように美しく、すらりとした脚が伸ばされている。後ろの男は惚れぼれとして眺めた。

ふっくらとした真っ白な臀部の肉づきから、ストッキングに包まれた見苦しい凹凸のないまっすぐに伸びた脚。すっきりした太腿の裏側、皺一つないひかがみの清潔さは、パリコレのトップモデル並みだ。

ふくらはぎから細い足首にかけては、職業柄つねに鍛えられ、ぎゅっと力が入って締まっている。

「そら、いくぞ」

添島はぴしゃりと桃尻を叩いた。

涼子はしばらく躊躇したあと、唇を嚙みながら尻を高々と突きあげた。

男は満足そうに頷くと、取り出した注射器を無造作に女の尻に突き立てた。

「うああぁッ」

「まだ注射だ、心配すんな」

一気に薬液を注入すると、ぴしゃぴしゃ叩いて散らす。

涼子は子供のように尻を叩かれる恥ずかしさにぎりりと唇を噛むしかない。

「じゃあ、本番だ」

美女の腰を両脇からつかむ。びくっと裸の尻があがる。

先ほどわずかに快感を味わい、ほころび始めた陰裂はぬらぬらと光っている。このまま腰を進めればなんなく挿入できるのだろう。

「君がアナルがいいと言った日がレイプ記念日だ。覚えやすくていいだろう」

中年男はクリームを取りだすと、キャビンアテンダントの肛門付近と自分の肉棒にたっぷりと塗りたくる。

「そら、いくぜ」

「ああ……ゆるして」

強気の美人CAも気力を失い、楚々とした雰囲気すら漂い始める。

亀頭の先端が処女肛門の皺に押し当てられる。涼子の肩が震えた。

ゆっくり、ぬりぬりと菊門を押しひろげながら凶悪な肉の柱が侵略を始める。

「うああうッ」

美貌のキャビンアテンダントは刺激される排泄感と嫌悪感で、自分のいる場所を忘れて甲高い悲鳴を上げた。

注射のせいか、感覚が薄れているが、広がっていることはわかる。それがかえって肛虐のおぞましさを肉体に実感させる。

「痛い……切れちゃう」

添島は涼子の苦痛に満ちた叫びに構わず、ぐいぐいと後穴を押しひろげながら、太棹を進めていく。

「あ・あ・あ・あ……」

どうしたことか、括約筋が薬の力で緩められている排泄口は、いともたやすく肉茎を根元まで受け入れてしまった。

中年男が美女の髪をつかんで、ぐいと顔を仰向けさせると、新しい涙の跡が頬を伝っていた。

「お願い……お尻……つらいの」

肛門に肉棒を打ち込まれたまま、美女は絞り出すように言う。

(ああ、きついわ……なんでこんな)

菊穴の入り口が、挿入された異物を激しく締め付けてしまっている。

それと出したくても出せない、そんな排泄感がずっと続いている。汚らわしさのあまり、気が狂いそうになる。

「そうか、まだあまり薬が効いてねえんだな。でも逆にナマの味がわかるってわけだ。幸せ者だぞ、お前」

男は美人キャビンアテンダントの哀訴を一向に気にとめず、挿入を終えた真っ白な充実した尻をぐいと押しひろげた。

「いやあッ……見ないでッ」

菊蕾が切れそうなくらい広がって、剛直を受け入れているさまがよく見えた。男が屹立を二、三度、肛門の入り口で軽く往復させると、盛りあがった肛皺がめくれあがり、中へ入りこむ。

「アアッ……動かさないでッ！」

中年男の下半身に密着した客室乗務員の美脚が、ぶるぶる震えている。

剛直を押しだそうと、肛壁が蠕動している。添島は、はかない抵抗を押しかえしながら、可憐なアナルに向かってためらわずに腰を送り、根元までぶちこむ。

「あ……痛い……死んじゃう」

美女は口をぱくぱく開け、排泄口を抉り抜かれるショックに耐える。

今なら自分の尻の穴が大きくひろげられ、みっちりと硬い棒がはまりこんでいるのがはっきりわかる。

添島は容赦なく涼子の太腿をぐいと引き、尻の角度を上に向けさせた。

「くぅッ」

中年男はキャビンアテンダントの肩をつかみ、上にのしかかるような姿勢になった。体重をかけながら、さらに深々と肛門を貫いていく。

「くああッ……」

緊縛された身体が化粧鏡の横で何度も跳ねる。なんという強烈な侵入なのか。肉体が二つに割られるような激烈な感触だった。

ずるずると肉棒を抜かれると、排泄感が永遠に続いていくような気さえする。

皺のある肛門口の皮膚が、捲れあがるように幹にまとわりついていく。

「はああんッ！」

いっぱいまで抜きあげられた肉柱が、一気に上から叩きつけるように打ち込まれる。美人ＣＡの背中がぐいんと反った。

ずるずる……と引き抜かれる。

「ううッ……」

びたん！……と打ちこまれる。

挿入される肉棒の角度に合わせるように、直腸に容赦なくピストンされる。広げられ、擦られる菊口が焼けるように熱い。

「くはあんッ」

美人乗務員は延々とつづく排泄感と、火串を押しこまれたように熱い肛門の感覚に咽び泣いた。

(出ちゃうッ……全部出ちゃうッ)

「大丈夫だぜ、裂けないで俺のチ×ポを嬉しそうに呑みこんでるぞ」

「み、見ないでくださいッ……ああッ?」

一度入れられてしまえば、肛門を棒の太さに馴染ませてしまうのがマゾの性だ。締めつけの力が弱まったのをいいことに、添島の抜き差しがセックス並みのスピードにあげられた。

「はあッ……あおッ……うあンッ」

リズミカルな腰の動きで、ヌリュン、ヌリュンと美女のアナルを貫いていく。

入り口が楽になれば奥がない穴だけに、肩を押さえての強烈な打ちこみもそれほど苦痛ではない。

「おい、ケツでそんなに感じちまっていいのか？」

「あぁッ……いや、いやンッ……」

セカンドレイプでアナル処女を奪われた。

それでも顔を真っ赤にして喘いでしまう。緊縛された上半身を反らし、開いた下半身は震えながらつま先で床をかく。

「本当にアナルだけでイカせてやるか」

奥深くずるんと侵入し、ずるんと引き抜けていくフランクフルトの感覚だ。

灼けつくような肛門を、何度も往復する違和感を味わわされる。美女はぴたん、ぴたんと、尻に叩きつけられる男の腰の音が狭い洗面所に響くのを、どこか他人事のように聞いていた。

（……あたし、ほんとうにお尻で受け入れちゃってるの？）

「あああぁ……」

添島は涼子の肩を摑み上げ、後ろに引っ張り上げた。

腰がぴったりと尻に張りつき、乗務員は背筋を鍛える運動をしているような恰好で反り返らされた。

中年男は手をずらして、緊縛された豊かな乳房をぐっとつかんだ。

「いくぞ、涼子」

これ以上はないくらいに肛門を深刺しにされてもはや観念したのか、キャビンアテンダントはセットした髪を乱れさせて、がくりとうなだれる。

「はああああんッ！」

空中に浮かされたまま、力任せの壮絶な抜き差しが開始された。

ぐちゃん、ぐちゃんと、アヌスを下から突き抜かれる。

「はあんッ……ああんッ……いやあああッ」

男は縄に縊り出され、充血した双乳を揉みたてながら、ずんずんと肛門を突きまくった。美女は真っ白な喉を喘がせ、全身をがくがくと痙攣させる。

「ああッ……熱いッ……お尻溶けちゃうッ」

涼子は頭をのけ反らせ、口を大きく開けて男の抽送を受けとめる。

「こいつめッ……こんなにもぐいぐい締めつけやがる」

「いやあッ……どうしてッ？」

喉頸を震わせながら二十六歳の熟れ盛りの美女は、顔を羞恥に真っ赤に染め、自分から尻をくいくい動かし始めたのだ。

「感じてるのか？　涼子ッ」

「だめッ……だめぇッ、突かないでッ」

背後から肛門を突きまくられながら、美しい顔を振って中年男の問いかけに咽び泣く。ついに尻穴での快感を覚え始めてしまった。

どこか男を拒んでいた身体から、みるみる拒否の姿勢が消えていく。

股間からは愛液なのか、汗なのか、だらだらと水滴が垂れ落ちる。

ぐったりとした女の身体は屈強な男の突き上げにあえなく上下させられ、糸の切れた操り人形のように突かれ、跳ね上げられる。

「あああんッ……だめですッ……んんッ」

猥褻極まりない顔で喘ぐキャビンアテンダントにたまらず、添島は片手で肩を抱き、もう一方の手で顔を後ろに向けさせ、涼子のぽってりした唇を吸い立てる。

美女CAは汗にまみれた顔に淫らな雰囲気を漂わせながら、吸われるままに舌を絡め、口を合わせ、流しこまれる唾液を呑み下していく。

これほどまでに男に肉人形のように、モノのように扱われる屈辱。

しかし肛門の奥まで来るほどずんずんと突かれ、緊縛美女は、腰の中の痺れが大きくなってくるのを感じていた。

「ああッ……お尻でイッちゃうッ……どうしてぇッ」

アナルセックスで感じてしまった被虐の思いから、急激に腰の快感が高まっていく。びたんびたんとぶつかり合う、空隙となった秘裂から粘液が弾け飛ぶ。

そのとき、排泄口がひときわ強く添島の肉棒を絞りあげた。

「いやあッ……い、イキますッ！」

美しすぎる黒髪のキャビンアテンダントは大声で叫ぶと、がくんがくんと大きく腰を揺り動かし、狂おしく後穴のなかの剛棒を喰いしめる。

「あッ……だめぇ」

絶頂したのも構わず突き続けられている菊門の下から、プシャーッと温かい液体が漏れだし、二人の腰から下にふりかかった。

「へへッ、こりゃ盛大なお漏らしだ」

まだ乳房を摑みながらアナルを抉りつづけている添島が女を辱しめる。

潮吹きは無臭だが、小水の温かい臭いはすぐにわかる。

「お願いぃッ……とめてッ……見ないでぇ」

泣きじゃくりながらも奔流をとめられない涼子は、死ぬほどの恥辱に身をよじるが、小便は無情にも床の上にたまって流れていく。

「うッ……ああ……」

呆然自失の表情になって、頭をかくかくと揺らす美女をバックから貫いたまま、添島はラストスパートに入った。

「ゆ……るし……て」

もはや打ち消すことのできない痴態をさらし、打ちのめされた客室乗務員の身体からはまったく力が抜けてしまっている。

男に突かれ放題になって、逆にまた肉が快感を求めだしていた。

「ああん……あん……あん」

「こら、休んでる場合じゃねえぞ」

ぐにゃぐにゃの腰にコチコチの肉柱で直腸に心棒を入れられ、突かれ、また大きな痺れが襲ってきた。

もうすべての快感を受けとめるしかない美女ＣＡになにを拒否する術もない。

「イクの……またイッちゃうの？……」

股間全体が痺れきって、腰を自分ではもう動かせない。

背後から抱きしめられながら排泄口を突き上げられるばかりになり、涼子は悔しさに泣き、唇を噛みしめる。

「涼子、尻のなかにたっぷり出してやる」

「はい……ぜんぶ、ください」

ここまできたら、自分のなかに男の全てを吐きださせたいと思った。

「おおっ、いくぞッ」

「ああッ、またイクッ」

かすれた悲鳴のような、絶頂に達した美人ＣＡの甘い声が響いた。

男はキャビンアテンダントが再び達するのとほぼ同時に、直腸へ向けて大量の熱い毒液を撒き散らす。

「あッ……あッ……あッ」

何度も何度も、絞りだすように肛壁に浴びせかけられる男の熱液。

穴が白濁で埋めつくされそうになった時、膣内から透明な液体が噴きだした。

「はああッ」

立ちバックで排泄孔を貫かれたまま、今度は潮を噴いてしまった。

愛液と透明な潮吹きのブレンドが次から次へ、ぼたぼたと下に垂れ落ちていく。

聖なる職場を自らの体液で汚したことに、涼子のプライドやなにもかもが粉々に打ち砕かれた。

航空会社一の美貌を誇るトップキャビンアテンダントは、救いようのない恥辱にすすり泣きながら、地獄の悦楽にいつまでも全身をひくつかせていた。

IX

負債は媚肉で支払え

銀行員・絵美

「古谷さん、悪いね。どういうわけかお客さんのご指名でね」

「いいえ、仕事ですから」

髪を編みあげ、後ろでひっつめのようにしたスーツ姿の女性が、ファイルを胸に廊下を歩いていく。

赴任したばかりの古谷絵美は、二十八歳にして大銀行の本店営業部部長代理という重職にあった。入行以来、シンガポールで投資業務にあたってきたバリバリのキャリアである。

国内一の国立大学を出て、米国でＭＢＡを取った。

その容姿は、百六十センチを超える背にさえ不釣合いなほどの巨乳なうえに、エキゾチックな美人顔だった。

そんな非の打ちどころのないエリートに国内営業の経験も積ませようという。またボーナスの意味合いもあって、自宅近くでもある本店営業部に配属したのは上層部の配慮でもあった。

「なに、大した客じゃない。あれは小物だよ」

古株の総務課長がしたり顔で解説するのを話半分に聞きながら、絵美は対応を考えていた。

クレーマーらしき取引先が、部長を訪ねてきたというのは聞いていた。ところが彼は絵美に一任すると言って外出してしまったのだ。

(これはテストね。海外帰りの若い女が、どれだけできるか試そうって腹に違いないわ……あの意地の悪い部長が思いつきそうなことね)

もっとも、黒社会とつながりのある人物とのトラブル処理の経験のある絵美には、さほどの試練とも思えなかったが。

「じゃ、頼みましたよ」

課長は手をひらめかせて去っていった。絵美は背筋を伸ばすと、「営業部長室」と書かれた重厚な樫の扉をノックした。

「あいよ」

いかにも野太い、粗野な声が室内からした。絵美は扉を開けて入った。

腹の突きでた開襟シャツ姿の中年男がソファにふんぞりかえっている。見た目はゴリラのようで、みすぼらしい鞄を膝の上に乗せていた。

(総会屋かしら……とても営業部長が会うクラスのお客には見えないけど)

「部長代理の古谷と申します」

うやうやしく挨拶をして、ソファに腰を下ろした。

だが本題に入ろうにも、客はいっこうに取り合おうとしない。

絵美の仕事や、彼女の夫が支配人をしているホテルの話ばかり聞いてきた。しばらく調子を合わせていたものの、さすがにこれは妙だと思い始めた。

「あの……お客様、申しわけありません。私も時間が限られております。端的にお願いできますか？」

それを聞くと中年男は鞄を開けて、ごそごそとなにかを探しだした。

「いえね……この契約の履行をお願いしようと思ってね」

男がテーブルにのせた紙切れが目に入ったとたん、美人銀行員の身体が瘧にかかったように震えだした。


「や、やめてッ……触らないでッ」

男がいきなり、手を股間にべたりと押し当てたのだ。

美しすぎる女子行員は大きな目を見開き、左右に開いた脚を閉じようとするが、縄で動かせない。

不意の客は、震えている絵美を部長席の巨大な机に圧し拉《ひし》ぐと、あっという間に大の字に縛りつけてしまった。

添島は用意してあった薬液を下着の上から垂らしながら、大きく開かされた股間を押し当てた手のひらでゆっくりと揉みほぐしていく。

「いやあ……だめ！　だめです！」

「馬鹿野郎、レイプの痛みを軽くしてやろうっていう教育的配慮だろうが。これでも俺は教師なんだぜ」

美女は屈辱に赤らんだ顔できりりと睨みつけた。

（こんな人が相手なの？　それに教師だなんて……信じられない！）

シンガポール支店へ赴任していた時、独断で進めた投資案件がとんでもない裏の不良債権を抱えているとわかった。そのままでは懲戒解雇どころか、背任で逮捕すらありえた。

これまで失敗とは無縁の人生を送ってきた絵美が体験した初めてのミスだった。本店への栄転も決まっており、なにより夫の名前にも傷がつく。

絵美は狂乱状態で善後策に駆けまわった。

そこである華僑から出された条件を、否も応もなく受け入れたのだ。たった一回、余裕ある紳士に抱かれればいい、という言葉を信じて……。

「いいから俺に任しときな。エミだったたな。かわいい名前だぜ」

「ううッ……く」

夫以外の男に裸を見せるのも、股間を触られるのも初めてだった。

美形の絵美ではあったが意外に奥手で、十二歳上の夫に見初められて結婚するまではほとんど経験がなかったのだ。

（ああ、ひどい……こんな、職場でなんて）

「待ってください、他の行員が来るわ！　それに、こんな机の上でなんてッ」

二階にある営業部長室の一方の壁は、吹き抜けになった一階の店舗に接していた。縦長のガラス窓からは、行員たちの働き振りが見えるようになっていた。

それが今は、絵美の頭からぎりぎりで下の様子が見える角度にあった。

普通に同僚たちが立ち働いているその真上で、今まさに、夫以外の野獣に犯されようとしているのだ。

「大丈夫さ。誰も来ないから気にするな。お前にだけ教えてやるが、あの部長は実は闇カジノの借金浸けで首がまわらないんだ。だからこれは、上司公認のオフィスラブってやつさ。それにこんだけの扉なら大声出しても聞こえねえから、存分によがっていいんだぜ」

「そんなッ！……」

ショックと羞恥で頭がぼうっとしてくる。

まさか、この格式ある大銀行の部長まで絡んでいるとは思わなかった。

自分の意思で交わした契約には違いなかったが、こんな場所で、こんな男に犯されるなど、想像の域を超えていた。

「あ、あたしやっぱりやめます！　許して！」

いやらしい手つきで股間をいじり回される刺激に耐えかね、美女は身体をぴんと反らして叫んだ。

「もう遅えよ。キャンセルはできねえって教えられただろうが」

「あぁッ」

大きな男の手で自分の股間がすっぽり包まれるように揉まれ、だんだん、ショーツの中でくちゃ、くちゃ、と粘液が泡立ってきた。

あからさまに淫らな音を立てられ、絵美は羞恥に身をよじる。

「うぅッ……あッ……いけません」

股間を揉み立てながら、男が覆いかぶさってきた。

予想以上に遠慮なしに陰部を揉みたてる手の動きに、キャリア行員は狼狽する。

（まずいわッ……なんか変になってきちゃう）

いったい自分の身体に何を使われているのか。

あっという間に股間がじんじんと火照って熱くなってきた。肉体が愛撫を受け入れはじめてしまっていることを知って、女子行員はうろたえる。

「だめッ」

びくんと腰が浮きあがり、女が悲痛な叫びを放った。男は動きを中断する。

「気持ちいいのか？」

「あ……」

絵美は悔しそうに脇を向いた。

美女行員の乳房やヒップは今までの女に較べても発達した見事なもので、このままグラビア撮影に応じても何の問題もない水準に達していた。

それに、エキゾチックでありながら柔らかい印象を与える顔立ちは、整ってはいても、女らしい、男の心を安らげるものだった。

その顔が今は嫌悪と動揺と、微妙な性的興奮で乱れきっている。

「きゃああ！」

中年男は、銀行の制服であるベストの前合わせを引き開けた。

勢いでブラのホックが弾け飛び、女子行員はべろんと前を剝きだしにされ、隆起した双乳をさらされた。

「お前……すごい身体だな」

男が息を呑んだ。

「み、見ないで……」

美女は身を揉んで羞じらうが、幾人もの女を抱いてきた添島が度肝を抜かれた。ある程度は予想していたが、生の印象はまるで違った。

完全に寝ている状態であるのに、絵美の乳房は流れることもなく、惚れぼれするほど美しい形を保っていた。

乳首はぴんと勃ち、紡錘状に尖った乳房はGカップ級の大きさにもかかわらず張りきった、滑らかな、たるみや傷一つない白肌だった。

「こんな綺麗なパイオツは見たことがねえ。信じられねえな、この大きさでこの張り、それにこの肌の滑らかさは……」

「へ、変なこと言わないで……」

思いがけぬほどの讃嘆に羞じらう美女だが、添島の本音だった。

腕の付け根からカーブを描いた線が、大きく迂回して中心に戻っていく。美しい顔立ちにしては、信じられないほど男心をそそる乳房の持ち主だった。

「旦那以外に味わうのは、俺が初めてかな」

キャリア行員は唇を嚙みしめると、無言で目を閉じた。

添島は興奮気味に手のひらに催淫ローションを空けると、完璧な造形の乳房を遠慮なくつかみあげた。

「あううッ……やめてください」

「やめてと言われて、やめるやつがいままでいたのかよ」

見た目以上に驚かされたのが、その柔らかさだった。

まるでマシュマロか、できたてのプリンでも触っているように、どこに触れても震えるように変形する。

「すげえ……さすが一流銀行だ。頭もよくこんな綺麗な女がいるなんてな。人妻ってのがまたそそるぜ」

「いやあ……やめて」

美人行員は生の乳房をまさぐられて、全身に鳥肌を立てた。

しかし男は魅入られたように、奇跡の魔乳を玩弄する。絵美の豊満すぎる隆起は、見た目は少女のように張りきっているのにどこまでも柔らかく、いくら揉んでも飽きない揉み心地だったのだ。

「いやあ……だめです」

中年男の大きな手にいいように胸乳を揉みくたにされ、女子行員の顔がみるみる上気してくる。

大の字に拘束された四肢をよじり、猥褻な手の動きを避けようとするが、あっという間に真っ白な乳房が充血してくるほど執拗に揉みしだかれる。

「あうッ……いけません」

男は無言でローションでぬるぬるにした乳房をにゅるん、にゅるん、と下から上にしごき上げ始めた。女は喉頸を反らせて口を開いた。

「う……あ……どうして」

絵美は我が身を襲う微妙に浮きあがるような感覚に、翻弄されていた。

どうしたことか、揉まれているうちに乳房がじんじんと熱くなり、男の手による嫌悪感が徐々に消えてしまっているのだった。

(ああ……どうしてッ……こんなひどいことされてるのに、変な気分になってきてる……あなた、助けてッ)

「く……あ」

こらえようとするが、恥ずかしい声が出てしまう。

「ううッ……はンッ」

　尖りきった乳首をつまみあげられ、ぷるんと落とされると、じーんとした痺れが先端からひろがる。声を抑えようとしても自然に出てしまうのだ。

「うひゃひゃひゃ……こいつはとんだ拾いもんだぜ」

「うああッ……やめてぇッ」

　くたくたになるまで揉まれた乳房は、なにかむず痒いような痺れを送ってくるようになっている。

　美人行員は、はあはあと大きく息を喘がせ、美しい顔を紅潮させた。

「やっぱり絵美は淫乱なんだな。レイプでオッパイ揉まれてるってのに、こんなに感じやがって」

「はうう……知りません」

　二十八歳の人妻行員は、開かされた股間のほうもゆっくりと指の腹で撫であげられ始め、狼狽が激しくなっていた。

「はんッ」

　抑えようとしても、口のまわりの筋肉も緩んでいるようで、変な声が出てしまう。女の秘割れは自然と出てきた粘液ですっかりぬるぬるになり、左右の陰唇と一緒に、くちょくちょ掻き混ぜている男の指も光っているのが見える。

「だいぶよくなってきたみたいだな。才能あるぜ、お前は」

「くッ……なんのこと」

首を振って嫌がるが、身体にまるで力が入らない。

腰のあたりがぼうっと痺れているのに、男にされるままになっているという屈辱の意識ばかりが先に立つ。

皮膚の感覚だけはやたら鋭敏になってしまい、性器を撫でられるたびに、ぶるぶると震えるような妙な感覚が這いあがってくる。

「どうして……うあああんッ」

中年男の指が、肉襞に隠れた突起を見つけた。

ゆるゆると強弱をつけて回し出すと、美女の腰がびくびくと反応する。ローションに濡れた乳首が痛そうなほどぴんと尖ってきている。

「好きでもない男に触られているのに、そんなに感じていいのか……品行方正で仕事熱心らしいが、驚いたな。旦那が見たらさぞ嘆くだろうなあ」

「そんな……そんなこと言わないで……」

（おかしいわッ……なんでこんなに感じちゃうのッ）

美人キャリアはだらしない自分の肉体に絶望的な気分になっていた。人一倍克己心は強いつもりだったのに、中年男の手は着実に自分を追いこんでいる。

男がショーツを引っ張り、絵美の生秘裂をさらけだした。

「いやあ……見ないでくださいッ」

美女が股を閉じようと腰をひねり、縛った縄がびいんと張った。

しかし蜜芯が外気に触れてひやっとするのは、その部分がどれほど濡れているかの証明でもあった。

「すげえ。ぱっくり割れてるぞ」

「だめえ！」

色素沈着のかけらもない美しい媚肉だった。

実は男の指摘ほどには開いておらず、慎ましやかに内部の赤みを覗かせている陰唇はほとんど処女同然だった。

（くそッ、ここも信じられねえくれえに綺麗だ。それに経験もそうないだろうにこの動き具合はどうだ？）

見たこともないほど整った陰唇、透明なくらいに淡いピンク色の膣口は、乳房以上に柔らかそうな外見をしている。

ここに自分の肉棒を叩き込むことができるのは、男にとってどれほどの幸福であるのか計り知れない。

「だが、年の割に綺麗なオマ×コだな……オナニーはしたことあるのか」

女子行員は赤い顔のまま目を閉じて、横を向いている。

「ちゃんと答えろ」

ずるんと親指で包皮をめくられ、絵美は思わず目を剝いて、腰を突き上げる。

「あぁァッ……ありませんッ」

ぬるぬるの指で剝かれた突起をぐりぐりと回されて、美女は真っ白な喉をひくつかせて喘ぐ。

「いけませんッ……そんなッ」

死ぬほど恥ずかしい恰好をさせられて、股間を弄り回されているのにますます身体がだるく、頭がぼうっとしてくる。

まるで全身マッサージをされているように、肉体がふわふわと心地よい気分になってきている。

「俺がやり方を教えてやるからな。感謝しろよ」

「そんなこと、覚えたくありませんッ……はあぁッ」

いきなり親指と中指でぎゅっと敏感すぎる陰核突起をつままれ、しなやかな女体がびくんと浮き上がった。

(こんな男の言いなりになっちゃいけないのに……毅然として気を確かに持たなくては……私は、あの人の妻なのよ)

銀行では最優等の成績であるキャリア行員は、愛する夫を思って必死に歯を食いしばるが、股間の疼きは大きくなるばかりだ。

「いいぞ、絵美……オマ×コの感度も合格だ」

添島は目がうつろになりかかっている人妻の締まった肉体を満足げに見下ろしながら、指で下着をかき分け、股間に指を埋め込ませていく。

これまでの刺激と薬の力でぐちゅぐちゅに濡れている膣口は、ぬるぬると抵抗なく中指を呑みこみ始めた。

「やめてッ……なかに入ってしまいますッ」

一人の男しか受け入れたことのない秘部に指を進められていく。

体内に異物が入りこんでいく感触に女はうろたえた。

足の動きを封じた縄がぴんと張る。男は逆手で股間に手のひらを押し当てるように、中指をずっぽりと充分に潤った秘穴に差しこんだ。

「はぐぅぅッ」

美女は操正しき肉体への、他者の侵入に惑乱する。

指一本とはいうものの、あっさりと奥まで入りこんだ。

「うん、いい締まりだぞ」

上下の壁を探り、痙攣する腰の中で熱く蠕動する肉襞を堪能する。

しばらくして指を抜きだすと美人行員がほうっと息をつく。

「絵美、もう覚悟はできていると思うが、セックスするからな」

「そんな、ここではだめですッ……許してください！」

美女は手足をじたばたさせ、美しい顔を泣きそうにゆがませて懇願する。

中年男がブリーフを脱ぐと、凶悪な形をした屹立が飛びだしてきた。絵美はあわてて目をそらす。

「これがお前の身体に入るんだ。もう諦めろ」

「お願いですッ……せめて、せめてホテルでッ」

男は机の上で腕立て伏せをするような恰好になり、大の字にされた女の上に覆いかぶさる。

絵美は今見た男根の大きさにも恐れおののき、標的となっている腰をなんとか逃がそうとするが、はかない努力だった。

「お願いです、セックスだけは……それだけは」

「馬鹿野郎、レイプ契約を受け入れたのはお前だろうが」

「ああ！　でも……」

美女はがくがくと身体を震わせる。

心を決めていたはずだが、いざとなると後ろめたさと恐怖心でいっぱいになる。

「悪いな。お前が美人すぎるからすぐに挿れたくなったんだよ。もうどうにも止まらねえんだ」

職場で、しかも同僚たちの鼻先で見も知らぬ男に犯される……考えてもいなかったことが起きようとしていた。

美女の優しげな眉はひそめられ、頬は汗と涙で濡れていた。それでもずば抜けた美貌は少しも損なわれていなかった。

（くそ、何も知らなさそうなのになんてそそる表情をしやがるんだ、こいつは）

中年男は歓喜と興奮で息を荒くする。

この妖精のような女は男をほとんど知らない、知的な人妻の顔をしている。添島の肉棒はいやがおうにも、カチカチに固まる。

男は裸の腰をさげ、女子行員の開かされた股の正面に下ろした。

手で剛直を押しさげ、下着をずらすと女の秘孔のあたりに先端を合わせる。

「絵美、不倫セックスの瞬間だぞ」

もう諦めたのか、目を閉じて無言のまま震える二十八歳の若妻。

添島は亀頭の先端でぐち、ぐちとこじ開けるようにして、濡れそぼった陰裂に肉茎を押しこんでいく。

（なかに……入っちゃうッ）

夫のものよりはるかに太くて硬い。

「うあああ！」

容赦なく突き進む男の剛棒は、カリ首のところまでエリート銀行員の体内に埋めこまれた。絵美は先端だけでも体内に異物を差しこまれた衝撃の大きさに、がくがくとする。

「見てみろ。先が入ったぞ」

男に腰を持ちあげられ、一瞬見えた股間には確かに肉棒が挿入されていた。ありえない光景に意識がくらくらする。

（本当に……されちゃった。あなた、ごめんなさい）

「ひどい……ひどすぎます」

女の頬を涙が伝った。添島は絵美の腰の両脇をつかんで気合いを入れる。

「うりゃ、いくぞ」

「いやッ……いやですッ」

美女の切迫した抗いの悲鳴も、もはや心地よい伴奏にしか聞こえない。

男は腰をぐいぐいとしゃにむに突き入れた。何回目かの突撃で、一気に肉刀が膣道を貫いた。

「ああーッ！」

キャリア行員の背中が浮きあがるほど反りかえり、磔にされた肢体ががくんがくんと上下に揺れた。

男の肉棒は完全に、若妻の膣内に根元まで入りこんでしまっていた。

(全部入っちゃったわ……)

とどめとばかりに、中年男は陰毛をこすりつけるようにして限界まで挿入する。

絵美はあまりの圧迫感に、ぱくぱくと口を開けることしかできない。

「うへへ、どうだ絵美。別の男の味は」

「ううッ……」

美人行員は大きすぎる乳房を揺らし、しくしくと泣いた。

持ち上げられて宙に浮き、開かされた股間に、男の太い剛直がみっちりと埋めこまれているのだ。

痺れたままのような下半身だが、絵美は自分の上にいる中年男に、中心が深々と貫かれているのを実感して、絶望の淵に沈む。

感激した中年男がびたん、びたんと肉茎の抜き差しを始めた。

「やッ、あッ、あッ、あッ」

内臓まで突き抜かれるような深刺しに、女の身体は何度ものけ反りあがり、Gカップの乳房がぷるんぷるんと揺れる。

男が動きを止める。

類い希な美人キャリアを、あらゆる手段を総動員して貶めてやる。添島の心はそう固まっていた。

「絵美、痛いか」

「…………」

凌辱者に問いかけられ、エリート銀行員は気弱にうなずいた。

まるで股間に穴を穿たれたかのような圧迫感だった。緊縛レイプで犯されたシヨックで、思考能力も失われてしまったかのようだった。

「でもいい薬を使ってやったからな。あとは気持ちよくなるだけだ。日が暮れるまで突きまくってやるぜ」

「ああッ……ゆるしてッ」

女は悲鳴に近い叫びをあげる。そんなことをされたら死んでしまうかもしれない。

「この淫乱人妻め！」

添島は美人行員に対して、遠慮なく最初から大腰を使い、先端まで抜いて根元まで叩きこむ激しい性交を開始した。

「くうッ……あんッ……無理ですッ」

女のピンク色の肉襞が、黒光りした肉棒のぬちゃり、ぬちゃりとしたスラストに合わせてまくりあげられ、巻き込まれていく。

淡い色をした肉穴に男のそそり勃った剛直がぬらつきながら出入りする。

ずぶりと打ち込まれるたびに、汗に光った柔らかそうな隆起が上下に揺れる。

キャリア行員は口を開け、なんとか衝撃を逃がそうとしている。

「くッ、うッ……ああーッ」

中年男は深く突いたかと思うと、小刻みに膣口を刺激するようにとば口で肉棒をかき混ぜ、自在に二十八歳の若妻を翻弄する。

快感に向けて下ごしらえされた狭い女性器に、極太の男性器が何度も何度も入りこんでは粘膜をこすり合わせる。

性的な刺激を与え続ければ、どんなに意志堅固な人妻だろうが、肉体は快感を覚えるようにできているのだ。

「どうだ、お前のマン肉がチ×ポにぴっちり絡みついてくるぞ」

(変……変よ、あたしの身体……どうしちゃったの、こんな!)

いかに操正しい人妻といえども、薬物で絶頂しやすい身体に仕込まれたうえ、男に組み敷かれて幾度も深突きを受け続ければ、愉悦を感じざるを得ない。

「やめてッ……もう突かないでッ」

数十分の間、貞潔な乙女である古谷絵美は、必死に肉の快楽に抵抗した。

激しい性交の間、全身は汗まみれになって頬はぽうっと赤く染まり、腰はだらしなく開いたままになっても、懸命に絶頂に達するのをこらえていた。

「はァッ……ああんッ……ゆるしてぇ」

添島も意地になってこれまで習得した性技の数々を繰り出し、膣壁をこすり、深奥まで剛直を届かせ、九浅一深などで女を責めたてる。

男は霞がかかったような目になっている絵美の顎を持ちあげ、目を合わせた。

「こら、そろそろイッたらどうだ。楽になるぞ」

磔に緊縛された美女は首を振ろうとするが、その間も肉棒の突きが続いているため、わずかに身体を揺らしただけになる。

何度もつかみあげられた真っ白な乳房には指の痕がつき、汗で乱れた後れ毛が張りついた上品そうな顔は紅潮し切って、淫らに口が開いてしまっている。

「くんッ！　あんッ！」

男の腰がぴたん、ぴたん、と手をたたくように打ち当てる動きに変わった。

その時……腰が股間に上からぶち当てられた時、ずーんと重い痺れが子宮に走った。美女の目が驚いたようにかっと開いた。

（ああ！）

びたんッと打ち当てられる、また痺れた。

（まさか、これ……）

「そうか、この感じがいいんだな……わかったぜ、絵美の弱点が。いま最高の快感を味わわせてやるからな」

「！………」

勝ち誇ったような男の表情が、人妻を絶望に追い込む。その通りだった。上からテンポよく打ち当てられると、反りかえった肉刀でどこか奥の上壁の絶妙なポイントを突きあげられ、ずーんと重い快感が生まれるのだ。

どんどん気持ちよさが増大してくる。乳首も急に痛いほど尖ってきた。

「だめだめッ……ゆるして……お願いですッ」

美女行員の動揺は激しかった。

好きでもない中年男に聖裂を凌辱されたうえ、痛がりもせずにあげく絶頂してしまったら、本当の淫乱女ということになってしまう。

「旦那には黙っててやるから、安心してイキな。同僚たちも下で応援してるぞ」

「うう……ひどい……あんッ」

安定したストロークで、ぬらぬらに光る肉裂を突き通すたびに、縄目を受けた女の全身が痙攣する。

中年男は女子行員の肩をつかむと、爪先立ちになって腰を浮かせ、開ききった股間へとどめの連続挿入を開始した。

「あッ、い……いいッ」

絵美は雪白の細い首を反らし、口を開いて、力が抜けきった身体でじゅぶじゅぶと音をたてる淫穴への挿入を受けとめる。

双乳が大きくぶるんぶるんと躍るように上下する。美女がひっと息を呑んだ。

「い……だめッ……だめぇッ！」

がくがくと全身が上下に跳ね上がり、頭のなかが真っ白に飛ぶ。

若妻は全身を痙攣させ、ぱくぱくと口を開けていた。

職場での、初めての不倫セックスで、身体がばらばらになるほどの激烈な絶頂に達してしまっていたのだった。


絵美は営業部長の豪奢な椅子に腰掛けた添島の腰の上に背面座位で跨り、縄目に縊りだされた乳房を揉みたてられながら、下から淫裂を貫かれていた。

絶頂したあとに縄は解き放たれたが、服を腰にまとわりつかせたまま、上半身を再び麻縄で後ろ手に縛り上げられた。

その間もショックと快感の余韻で、男のなすがままになっていた。

白すぎる裸身に無惨に縄がけされた肢体と、ぷっくりと絞りだされた豊乳が異様に卑猥な雰囲気を醸し出した。

女は首筋まで真っ赤に染め、顔をのけ反らせて肉棒を肉壺で貪っている。

「どうだ絵美……不倫セックスは最高だろう」

編んでいた髪は解かれ、ウェーブがかかった黒髪が、憂いを帯びた美貌を彩っていた。男の辱しめにも、気弱に首を振るばかりだ。

だが美女の細腰は男の突き上げに調子を合わせ、くねっていた。添島も遠慮なく、ずんずんと淫穴を突き上げてやる。

「前を見ろ、ありゃ頭取の写真か。あのじじいからお前の恥ずかしい姿が丸見えだ。股おっぴろげてるとこにずぼずぼ入っているぞ」

「ああイヤッ……見ないでッ」

女子行員は上気しきった顔を横に向け、目をそらす。

(なんていやらしい……いやらしすぎる)

重厚な調度の部長室で、緊縛されて摑み上げられた乳房をぷるんぷるん震わせながら、男の上で大股開きで犯されている女は、まさしく部長代理の自分だった。

顔をそむけた機会を逃さず、添島は美人行員の唇を吸い取る。

「んんッ……」

この背面座位の体位になってから、絵美は何度口を吸われたことだろうか。

もはや拒むことができず、自分を犯している男と舌と舌を絡め合い、口を吸い合うしかなかった。

美人行員の膣口がきゅっきゅっと肉茎を締めつける。しかしもう完全に坑道を開通させてしまった今では、いくら締め付けたところで、男に快楽を与えるテクニックにしかならなかった。

「はうッ」

女子行員の緊縛された上半身がのけ反り、男の胸にしなだれかかった。添島が強く突き上げすぎたのだ。剝きだしにされた華奢な、肩胛骨の浮きでた真っ白な肩がくなくなと男のほうに寄りかかる。

細い腰に充実した尻、まっすぐ伸びているがむっちりとした太腿、どこまでも白い内腿、頼りないくらいの細い足首……そして手のなかにある信じられないほど柔らかく、つかむほどに震える乳房。

すべてが男とは別種の生き物のそれだった。

もう止まらない。悪徳教師は憑かれたように絵美の腰をつかむと、削岩機のように剛棒を突きあげ始めた。

「ああッ、はあッ、ああんッ……突いちゃ、そんなに突いちゃ……だめッ」

リズミカルに、まるで鞭打ちのような勢いでびたびた腰を打ちこむ。あまりの激しさに絵美が喘ぐ。

「もっと……優しくしてください……」

添島は思わず、ゆっくりとした抜き差しに変えてしまった。若妻の魅力に囚われそうになり、あわてて頭を振る。

「くそ、絵美……もう俺のものだ……また犯してやる」

男に頭を預け、緊縛されたままうっとりと、太棹の突き上げを充実した腰で受けとめているように見えた女子行員は、かぶりを振った。

「だめ……もうこれっきりにして……」

「なぜだ？　お前だって感じてるんだろ。もっとすごい快感を教えてやる」

中年男はなんとか美女を追い込もうと、腰を回したり深く突きあげたりと、様々なテクニックを弄する。

添島は片手をクリトリスに当てると、ぐりぐりと刺激しながらもう一方の腕で絵美の身体をしっかり抱きこみ、猛然と突きあげ始めた。

「ああッ……そんなッ……激しすぎます！」

キャリア行員の女っぽいかすれた悲鳴が部長室に響きわたる。

媚薬の作用でたががはずれたようになった淫裂は、いくらでも愛液を垂れ流す状態になっていた。

じゅばじゅば音がたち、ぬらついた肉棒が大きなストロークで出入りする。

(たすけてッ……あたしの身体、どうしちゃったの……)

若妻は喉頭を震わせ、頭をのけ反らせて連続的な挿入を膣に受け入れる。

子宮の入り口まで届く激しい突きに、あっという間に追いあげられる。

「だめぇッ……またイッちゃいますッ」

男は後先も考えぬ勢いで腰を突きこむ。

キャリア行員は汗を雪白の肢体にまとわりつかせながら、教えられもしないのに腰をくいくいと使う。急激に絞りあげる膣道に、添島も限界がきた。

「おう、絵美。なかにたっぷり出してやるからな。子宮を俺の精液で埋めつくしてやる」

それを聞いた女子行員が急にじたばたしだした。

「いけませんッ……それだけはッ……お願いです!」

暴れる女をがっちりと抱きとめ、聞こえぬ振りで中年男はひたすら美女の肉穴を突きまくる。

飛びでそうな勢いで縛められた乳房が上下に揺れ、叩きつけられる腰からは粘液がはじけ飛ぶ。

「ああッ……だめですッ、危険日なのッ、お願い……赤ちゃんできちゃうッ……」

声が聞こえないのか、男はますます強く肉棒を淫穴に打ちこむ。

にちゃにちゃと淫らな音を伴奏にした暴虐と疾風のようなスラストに、美人行員は後ろも向けず耐えるしかない。

「ううッ、絵美、出すぞッ……俺の子種をしっかり受けとめろッ」

「ああッ、イヤイヤッ……いけません！」

狼狽する人妻にかまわず、添島はびくびくと腰をふるわせた。

まっさらな子宮口に向けて、何度も絞りだすように、溜まりに溜まった精液が吐き出され、流れ込んでいく。

「いやあああああッ」

体内に憎い男の熱い子種の噴射を感じた美女は、ピーンと身体を反らした。

緊縛された肢体をぶるぶると痙攣させせながら、絵美は昏く汚辱に満ちた高みに押し上げられていく。

「今日は休みか、珍しいな」

「ごめんなさい、あなた。体調が悪くて」

翌日の朝、絵美は入行して初めて仕事を休んだ。

高級マンションの一室では、ホテル支配人の夫が出勤するところだった。

「環境が変わったからね。無理しないで」

優しげな声で、絵美の頭をそっと撫でる。

「……ありがとう、あなた」

絵美はやつれた顔に微笑を浮かべ、頰にキスを受けて見送った。

扉が閉まると、ふらふらしながらリビングに戻り、ソファに倒れこんだ。

昨日の悪夢のような出来事が蘇る。

(ああでも、私のせい?……こんなことになるなんて……)

ピンポーン、とチャイムが鳴った。

ぐったりしていた絵美はしばらく無視していたが、あまりにしつこいのでインターフォンの受話器を取りあげ、そのまま固まった。

モニターにはあの男……添島のにやけ顔が映っていたのだ。

胸の前で手を組み合わせて立ちつくし、震える人妻を前に、添島は高級そうなソファにどっかり腰をおろしていた。

「心配すんな。東京には今日までしかいねえよ。それで契約は終わりだ」

男の言葉に、人妻の表情が見るからにほっとしたものに変わる。

「しかし、エリートの奥さんは違うねえ。普段からそんなスケスケの寝巻きなのか」

絵美は夫の趣味であるベビードールを身につけていた。男のいやらしい視線を遮るように、ガウンの前を閉じる。

「まあ俺の趣味じゃねえけどな」

添島はそう言うと立ちあがり、絵美の手首をつかんで歩きだした。

「ど、どこへ？」

うろたえる人妻に、中年男は振りかえった。

「決まってるだろ、お前らの寝室だよ」


「やッ……やあッ」

添島はいやがる絵美を寝室に引きずりこみ、ベッドに突き飛ばした。

そしていきなり、持ってきたローションを女の身体の上に、どばどばとぶちまけはじめる。

「待って……シーツが濡れちゃうッ」

「それが目的なんだよ。後片付けはお前の仕事だ」

身をよじって避けようとする美女を追いかけるように、まんべんなく身体の上に振りかける。

純白のベビードールがさらに透けて見事な身体に張りつき、朝の寝室はにわかに淫らな空気に一変した。

「でも本当にすげえ胸だな」

「やめてぇ……きゃあッ」

完璧といっていい形状の乳房に添島はいたく感銘を受けたらしく、絵美に覆いかぶさると、くにくにと揉みいたぶって遊ぶ。

「ああ、やめて……お願い、ここでは許して」

粘液ですぐに全身がねっとりとした質感に変わり、淫ら色に肌を照り光らせている美女が身体をくねらせるたびに、豊麗な乳房が左右に重そうに揺れる。

「こうするともっといい感じだな」

男は女の哀願も聞かず、背後に回ると滑る身体に手こずりながら上半身を抱えあげ、よりいっそう巨乳が強調されるよう、腕で隆起を持ちあげた。

「あぁッ……ひどいわ」

絵美が羞恥のあまり頭を左右に振る。

添島は若妻の身体を姿見に向かせ、ローションの滑りを利用しながら下から上へ、ぬりゅん、ぬりゅんと乳房をしごきあげ始めたのだ。

いいように胸を愛撫されている美女はぶるぶると身体を震わせる。

「気持ちいいだろ、ぬるぬるにするだけなのにな」

まるで練りあげたパン生地を仕上げるように女の巨乳を両手ですばやくしごいたり、ゆっくりと持ちあげてはぶるんと落としたり……と女子行員の胸乳を様々にマッサージする。

ただでさえ感じる乳房をローションまみれにされ、勘所とツボを心得た中年男に揉みしごき抜かれるのだからたまらない。

絵美はあっという間に息を喘がせ、全身を朱に染めて羞じらい乱れる。

「絵美、感じてるんだろ？　白状しろや……オッパイ揉まれて感じちゃってますって」

「違うッ……違います。感じてなんかいません」

長い睫毛を伏せ、必死に首を振って否定する。

「しかしそんなに髪が長かったんだな。畜生、昨日解いてやるんだったぜ」

恥ずかしそうに顔を伏せる若妻の髪は、漆黒で背中の中ほどまで届いていた。

編み込みをしていないため、ストレートの手入れの行き届いた髪が汗ばんだ頬や肩、背中に垂れかかって張りつき、色っぽい美貌がよけいに際立つ。

呼吸で上下する肩胛骨の部分の肌はまるで北欧系の少女のように白く、血管が浮き出て見えかねないほどだった。

「へへ……強情張るならいいぜ。今度は胸だけでイカせてやるから」

「やめてッ……やめてくださいッ」

男のごつい指が両手でも余るほどの美乳に埋まり、たぷたぷと揉んではぬるり、ぬるりとしごく。女は背中をぐっと反らし、震えた。

ただでさえ張っているGカップの乳房が揉まれるたびに、針で突くと破裂しそうなほど張りきっている。

「巨乳は感じないなんて嘘だな。でもちょっと敏感すぎるな。腰が動いちゃってるぜ」

「あぁッ……嘘です」

美女行員はぎくりとし、自然にうねってしまっていた腰を止めた。

男の言う通り、どうにも痒いような、痺れるような感じが我慢できなくて内腿をこすり合わせていたのだ。

（こ、このままじゃ本当に胸だけでイカされちゃうッ）

絵美の心中の動揺を見透かしたように、添島の手はプリンのように柔らかく震える双乳全体に蛇のように絡みつく。

全体を掴み上げ、下からぐっと上げてぷるぷると震わせたり、形が変わるほど揉み立てたりする。時には指の腹で乳首をこすりあげる。

「ほら、頑張らないとすぐにイッちゃうぞ」

「はぅッ……こすらないでぇ」

懸命に抑えていても変な声が出てしまう。

絵美は人一倍成熟が早かった乳房が、大きなコンプレックスだった。小学校の時からからかいの種にされたうえに、敏感なことでも罪悪感を抱いていたのだ。自分自身でも普段から努めて触れないようにしていたのに、こうも遠慮なしに愛撫されてはたまらない。

ぐりぐりと手のひらで尖り始めた乳首の先を回されると、腰も動いてしまう。

「あうぅッ」

びくんと腰が浮きあがる。

両乳首を指でつまみあげられ、ぽんと離されると隆起はぷるんと柔らかく震えた。美しきキャリア行員の顔は紅潮しきって、唇が開きはじめていた。

「どうだ？　もう先っちょとか痺れて感覚ないんだろ？」

「どうしてッ……ひどすぎるわッ……あああッ」

男が尖りきった乳首を指でつまみ、前方へ思いっきり引き伸ばす。

乳房がロケットの先端のように変形させられても、かえって疼きが増すばかりで痛みを感じない。

（こんなにされてるのにッ……なんで感じちゃうのぉ）

にちゃり、にちゃりと温度が高まった催淫ローションが肌に吸いつき、乳房が一段と妖しく濡れ光る。

粘液が白く泡立つほど胸の柔脂肪を揉みくたにされ、若妻は、はあはあと息を喘がせるばかりになった。

「お願い……見ないでッ……」

完全に追いこまれた美女は、男の肩に上気しきった顔を押しつけ、なんとかして絶頂する恥ずかしい顔を見られまいとする。

「だめだ、イク時のいやらしい顔を見せな」

「いやぁッ……だめだめッ」

切れ長の瞳が涙に潤み、より大きく見える。

汗にまみれ、被虐の快感と羞恥に染め抜かれた顔が靄にかすんでいるようにぼんやりとしている。中年男は股間に直撃を食らったようなショックを受ける。

(なんてすげえ……こいつはやっぱり本物だぜ)

「くんッ……あんッ……先が」

「ほら、オッパイだけでイケ！」

添島も興奮した声で、キャリア行員の両乳首を同時に思いっきりねじりあげた。

「イヤアッ……だめッ」

がくがくと震えだした女を見て、添島は思わず後ろから唇をキスでふさぐ。

人妻は伸びやかな肢体を限界まで反りかえらせながら、無意識なのか、必死に口で男の唇にすがりつく。

「んんんッ！……」

絵美はつままれた乳首から全身に快感の爆発が走ったのを悟り、胸乳をつかまれたまま、ぎくりと固定する。

美女は中年の凌辱者とディープキスを交わしながら、びくびくと震え、強烈に達しきったことを全身で示していた。

「ああ……」

絶頂の余韻も醒めぬ美貌の人妻行員は全裸に剝かれ、夫婦のベッドの上で上半身を縛られた。

へりに腰かけた中年男の上にまたがらされ、対面座位で貫かれていた。

脚を水平近くまで開かされた股間に、赤黒い太幹が出たり入ったりしている。

身体を支えきれないまま、強制的に上下運動を強いられていたのだ。

「いや……いやン」

若妻の真っ白で美麗な肉体はローションと汗でぬるぬるに光り、ソープ嬢のように性交のためだけに奉仕する身体にさせられていた。

緊縛された上半身が崩れそうになるたびに添島が腰を持ちあげてしゃんとさせ、再び挿入を繰り返す。

美女の股間が男の腰に打ち当てられるたびに、にちゃん、にちゃんと卑猥な水音が響き渡る。

「絵美、俺とのセックスが好きになったか？」

美女行員は力なくかぶりを振る。

背中までのロングヘアは汗と粘液で肌に張りついて乱れきっているが、それがかえってキャリア行員が女そのものであることを強調している。

添島は調子を合わせながら、硬直しきった肉棒をぬらぬらの陰裂にズブリ、ズブリと埋めこんでいく。

絵美の全身は汗にまみれ、動くたびに肌が鈍く光を反射する。

「妊娠の心配はするな。ちゃんと薬を用意してある」

人妻はびくんとして、身体を震わせる。

揺れる乳房はまるでオイルをかけたメロンのようで、上下動のたびに揺れると、壮絶な眺めだった。

「いや、いや……はぁんッ」

「俺の子を孕みたくはねえだろ？　それとも俺と結婚でもするか？」

添島はにやつきながら、ゆったりとした腰使いで人妻行員の秘裂を、時にずんと根元まで突きあげる動きを繰り返しながらいたぶる。

絵美はぶんぶんと紅潮した顔を振った。

しかし奥深くズブリと突けば、緊縛された乳房がぷるんと震え、ずるりと腰を下げて抜き出せば、艶やかな黒髪を左右に振って真っ赤な顔をのぞかせる。

「だめ……だめです……」

はぁはぁと口を開けて喘ぎながら、美女はじゅぶ、じゅぶと下から肉穴を貫かれ続ける。

溢れだした大量の淫汁が、ちゃぷちゃぷと肉のすりこ木で攪拌される。

何度も凌辱を受けた陰裂は無惨なほどにぐちょぐちょにぬるみきって、肉襞が開いて、ときおり鮮紅色をのぞかせている。

「ゆるして……ゆるしてくださいッ」

「ばかやろう、こんなスケベな身体をゆるせるわけがねえだろうが」

添島は片手で腰を抱き、一方の手で重そうな乳房をつかみながら大腰を使い、ずぷん、ずぷんと気持ちよすぎる二十八歳の肉裂に剛棒を打ちこみ続ける。

「ああんッ」

若妻の腰がくいっと持ちあがった。

本能的に抽送の角度を合わせているのだ。男はわざと腰を引くと、ずるずると白く泡立つ淫汁にまみれた剛直が出てきた。

「あああ……出ちゃいます」

勝手に締め付けを強めている膣壁まで一緒に抜き取られてしまうような感触に、絵美は喘ぐ。何度犯しても、まるで羞じらいを失わない人妻に、中年男は夢中になって腰を突きあげる。

添島の肉棒は昨日からの荒淫の後でも、硬度を増してさえいた。

まるで鋼鉄の太い棒で膣道を拡張されているような感じさえする。

「すごいです……どうしてぇ」

美女行員は真っ赤な顔で切なげに腰をくねらせる。しかし体内にいるのはあくまで熱い、弾力性のある肉の棒だ。

奥まで届くと子宮口にぴたりと張りつき、比較的柔らかい亀頭で感じる部分をこすりあげてくる。

膣壁がずるりと抉り上げられるたび、ずんとした疼きが腰に走ってしまう。

(なんで……本当にあたしは淫らな身体の持ち主なの？　あの人のじゃないのに、いやなのにこんなに感じてしまっている)

実は座位での抽送が始まった途端、肉体はイッた状態になってしまっていた。

あとは抜き差しされるたびに延々と微妙な快感がつづいていたのだ。

「ああ……あんまりよ……だめ……だめです」

ローションでしごかれる乳房は持ちあげられては、ぶるんと派手に揺れて落ちる。乳首はピンピンに尖りきり、肉裂はひっきりなしに蜜汁を垂れ流し、男のモノが突き刺さってにちゃにちゃと盛大な音をたてる。

何度も何度も肉棒が深淵に呑みこまれていく。

「いやですッ……しびれちゃいます」

若妻の身体は膣奥を突かれるとびくんと腰が浮き上がり、抜かれるとはたりと男の上に落ちる。

添島はリズミカルな腰の動きで絵美を自由に操る。

「お、お願いです……だめになっちゃいます」

破廉恥極まりない姿を男に見られながら、穴を貫かれているのに感じきっている屈辱が若妻を絶望に追いこむ。

しかし縛られたままでセックスされつづけていると、どこか隷従の気持ちが湧いてくることは否定できなかった。

（なにかきっとおかしな薬を使われたんだわ、きっと。こんな……こんな）

快感を抑えきれず、それでも悔しさに唇を嚙む女の顔に中年男はさらに昂る。添島自身も何時間も人妻を犯しているというのに硬さは全然衰えず、むしろ苦しいほどだ。

美しすぎる人妻の膣口にくいくいと面白いように自分の肉茎が入りこんでいくのを見ると、いっそう興奮してくる。

しかも貫かれる美女は喘ぎっ放しで男の征服欲を限りなく満足させてくれる。

「ああ……だめになります」

泣くような声で、身をよじりながら自らの敗北を告げる美女行員。

添島もその姿を見てにわかに高まり、がばっと身を起こして女の身体を正面から抱きしめる。

「またいくぞ、絵美ッ」

「はいッ……」

男の腕のなかに緊縛された身体を抱きこまれ、若妻は夫に命じられたようにうなずいてしまう。

胸と胸を密着させると、尖った乳首がすれ、汗で滑る。

「やあッ……しびれるぅ」

添島は女の肩と頭を抱きこみながら、最後の突きを続けた。

淫らに開いた唇をふさぐと、ぴったりと吸いついてキスを返してくる。

あまりの可愛らしさに、男の腰のマグマが急速に突きあげてきた。

肉茎の根元と秘穴の入り口をぴったり合わせ、とことんまで埋めこんだ棒杭で人妻の体内を極限まで犯し抜く。

「うああッ……死んじゃうッ」

二十八歳の若妻は、肉体に秘められた快楽のツボを完全に打ち抜かれ、止められない快美感に咽び泣いていた。

男が剛直を押しつけながらかき回しているうちに、女子行員の膣壁が蠕動運動を起こして、なかへなかへと吸いこみを始める。

「おおッ」

添島はねっとりと絡みつく淫らな襞にこらえきれず、白濁液を残らず放出した。

どぷ、どぷと天国にいるような射精感を味わいながら、すべての液体を絵美の膣内に流しこんでいく。

「あ、あ！」

連続的に絶頂をつづける人妻行員の緊縛された肢体が反り返り、ぐいぐいと何度も中年男の体に押しつけられる。

「あぁッ……はああ……」

ぐんにゃりした女の肉体を持ちあげ、横を向かせてベッドのヘッドボードにもたれさせ、挿入したまま添島は後ろに手をついた。

ところがいっこうに締めつける力が衰えない絵美の名器ぶりに、腰の動きが止められなくなった。

「いやあ……いやです」

硬度の衰えない添島の肉棒が耐えきれずに、白濁の池のようになった若妻の肉壺をちゃぷ、ちゃぷと再び攪拌し始めた。

中年男も先端が敏感になって痛いほどだが、動きを抑えきれない。

「そら、こうすると子宮のなかまで全部流れこんでいくんだぜ」

添島はままよ、と絵美の両足首を持つと、真上にV字型に開かせた。

「いやッ……いやあッ」

足首が肩の高さまで来るくらいに女の両脚をぴんと開かせる。

床運動の演技をしているようなポーズをとらされ、女子行員は羞恥で頭が朦朧としてくる。

その間も男の屹立は規則正しく肉裂を突き続け、乳房を揺らす。絵美の膣口は恥ずかしそうに開いては極太の男根を呑みこんでいく。

「あああ……」

内腿に筋が張るくらいに開かされた股間に欲棒を打ちこまれるだけで、絵美はまたのぼりつめてきた。

「だめですッ……またイッちゃいますッ」

狂ったように頭を振る美女に、男が暗示でもかけるように囁く。

「そら、言うんだ。絵美のなかにいっぱい出してください、妊娠させてくださいって。オマ×コを精液でいっぱいにして、孕ませてくださいって言うんだよ！」

「いやああ……言えませんッ」

ぐちゃん、ぐちゃん、と男の腰が真っ白な人妻の股間に叩きつけられる。

そのたびに絵美の身体はのけ反りあがる。

「言わないとイカせないぞッ……そら、言え！」

「ああッ、え、絵美をッ……は、孕ませてください！」

キャリア行員の痴態に中年男も興奮し、ふたたびいつになく早く限界がきた。

「くそ、絵美、子宮のなかまで俺の子種で埋めてやる！　俺の子を孕め！」

「はいッ……妊娠させてください！」

一生に一度あるかないかという完璧な射精に、頭がくらくらする。

添島は絶頂後に失神した二十八歳の若妻の身体のなかで、その余韻と勝利感をいつまでも味わっていた。

Ⅹ

悪夢の観光ツアー
バスガイド・早希

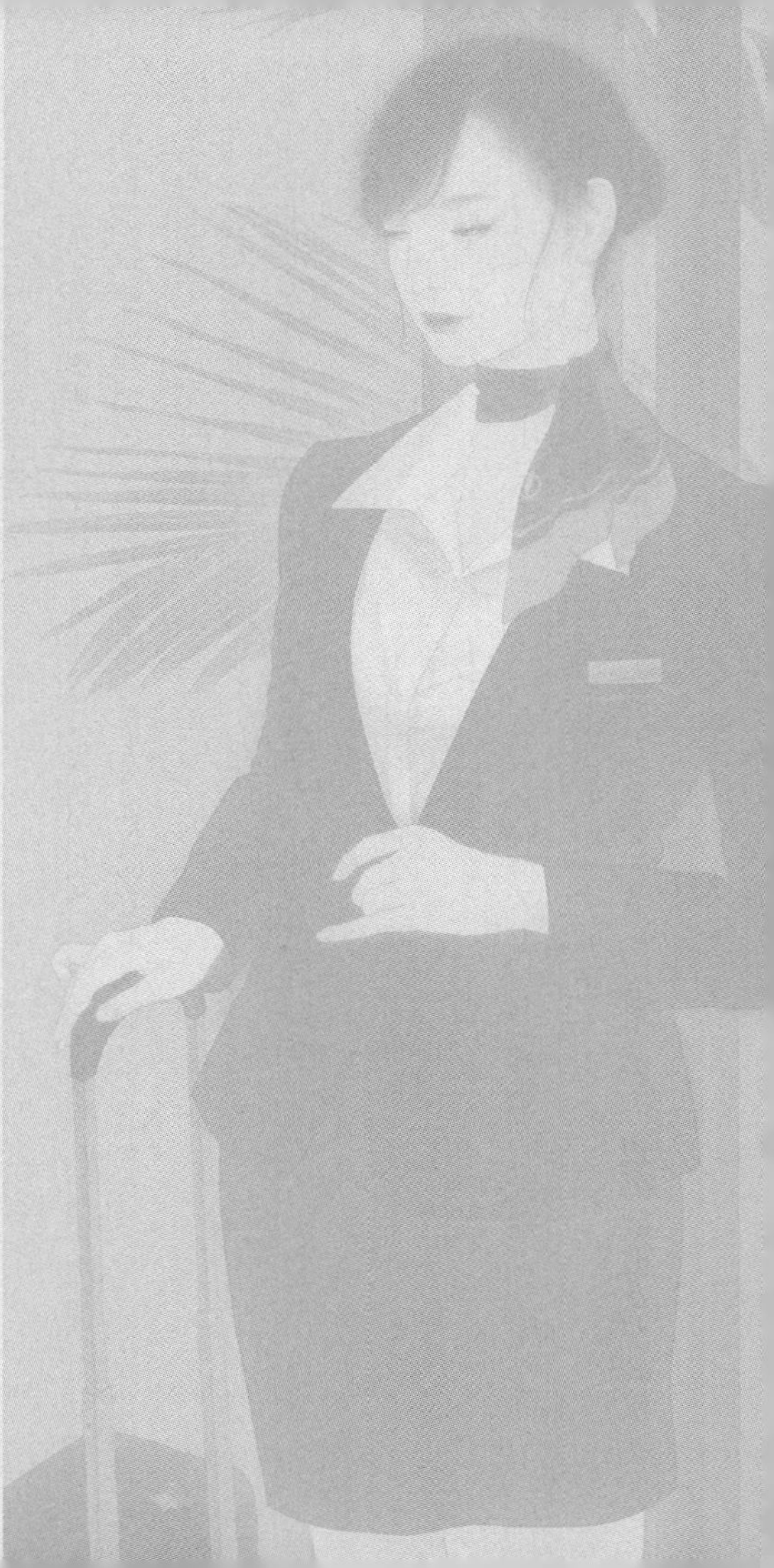

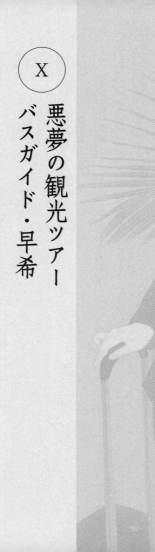

「ちょっと、やめてくださいってばッ……もういい加減に」

「へへ、早希ちゃん、そうつれなくするなって」

「きゃあ！」

バスガイドの二宮早希が身をくねらせ、切羽詰まった声を上げたために、乗客がいっせいに振り返る。

若い女の悲鳴というのは、たとえＴＶの音であってもおやじの注意を引かずにはおかないものだが、十九歳の生の響きは特に心地よいものだった。

「今日もいい声ですな」

「いやまったく。二十歳は若返りますな」

前列の席で、杖をついて座った老人同士が顔を見合わせ、くぐもった笑い声をあげた。

イベントの景品で当たった京都の名所バスツアーも最終日。

添島のセクハラテクニックにもさらに磨きがかかっていた。

初日に現れた、ポニーテールの少女らしいバスガイドを見て、歓迎より先に欲望に満ち満ちた突き刺さるような視線を浴びせた面々だ。

そんな場に派遣された早希も不運だったが、さらに不幸だったのは彼女が高校出たての新人で、しかも初仕事だったことだろう。

老人主体の、しかも自腹ではないツアーであれば面倒な客などいないはず……という早希の読みは見事に外れた。いや、ツアーに添島がいたことが、万に一つの大凶を引いてしまったということなのだ。

「ああ……やめてよッ」

少女、としか言いようのないつやつやした張りきった肌。

セミロングの髪をリボンで結んだ少女っぽい髪型に、ちんまりとした帽子を乗せ、ピンク色のガイド服に身を包んでいる。

普通であれば愛でるべき対象であったが、鬼畜教師にとっては恰好の獲物でしかない。最初の日から、添島の席に近づくたびに引っ張りこまれ、たっぷりと乳を揉まれ、尻を撫でられたあとでなければ解放されなかった。

なるべく近づかないようにしていたものの、別の乗客が連携プレイを買って出るに至っては、逃れようもなかった。

「あうッ」

制服の上から乳首をとらえられ、思わずびくんとしてしまう。

「おっと、早希ちゃん、だいぶ感じるようになってきたじゃないの」

「ち、違います！」

顔を真っ赤にして羞じらうほど、ますます男心をそそるということに気づかないほど、うぶな少女バスガイドに中年教師は昂ってくる。

「やめてって言ってるでしょ、このおじん！」

突然、バスが急停車した。後方に気を取られていた乗客は、いっせいに前のめりになる。添島も思わず手を離し、少女はぱっと立ちあがった。

「すいません、お客さん。もうその辺で勘弁していただけませんか」

定年間近ぐらいの年の運転手が立ちあがると、帽子を取って頭を下げる。

添島はその顔をしばらく眺めていたが、どうしたことか、珍しくも無言のまま、大人しく席に座り直した。

「さ、二宮さん、持ち場に戻って」

「は、はい」

ガイドの少女は恥ずかしそうに乱れた服を直すと、小走りで運転席の横まで戻った。車内にはほっとしたような、しかし残念そうな空気が漂った。

「運転手さんいくつだい」

「六十五に、なりますかな」

休憩時間に、泰然として縁石に座り、粋にたばこをふかしていた老運転手の横に、添島は腰を下ろした。

「じゃあもうすぐ定年だな」

「で、しょうな」

帽子を膝に置き、遠くの山並みを見るともなく眺めている老人の横顔を、添島は測るようなまなざしで見つめる。

「あんた、組織の人間だろう?」

ずばりと指摘してみたが、隣の男は悠然と景色を眺めている。

添島はごくりと唾を呑み、腹を決めて向き直った。

「いや、そうじゃねえ……あんた、元締めだな。とても人に使われる雰囲気じゃねえ……だだ洩れだぜ。でもどうして、出てきたんだい?……身元を明かしちゃ危険なんじゃねえのか」

「実は、あなたがこれからレイプしようとしている、二宮早希のことでお話がありましてな」

平然と反社会的な言葉を口にする老爺に、悪徳教師も気圧される。

「何か問題が？」

「……実は、契約とは関係ないのです。あなたを引っ張り出す餌というだけで。いや、もちろんレイプしていただくのは構わないのですが」

添島は、再び生唾を呑んだ。

「なにか、気に障るようなことをしたかな」

老人は頬をわずかに緩め、吸い殻を道に放った。

「いやまあ、随分と酔狂なことをなさるなあ、と。女たちを後で呼び出して、全員に一千万円渡したらしいですな。客が女を呼び出して、つきまとうくらいは予想していましたが、まさか我々の絵図を全部帳消しになさろうとは。よくよく豪胆な方だと感心しましてな」

「そこまで知られてるんなら、もう隠す必要はねえな」

中年男は肩をすくめた。

「意味を、教えていただけますかな。正直、馬鹿げていて理解できない」

「馬鹿げているのはあんたらの方さ」

覚悟を決めた添島は、遠慮するのをやめて、空を見上げた。

「女どもは不運なのか自業自得なのか、多額の借金を背負ったわけだが、そんな話は世の中いくらでもある。その代償で身を落とすのも勝手だ……が、あんたらは無償の愛でもなけりゃ、しゃぶり尽くそうってのでもねえ。目についた女と目についた男を繋いで、高みの見物っていうのかな……どうも気に入らねえ」

「ふむ」

早口に喋る中年男の言い分を聞き終えると、運転手は軽く頷いた。

「女は、借金につけ込んだ添島さんに身体を売ったことにする。我々との関係は、あなたの一千万でなかったことにする。シンプルはシンプルですな。ですがそのためだけに、ほぼ全財産の五千万を使った？」

「確かに、それだけ聞けば頭がおかしいな」

添島は頬を歪めて笑った。

「あんたが人身売買の元締めで、マージンを取るならわかる。でもあんたらはとんでもない下準備を含めて完全な持ち出しだ。ただほど怖いものはないって言うが、それだ。神にでもなりたいってことくらいしか、理由を思いつかねえ」

「なっては、いけないかね」

老人は初めて添島のほうを向いて、つぶやいた。

教師はその顔に深く刻まれた皺を見て、ぞくりとする。

（こいつは本物だ。俺をこの世から消すくらいなんとも思ってない）

「別に構わないさ。でも俺の目の前で、大物が女どもの人生を小指で差配してやがるって感じが、どうにも我慢ならなかった。少なくとも、俺が抱いた女に関しては俺が全責任を持つ」

「君が、そんな倫理的とは知らなかったな。悪徳教師の極みかと思っていた」

運転手がようやく笑みを浮かべたのを見て、中年男もほっとする。

「俺はどうしようもない教師かもしれねえが……最低限、自分の責任は自分で取るくらいのことは言えないと、この仕事をしている意味がない……ってくらいは思ってるのさ」

「君を選んだ我々が、よくなかったのかね」

中年男は肩をすくめる。

「感謝はしてますよ……俺の夢だった、教え娘を抱くってのは実現できた。ああ、だからそのあとは、どうでもよくなったのかもな」

老爺はゆっくりと立ち上がり、尻の埃を手で払った。

「ちょっと、考えましょう。確かに、傲岸不遜な仕組みだったかもしれん」

「金持ちは傲慢でいいんですよ……ただ、我々虫けらも、されるままになってるわけじゃないってことで」

運転手は振り返って帽子をかぶり直し、一揖した。

「契約は、今回で締めということで。最後はサービスでお代はいらない。彼女は本当に、ただのバスガイドだ。レイプできるかどうかは腕次第としよう」

「つまり今回に限っては本物のレイプってこと?」

「そういうことになるな」

「それは……あとあと面倒だな」

思案顔になって顎を撫でた悪徳教師に、老人は微笑みかけた。

「その心配はいらないようにする。早希は私の娘だ……向こうは知らんがな」

愕然とする男に背を向けると、運転手の男はバスのほうへ歩いていった。


「では、ごゆっくり」

バスは見たこともないような寂れた空き地に停まっていた。

運転手の老人が、一人残った添島を一瞥して、バスのステップを降りていく。

中年男はため息をついた。すでに仲間のツアー客も全員いない。

(本当にみんな仕込みだったんだな……とんでもない組織だぜ。くそ、さっきは

よく消されなかったもんだ）

正確には無人ではない。前席で可愛らしく寝込んでいる二宮早希がいた。

運転手が昼食に仕込んだ睡眠薬入りの媚薬を飲み、今は寝ている。曰く、量は調節しているので、それほど深い眠りにはならないだろうとのことだった。

（どこぞのホステスにでも産ませた子か。まあしかし、鬼畜な親だぜ……俺への脅しも込みってことかな）

ここまで悪辣さを見せつけられては、逃げたほうが厄介になりそうだ。

丹田に力を込め、気合いを入れ直すと、教師は服を脱ぎだした。

「おい、お嬢様、いつまでおねんねしてるのかな」

ぺしぺしと頰を軽くはたかれ、早希はむずかるような声をあげた。

「もうちょっと……あと五分だけ」

「そうか、じゃあ先に脱がしちまうぜ」

男の声がしたかと思ったら、胸の前がすうっと涼しくなった。

（え？　家じゃない……よね？）

うすぼんやりと目の前が明るくなってくる。

早希のぼやけた視線のなかで焦点が合ってきたのは……不良乗客、添島の野卑な顔だった。

「きゃあ、すみません!……え?」

なにかが違う。目の前にいる添島の顔のことではない。

(自分の身体……裸?)

「きゃあああ!」

バスガイドの少女は飛び起きようとしたが、頭がぐらっとして座席に倒れこむ。

「寝る子は育つというが、早希ちゃん、よく寝てたな」

男はいつのまにかリクライニングされていた二人がけの座席に、早希の身体を押し倒した。

「いやあッ……やめてえ」

少女ガイドはふらふらで、まともに抵抗できない。

悪徳教師は薬の量がすぎたかと心配になったが、だるそうに荒く息を吐いているだけのようで一安心した。

(くそ、近くで見るとよけいに魅力的だな。若いがいい女だぜ)

ピンク色の生地で鋭角的にカットされた胸の部分や、身体にぴったりとフィットしたバスガイドの制服は、早希の抜群のスタイルを強調する。

添島は大学生が初めて風俗にでも来た時のように興奮していた。

「どうして裸なのお！……運転手さん、誰かあーッ」

丸裸の中年男が自分の上にのしかかっていると気づき、美少女は悲鳴を上げた。

添島は少女の腕を万歳させる恰好で組み敷き、動きを封じる。

「もう諦めろ。二人でゆっくり楽しもうぜ」

「だめぇ……いやです……どうして誰もいないのッ」

血流が速すぎ、動悸が激しくてどうにもならない。バスガイドは幾度か首を左右に振っただけで、息が上がりそうになり、喉を喘がせている。

真紅に染まった、くりくりの目をした可愛らしい美貌がなんとも男心をそそる。

ポニーテールのため首が露出していたが、その滑らかな首筋だけは十九歳には見えぬほど色っぽく見える。

「へへ、なにがイヤだ。可愛い声出しやがって……もっといい声をあげさせてやるからな！」

「ひどいッ……ゆるせない」

霞がかかったような瞳を懸命に開け、上になった男を押しかえそうとするが、少女の腕にはまったく力が入らない。

「早希、キスしよう、な」

「呼び捨てにしないでッ……いやッ……いやですッ」

少女ガイドは必死になって頭を振って避けるが目が回り、また朦朧としてきた。

動きが鈍くなったところで、桜色の唇を思いっきり吸われた。

「んんーッ……んんんッ」

顔で顔を押さえつけられ、舌を吸引されて男の口のなかに吸い上げられた。

ぬめっとした濡れた唇が気持ち悪い。

ところがしばらく、ぴちゃぴちゃと口内粘膜を絡ませられているうちに、少女は頭の芯が痺れ、ぼうっとしてきたことに狼狽する。

(ああ、だめ……どうして)

運転手が密かに飲ませた薬物は全身の血流を速め、特に粘膜の部分の感覚を何倍にも増幅する効果があった。もともと性感帯である舌の感度を増され、愛撫されているのだから経験の少ない少女でも抵抗しにくいのだ。

「ん、んむッ……」

添島が唾液を美少女の舌に流し込んでも、そのまま呑み下していく。

操正しい少女が、意識に紗がかかったような状態に陥っていた。

「早希、ゆっくり、たっぷり可愛がってやるよ」

言われても頭を振るまねをする程度で、大きく胸を喘がせている。

どうやら薬の量がすぎて酩酊に近い感覚のようだ。

「え？　なにするのぉ……」

男はぐったりした制服姿の少女の足を持ってずるずると下へ引っ張った。

腰が座席のへりまできたところでくるりと裏返す。

「ああッ……なんで」

上半身は座席にうつ伏せになり、腰から下は床に膝立ちになる恰好になった。

それでも少女は大きく息をしながら座面にしがみついているばかりだ。

添島は早希の首に巻いてあったスカーフを抜き取ると、両腕を背中に回させて手首を重ね、手早く縛りあげた。

「いや……だめです」

美少女の首筋はピンク色に染まり、息づかいは荒いが、四つんばいのまま、顔は座席に埋めている。

中年男は犬のポーズを取ったままの少女の真後ろに立つと、タイトスカートを裾から腰の上までまっぷたつに裂いた。

「やあぁッ」

びりびりと布の裂ける音が広い車内にこだました。

生地が裂け、両脇にだらんと垂れると少女の突きだされた臀部が丸出しになる。少し正気づいたバスガイドが身を起こそうとするのを、上から押さえつける。

「心配するな。俺が新しい制服買ってやるからな」

「そんなことじゃありませんッ……見ないで、見ないでください……」

少女が必死に隠そうとしたのも無理はなかった。

なんと、可愛らしい小さな白い下着が、まるでお漏らしでもしたかのように大きな濡れジミを描いていたのだ。

「触ってもいないのにもうこんなに濡らしてたのか。やっぱり淫乱なんだな」

「いやあッ……言わないでッ」

バスガイドはさっきから股間が濡れているようなのが不思議だったのだが、この時、理解できた。少女が羞じらってなんとか脚を閉じようとする動きに乗じて、添島は下着に手をかけると一気に膝まで引きおろす。

「だめぇぇッ……」

「おっと、こりゃあ大変だ」

男は思わずごくりと唾を呑んだ。

剝きだしにされた陰部はまるでローションでもぶちまけたように濡れ、ぬらぬらに光って無惨な姿をさらしていた。

激烈な羞恥で全身を桃色に染めた美少女が身をもむ。

中年男は力の抜けた膝から難なく下着を抜き取ると、脚を大きく広げ、腰を引っ張って尻を突き出させた。

少女の赤い割れ目はわずかに口を開き、男を迎え入れる準備を整えていた。

「だめぇ……入れちゃだめ」

はかない抵抗をつづける少女は少し尻を振る程度で、細い腰をつかんでいるだけで女体の動きは制御できた。

中年男は膝立ちで四つんばいになった少女をいつでも貫ける体勢を取った。

荒い息を吐く少女同様に、添島も気づかぬうちに大きく息をしていた。

今度は本物のレイプなのだ。いつも以上に興奮している自分がわかる。片手で少女の腰を押さえながら、肉茎の角度をさげて照準を合わせる。

「あぁッ」

亀頭の先がぬかるんだ陰唇を少しかきわけた。

新人バスガイドの腰がびくりとする。添島は、淫液にまみれた割れ目に剛直の先端を馴染ませる。

「いくぞ、早希」

「あぁッ……だめですッ……ゆるしてください」

男が熱く燃える肉棒を腰もろともずいと進めた。

まだこじ開けられたことのない狭隘な肉道を、反りかえった肉柱がずぶ、ずぶと割り開いていく。

濡れに濡れていた膣壁は充分潤滑しているが、十九歳の締まりに締まった膣道だけに、押しかえすような圧力をこらえて串刺しにしていかねばならない。

「ううぅッ……痛いッ」

早希は後ろ手に縛られた手のひらを開いたり閉じたりしながら、真っ白な臀部を宙に掲げたまま、肉体に打ちこまれていく剛棒の痛みに耐えていた。

額を脂汗が流れる。

「くそッ、なんて締めつけなんだ」

バックスタイルで締まりやすいとはいえ、尋常ではない狭さだ。

媚薬漬けで淫汁を垂れ流しているにもかかわらず、いつもの処女を破る時以上に抵抗感と強烈な締めつけが男の肉棒を出迎えた。

「あう……だめ」

ずずっ、ずずっと新人バスガイドの膣穴を広げながら添島の肉茎が埋まっていく。ついに最深部まで先端が到達してとまり、男はほうっと息を吐いた。

「ううッ」

早希の頬を涙がつーッと流れた。

肉体を引き裂かれる痛みもさることながら、男の肉体が身体の深部まで挿入されてしまったことを実感し、心も完全に汚されたように感じたのだ。

（入れられちゃった……）

「最高だぞ、早希。俺がお前の最初の男だ」

細い首から肩にかけてのラインが、びくっと震えた。

本来の契約レイプであれば弛緩剤を打つところだったが、きょうばかりは生身で征服したいという思いが強すぎた。

「あぁッ……胸はだめですッ」

痛みに耐えていた少女が、うろたえた声を上げ、にわかに身体をびくつかせた。

腰をぴったりと密着させて深々と挿入したまま、添島が制服の脇から胸に手を差し入れてきたのだ。

「お、なかなかでかいな。Ｆカップはあるかな」

「うあッ……揉んじゃいやッ」

ブラを乱暴に押しあげて美少女の生乳を掴み上げた中年男は、ゆっくりと、それでも大きなストロークで抜き差しを始めた。

ずるずる抜きだしては、ぺちんッと腰骨を少女のふっくらと丸い尻たぶに叩きつける。早希の傷ついた肉襞がこすられ、痛みが走るが、華奢な身体が折れ曲がるほどの激しい抜き差しに翻弄される。

「一度道がつけば、あとはぬるぬるだからな。スムーズに入るぞッ」

「あァッ……ひどいッ」

早希は屈辱と羞恥に、顔を座面にこすりつける。

男の言う通りだった。ひりひりした痛みは往復運動をされるうちに徐々に薄らいできてしまっていた。

後ろ手に縛られ、双乳をいいように揉みたてられながら身体が二つにたたまれんばかりの勢いでバックから貫かれるたびに、膣穴があげる粘液質の音がどんどん大きくなってきたのだ。

「いやあッ……ゆるしてくださいッ……お願いッ」

どうして抜けないのか不思議なくらい、男の肉棒はぎりぎりまで抜き上げられ、子宮を貫かんばかりの深奥まで差しこまれていた。

早希の実感では、一メートルはある、ぬらぬらの肉棒が、自分の陰部に出たり入ったりしている感触だった。

伝統あるバス会社でも数台しかない、最新鋭のビューバスのリクライニングシート……そこに真っ赤に染まった顔を伏せ、後ろ手に緊縛され、下半身は裸の新人バスガイドが、中年男に後背位でいいように腰を突きこまれていた。

車内には二人がもらす、はあはあという荒い息と、肉同士がぶつかり合って粘液が弾ける音だけが響いている。

「だめぇッ、だめですッ……奥まで突かないでッ」

少女の背中がぐいんとのけ反った。

美少女の花芯からは白っぽい液体が腿を伝って流れ落ちていた。割り裂かれた陰唇にはひっきりなしに男の黒光りした肉棒が出入りしている。

バスガイドの腰から下は完全に力が抜け、だらしなく開いた膝が挿入のたびに揺れていた。男が、犯している少女の背中に覆いかぶさった。

「生理はいつだった？」

少女はびくっとした。男は腰の打ちこみを続けながら囁く。

「妊娠はまずいだろ？　まあできちゃったら結婚してやってもいいぞ」

含み笑いをする添島に、早希はいやいやをするように首を振る。

「でもこれだけ濡れまくるってことは、処女じゃないってことかもな」

いたぶるような男の言葉に少女は激しくかぶりを振るが、股間がたてる水音はさらに高まりを増していた。

（ああ、どうして？　レイプされてるのに、初めてなのにこんなに濡れて……そんなに痛くないのはなぜ？）

引き裂かれるような痛みがどんどん遠のいていき、早希は頭を振る。

男の腰のリズムが、急速に速度を増してきた。

肉音の間隔がどんどん縮まってくる。少女の膣壁がだんだんと絡みつくように、きゅっ、きゅっと肉茎を絞りあげるような動きを始めたからだ。

「早希、そろそろなかに出してやるからな」

「だめぇッ……それだけはッ」

肉穴の淫らな動きとはうらはらに、少女は激しく動揺した。

しかしシートと男に挟まれ、逃げようもない体勢だ。いずれ男が吐きだすであろう汚濁液は、残らず体内に注ぎこまれるに決まっていた。

バックからべしべしと打ちこまれる腰の勢いがさらに強くなってきた。怒濤のように腰を突きあげられるたびに、かぶせられたままのバスガイドの帽子が揺れるのが痛々しい。

「お願いッ……ゆるしてくださいッ」

激しい息づかいだけが返ってくる。

汚辱の予感に早希の秘孔はぎゅうんと締まり、乳首はびんびんに尖りきる。男の体がにわかにがくがくとしだした。

「おおッ、出るぞッ」

「いやあああッ」

最深部に突きこまれた肉棒の先端から、一気に白濁が噴出した。

バスガイドの緊縛された肢体が若鮎のように上下に跳ねる。

どく、どくと放出された大量の精液は、亀頭が押し当てられた子宮口から、あらかたは幼い子宮のなかへ流れこんでいった。

（汚された……）

「あ……熱い」

中年男の毒液で汚れなき子宮を埋めつくされた。

破かれた制服を身にまとった十九歳の新人バスガイドは、身体を痙攣させながら、また一筋の涙を流していた。

「動くなよ、切れるからな」

「ううッ……」

少女はぐっと歯を食いしばって喉を反らした。

バスの座席の上で、後ろ手縛りのまま、M字開脚で足首を肘掛けに縛られていた。大きく股を開いた正面に添島が座りこみ、安全カミソリで少女の陰毛を剃り上げていたのだ。

もともと薄毛なのか、数回の往復でバスガイドの陰阜はつるつるの幼女のようになった。最後にペットボトルの水で流すと、早希が身体を震わせた。

「お願いです……ほどいてください」

たっぷり中出しを受けたあと、早希は座り直させられていた。

リボンで結いあげた髪は乱れていたが、スカーフで後ろ手に縛られた両腕はそのままだった。

脱力した身体が重くて剃毛を施されても抗えなかったのだが、剃られているうちに、また羞恥心が戻ってきた。

「いまローションを塗ってやるからな。カミソリ負けも安心だ」

「そういうことじゃ……きゃあ」

裸の中年男はローションを取りだすと、割りひろげられた胸もとから下半身まで塗りたくり始めた。

「やめてッ……こんなところでッ」

車内でローションまみれにされ、くすぐったくて身をよじらせる。

男はそ知らぬ顔で全身をぬるぬるにしていく。

「なんだか、動物を丸洗いしているみたいだな」

それを聞いたポニーテールの少女の顔がかあッと熱くなる。

完全に男のペット扱いされているのだ。添島はぷいと横を向いたバスガイドの肩を抱き、もう一方の手で乳首をつまみあげた。

「ああッ……やめて」

びくつく少女の肉体が回復していることを確認すると、男は露出した肌の部分にローションをひろげていく。

早希の顔にも落ち着きが戻る一方で、再び血流が速まってきたらしく、羞恥で顔が赤らんできた。

「手首は締まりすぎてないか？」

すでに諦めたのか、美少女は後ろ手のままこくりと頷く。

「じゃあ二回戦いくからな」

「だめッ……だめです！」

あわてた顔で美少女が暴れだすのを、添島は押さえつける。

「でも見ろよ。もうこんなになっちまった」

男の腰では、早くも再起動した肉柱が元の硬度を保って上を向いていた。少女はうろたえて目をそらす。

「俺は早希とまだいっぱいセックスしたくて止まりそうにないんだ。このままだと、ずっとするかもしれないぞ」

十九歳の顔がひきつる。頭のなかを恐ろしい想像が駆け巡っているようだ。

「でもお前が自分から受け入れてくれたら、これっきりにしてやる」

美少女の大きな瞳が、動揺に満ちた色で見つめかえしてきた。

初めてのセックスは処女の肉体には相当な負担のはずだった。あと一回で済めば、というのはそれなりに意味のある提案に違いない。

「……本当に？」

「ああ、嘘はつかない。神に誓うよ」

逡巡していた少女は、しばらく黙っていたが、不意に顔を上げた。重そうに両の乳房が揺れる。

「ほかの乗客の人や運転手さんは？……まさか……」

なにかを想像したのか、恐怖に顔がひきつる。

「ああ、別に殺したりはしねぇよ。ちょっと降りてもらってるだけだ」

「……バスジャックなの？」

添島は少女らしい思いつきに苦笑するが、表情を引き締める。

「そんなようなもんだ。お前が俺を受け入れてくれるなら、他の連中は無事に解放してやるよ」

美少女ガイドは顔を紅潮させた。職業倫理との間で葛藤しているのだろう。

「わ、わかりました。好きにしてください」

絞り出すようにそう言うと、苦しそうに横を向いた。添島は密かにほくそ笑む。

「そうか。じゃあ好きにさせてもらうぜ」

中年男は少女の腿をぴしゃりとたたいた。

びくっとした早希は悔しそうに唇を嚙みしめると、横を向いて顔を隠す。

「じゃあ、いくからな」

添島はポニーテールの少女の身体の上に覆いかぶさり、肉棒の照準を、犯したばかりで精液まみれの少女穴に合わせた。

「あうッ」

先端が花芯をこすり、美少女は思わず腰を浮き上がらせた。

まるで用でも足すような恥ずかしい姿勢だが、早希はそのまま固まった。

美人バスガイドが腰を突きだしておねだりしているような煽情的なポーズに、限界がきた添島は柔腰をつかむと、一気に貫き通した。

「あああーッ」

大人の肉棒がずるんと十九歳の膣道を串刺しにした。

一気に子宮口まで突き抜かれ、早希は息が止まりそうになって口をぱくぱくする。背中を抱き寄せると震える胸が当たり、少女の勃起した乳首がこすれた。

「ふふ、どうだ早希……これが男と女が愛し合ってするセックスだ。こんな恰好、普通は好き同士じゃないとできないだろう？」

「うう……知りません」

美少女ガイドは真っ赤になって横を向いてしまった。

車のシートで斜めになっての正常位だが、お互いの全身が見え、肉棒が膣内に差しこまれている接合部も丸見えの体位だ。

（なんていやらしい恰好なの……）

特に自分は大きく股をひろげ、胸をさらして男に抱かれているのだ。

きつく緊縛されていることと合わせ、早希は自分が男の欲望の前には、無力な存在であることを思い知らされる。

「これがいいのは、セックスしながらキスもできることだな。そら、口を吸ってやる」

「やめて……」

抵抗するが、身体の中心を相手の男に深々と貫かれている状態で拒んでも仕方がない気がしてくる。

早希は抱き寄せられると、あっさりと唇を奪われ、舌を吸い取られた。舌をぬぷぬぷ嬲られながら、胸を揉みしだかれる。

「んむッ……」

信じられない状況だった。口も、胸も、性器もすべて男に捧げているのだ。先週まで男はおろか愛撫さえ知らなかった自分が、一足飛びになにもかも体験させられてしまった。

それに、肉茎でみっちり埋められている陰穴は、きつさは感じても痛みは遠のいている。

「んんッ」

腰をゆっくりと回される。

新人バスガイドは自分のなかに入っている男根がひねられ、位置を変えていくのを襞で感じ取ることができた。そして先端がどこか穴の上のほうに当たると、びりっとした感触が走り、背中を反らしてしまう。

（やだッ……なにこの感じ）

じーんと腰の奥底が痺れてくる。

真向かいの男には自分の反応をすべて観察されている……というより、肉で直接つながっているのだから、感覚器官で接続されていると言ってもいいくらいだ。

そこまで他人と近づいたことのない早希は、セックスの持つ恐ろしさを垣間見る思いだった。

「こんな……だめです」

十九歳のバスガイドは喘ぎながら真っ赤に染まった顔を上に向け、激しい腰使いで突き抜かれていた。

男はもう三十分以上、少女の腰を持ち上げ、思う存分貫き通していた。

カチカチのペニスが打ち込まれるたびに、淫裂からぴちゃぴちゃと粘液がはねかかる。結合部では激しい抽送のせいで、ローションが泡だっていた。

「ゆるして……」

乱れた髪は真っ白な肌に張りつき、スラストのたびにFカップの美しい隆起もぷるんぷるんと揺れている。

目もとを染めあげた早希は、向かいの男に哀願の眼差しを投げるが、添島はもはや無言で、緊縛された十九歳の肉体を貫くことに熱中している。

（ああ、全部入っちゃってる……）

全身にまわった媚薬、ローションとそして異様な雰囲気に馴らされたうぶな少女は、肉壺で剛茎の抽送を根元まで全部、受けとめられるようになっていた。

「これ以上だめッ……どうにかなっちゃうッ」

懸命に男の慈悲を乞うが、認められるはずもなかった。

最初は内臓が突きあげられるようで苦痛だった上からの打ちこみも、奥に感じる部分を発見されてからは、追い込みをかけられる材料に変貌していた。

「やんッ……やあッ……だめになっちゃうッ」

中年男と美少女は全身汗まみれになりながら肌をこすり合わせ、呼吸を合わせて一つの目標へ突き進んでいった。

少女は意識の上では拒みつづけていたが、肉体は男と完全に同調していた。

「早希、一緒にイクぞ」

「いやいやッ、無理ですッ……」

ぶんぶんと頭を振るが、肉棒に寄り添うように絞りあげる柔襞がそれを裏切っていた。少女は急激に腰の痺れがまわっていくのを感じた。

ぼうっとして、羞恥と快楽に蕩かされた少女の視線が男をとらえる。添島は一気に昂り、腰をぐいと突きあげた。

「ああッ?」

美少女が小さく悲鳴を上げ、ぐいんと背中を反らせて太腿を締めつけた。

「おう、早希、出すぞ！」

添島は我慢していた腰の疼きを解放すると、どばどばと白濁が膣奥に向かって噴きあげられた。

「あ、あ、あ、あ」

早希の身体ががくがくと激しく痙攣する。

失神寸前のバスガイドを抱きしめ、男はびゅく、びゅくと残った精液を最後まで膣内に絞りだしていく。

(また、出されちゃった……)

男の肩の上に頭をのせた少女は、肉体も心も完全に打ちのめされ、どうしようもない敗北感を味わっていた。


二回戦を済ませた添島は座席の正面に立つと、ぐったりした少女の身体を引き起こし、手足を解放してやった。

「今度はローションで、俺のチ×ポをマッサージしてみろ」

「ええッ……そ、そんな」

「ぐずぐずしているといつまでも終わらねえぞ。みんな死んでもいいのか?」

衝撃を受けたように早希の身体が固まる。

満足させない限り、乗客が解放されないという言葉を本気にして、バスガイドは震えた。添島は少しトーンを和らげる。

「初めてだよな……ちゃんと教えてやる」

少女はぐっと唇を噛みしめていたが、心を決めたように座り直すと、ローションのふたを開けた。

「きゃあ」

少女ガイドは鋭角にそそり勃った赤黒い肉棒を眼前に突きつけられ、思わず声をあげてしまう。

「そんなんで驚くなよ。さっきまでお前のマ×コのなかに入ってただろうが」

ポニーテールの新人バスガイドは、顔を赤くして唇を噛んだ。

確かにこの肉棒で何度突き上げられたか知れないが、間近に見るのは初めてだったのだ。

「じゃあまず、ローションを手にあけて、両手でマッサージしてみろ。わかるだろ？……お前のマ×コが、このチ×ポを包みこんで行ったり来たりする動きが気持ちいいんだ。男はみんなそうだ。お前の手をマ×コだと思って、俺のチ×ポが気持ちよくなるよう動かしてみろ」

「くッ……」

屈辱的な指令に新人バスガイドの顔が悔しそうにゆがむが、今は言われた通りやるしかなかった。ぬるぬるになった細い、小さなひんやりした手が、熱く節くれだった血管の浮きでた肉茎をつかんだ。

「おおッ」

十九歳の華奢な指で握られると、それだけで気持ちいい。

白魚のような指が絡みつくように上下にスラストを始めた。肉棒にどのような刺激を与えれば快感に変わるか、原理を理解したようだ。

美少女はすぐにぐちゅぐちゅと粘液の音をさせながら、カチカチになった肉茎を輪にした指で包んでこすりあげる術を覚える。

「そうだ、ちょっと強弱をつけてな。片手で先を握るように回すのもいいな。指で裏側の筋のところを擦り上げてもいいぞ……ああ、でも強すぎないことだ、それは基本だからな」

勝手放題に指示を送る中年男に対して、美少女バスガイドは座ったまま、真剣そのものの表情で手コキをつづける。

まるで授業でも受けているような面持ちだが、実際はコスプレをして、中年男のチ×ポをローションマッサージしている風俗嬢と、まったく変わらぬ行為をしているのだった。

「おう、いいぞ、早希。今度は上級編だ。片手で下の玉袋のところも優しく包みこむように揉みあげてみろ、優しくだぞ」

少女は顔を真っ赤にして、男の肉棒をしごきつづけている。

時々ちらちらと男の表情をうかがい、反応を確かめているところも堂に入ったものだ。

「そうだ、いいぞ……じゃあ予行演習は終わりだ。今度は口でやってみろ」

「え？」

懸命に手を動かしていた美少女がびっくりして顔をあげる。

「何度も言わせるな。手を動かした通りに、口で咥えてフェラチオするんだよ。手より口のほうがマ×コに近いだろうが」

「そ、そんな」

もしかすると手だけで許されるのでは、と思っていたが、そう甘くはなかった。

だがここまできて拒否しても、どうなるものでもない。早希は震えながら、柔らかな唇を、握ったままの肉茎に押し当てようとして、止まった。

（どうしてあたし、こいつの言うことを聞いているの？）

しかし、頭がぼうっとして理性が働かない。

強制されて仕方なくだ、と思おうとしても身体が勝手に動いてしまう。

「最初はゆっくり、正面からぎりぎり入るところまでぬーっと呑みこんでみろ。お前のマ×コに、ゆっくり挿れていく時のあの要領だ」

早希は挿入される時を思いだしたのか、頬を上気させ、言われるままにゆっくりと肉棒を、体温の高い口中におさめ始めた。

口内粘膜が肉棒にぴったりと張りつきながら、下ろされていく。

「おおッ……すげえぞ」

十九歳にして手練のヘルス嬢並みの天性の口技に、中年男も思わずのけ反った。

熱く絡みつくような口と舌の感触がたまらない。

「早希、お前は口もマ×コも最高だな。セックスの天才だぞ」

少女は決して望んでいない誉め言葉に首を振る。

髪の尻尾が男の腰に触れ、微妙に刺激されるのも心地よい。

「あとはさっき手でしたコツを思いだしながらだ。時々俺の反応も見ろ」

ローションで馴らした肉茎からは、臭いなどは消えていた。

美人バスガイドは命ぜられるままに本格的な口淫を開始した。

ぬちゃ……ぬちゃ……。

バスの車内に粘液の摩擦から生まれる特有の音が響く。

美少女は、小さな口いっぱいに男の肉棒を咥えこみ、唾液を垂らしながら、入れたり出したりを繰り返していた。

「ン……んんッ」

教えられた通り、しなやかな指が陰茎の根元を軽く握り、ゆるくスラストさせながら、もう一方の手で玉袋を優しく揉み上げる。

唾液を垂れ流して粘度を保ちながら、輪にした唇で茎胴を上下に吸い上げ、吸い下ろす。少女は自動人形のように休まず、飽きずに顔を前後させていたためか、すっかり汗まみれになって、頬も真っ赤にして吸茎をつづけている。

「くそッ……うまいな。店に出ればすぐにナンバーワンだぞ、早希」

あっという間にフェラチオのテクニックをマスターした優等生に、添島は掛け値なしの賛辞を送る。

「んむんッ」

早希も習得した技術を誉められて嬉しいのかどうかはわからないが、頬を真っ赤に染めて、いっそう口唇愛撫に熱が入る。

頭を前後させ、綺麗なポニーテールを翻しながら男の欲棒を呑みこんでは、ずるずると抜く。

男は、その姿を見下ろしながら満足していた。

これほどの美少女が、体型の崩れかけた中年男の陰茎を艶めく黒髪を振りながら、奴隷のようにひざまずいて懸命にほおばり、奉仕しているのだ。

「んんッ」

美人バスガイドは本能的に会得したのか、剛直にすがりつくように舌を這わせ、男のほうを見つめてはしゃぶりついてみせる。

さらに硬さを増してしゃぶりにくくなった肉棒を、頭をもたげて上からぱっくりと咥えこんでいく大胆さも学び取っていた。

熱い舌腹がぐるりと亀頭を一周する。

「早希、そろそろお前の口のなかで射精するが……ちゃんと全部呑みこむんだぞ。それが一人前の女の務めだからな。わかってるだろうな」

口淫に没頭していた美少女だが、初めて動揺した表情に変わった。

小便を連想させせないでもない射精を口で受け入れ、あろうことか呑み下すというのは、清純な乙女としては抵抗が大きいのだろう。

だが添島のほうも、美少女の口に追い上げられて、限界が近づいていた。

少女の頭を押さえると、イラマチオ気味に単純なスラストに変えさせる。肉茎を咥えたままの美人ガイドは抗議の視線を送るが、それどころではない。

「くそッ……出すぞ」

白熱する光線が突きあげるように、一気に少女の口内に白濁を噴出した。

「んんんッ」

思った以上に量が多かったのか、早希は目を見開いて苦しそうな表情になる。

頭が離れそうになるところをぐっと押さえつけた。添島は思う存分、大量の精液を十九歳の口腔に吐きだしていく。

「ん……グ……んむ」

辛そうな顔をしながら、美少女は真っ赤な顔でごくり、ごくりと喉を動かしながら粘液を呑み下す。細い喉が上下し、呑みにくそうに顔をしかめるが、何度かにわけてすべて呑みきった。

「まだチ×ポのなかに残ってるのがあるからな。それを吸いだすんだ」

硬度を弱めた陰茎を含んだまま、早希は従順に残りの精液を吸い上げていく。

ちゅぽんと音がして、少女の口から肉棒が離れた。

「ああ……ん」

美少女ガイドの口からわずかに白濁が垂れた。

「よくできたな。偉いぞ」

男が少女の頭を撫でると、とても人には見せられないとでも言うように、早希は顔をそむけて隠すのだった。


「ああッ……ま、まだするんですか」

「当たり前だろ。最後にお前のマ×コに出さなきゃ終わらねえんだよ」

フェラチオに精魂込めすぎて疲れきってしまった少女を、座席に押し倒した。

「待ってくださいッ」

男は再びスカーフで、早希の後ろ手にまわさせた手首を合わせて手早く縛りあげる。

「どうしていつも縛るんですか……」

半ば諦めた声で、少女がつぶやく。

「これが好きなんだよ。抵抗できなくさせて犯すのがな」

ポニーテールが座席に垂れ、後ろ手に縛られて胸を突きだした恰好の新人バスガイドが、いま男の体の下にいた。

恨めしそうに中年男を見上げている、優しく整った美貌は赤く火照っていた。小さな唇は今の今まで男の肉棒を咥え、精液を呑み下していたのだった。

「ああッ……」

美少女が狼狽した声をあげる。

こっそり直していた制服の前を乱暴に割りひろげられたのだ。伝統の制服は左右に割り裂かれ、再び乳房を剝きだしにされた。

「スカートを抜くからな。尻をあげろ」

「ううッ……」

早希は頭を横に向け、羞恥に染まった顔を可能な限り隠そうとする。

男はスカートを破りながら、布地を引き抜いていく。尻で引っかかると、少女は自分で腰を持ちあげて協力してしまった。

「あ……」

自分でその行為の破廉恥さに気づいたのか、赤い顔をさらに真っ赤にする。

スカートが足首から抜き去られた。下半身は靴下だけのすっぽんぽんだ。陰毛は中年男が剃りあげた、パイパンである。

「俺はちょっと疲れたんでな、だから、お前が脚をひろげてくれ」

「ええ？」

男の要求は、挿入しやすいように自分から股をひろげろということだった。

「で、できませんッ……そんな恥ずかしいことッ」

美少女はこれ以上ないくらい真っ赤に染め抜いた顔をひきつらせ、ぶんぶんと頭を左右に振る。別にこの男に好きで抱かれているわけではない。むりやり身体を開かされ、犯されているのだ。

（だめ、このまま指示に従っていたら、とんでもないことになるわ）

縛られたり、脚を開かされるのは恥ずかしいには違いないが、強制されたものだ。それを今は、男がセックスしやすいように、少女が自分から大股開きの恰好をして犯されるのを待っていろ……ということなのだ。

「いいから早くしろ。みんなを救いたくないのか？」

（なんて卑怯なのッ）

伝家の宝刀を持ちだされては、早希に勝ち目は残されていなかった。

美少女は震える唇を噛みしめながら、ゆっくりと右膝を上げ、男の前をまたぐように反対側にストッキングを穿いた脚を下ろした。

　これで男の腰を挟んで、バスガイドが脚を開いていることになる。羞じらいでどっと血が顔にのぼる。

「まだだ。両脚とも、座面に乗せて真横に開くんだよ。開けるだけ開け」

「!………」

　座席はそう広いわけではなく、身体の柔らかい早希であればそこまで股を開くことはできない話ではない。だがそれではほとんど水平近くまで腿を開くことを意味した。

（ありえないわ……自分でそんな恰好するなんて）

　生まれてこのかた、男の前でこれほど卑猥なポーズを自ら取らされたことなどあるはずもないし、想像したこともない。

　だが拒むこともできない。あまりの屈辱で、早希の頭は真っ白になった。

　朦朧とした頭で、スカーフで縛られた手を腰の下に敷いた恰好のまま、肌色ストッキングだけを穿いた脚をじりじりと広げた。

　はあ、はあと自然に息が上がってしまっている。全開近くまで大股開きになると、左脚は座席からはずれてぶらんと宙に浮いた。

「ああッ」

（なんでなの……あたし）

少女はかすれた声をあげ、べっとりと汗を噴いた。

十九歳の無毛の陰部は、男の屹立の正面に位置してあとは貫かれるばかりだ。添島も、もはや前戯どころの状態ではない。興奮して、肉茎を淫門に合わせる。

「いい娘だ」

男は制服の前をくつろげると、充実した乳房をむんずとつかみあげる。

「やああッ」

この暴虐にも、うつろな目をした美少女はわずかに悲鳴をあげ、身体を揺らしただけだった。男はむっちりとした柔らかな双乳をつかみながら、ゆっくりと腰を前に進めた。

屹立の先が少女バスガイドの花芯に当たった時、あまりの熱さに男は一瞬たじろいだ。早希の秘部はこれ以上ないというくらいに濡れそぼち、熱くとろけて口を開いていたのだ。

「こんなに濡らしてやがったのか」

添島は満面の笑みを浮かべながら、少女の体内へ太幹を押し進める。

自然に、なんの抵抗もなく肉柱のすべてが陰裂に姿を隠した。

「はァアアッ」

美少女は背中を反らし、内腿をピーンと張った。鋼鉄のような棒杭が完全に突き通されている。無毛の陰阜に、男の腰が密着した。

「くンッ……あン」

深々と挿入したまま、軽く二、三度奥にジャブをくれてやると、美少女ガイドの身体がくん、くんとずりあがる。

肉茎に密着した膣襞がもう蠢きはじめている。

(ああ、またこの感じ……)

男はゆっくりと肉棒を抜き上げていく。

ずるずると姿を現す剛直には、早くも白い淫汁がまとわりついている。カリ首まで抜くと、今度は一気に根元まで叩きこんだ。

びちゃん、と音がして少女の身体が跳ねあがる。

「はァああンッ！」

中年男は手に余る胸乳をつかみながら、スローに抜き上げては、腰を叩きこむ。

「やァッ、あああンッ」

美少女はじりじりと焦らされては、腰全体が痺れきるほどの刺激を打ちこまれる。何度も抜かれ、何度も叩きつけられる。

そのたびに腰は跳ね上がり、背中は折れそうなくらいに反る。

(どうしてなの……あたしの身体、挿れられただけでこうなっちゃうのッ)

全身が最初から、快感に覆われている。胸を痛いくらいにつかまれ、支点にされてセックスされているのだがそれすら感じない。

「ふァァあンッ!……くああッ」

腰を深々と入れられた後、ぐりぐりと子宮を突きあげられ、早希は頭を振って耐えた。腰を浮かされたままで、男が耳もとに囁きかける。

「早希、すごい濡れ方だぞ。自分で股を開いたのがよっぽどよかったんだな。本当はお前は真性のマゾなんだな」

「ち、違いますッ」

そんなことは信じられない。自分が虐められて喜ぶマゾなどであるはずがない。

男の言うことを聞くまいと、美しい新人バスガイドは羞恥と快感に染まった美しい顔を懸命に振る。

「お前は言われるままに脚を開いた。座席から落ちるくらいまっすぐにな。こうしてずぼずぼ犯されているのに一センチも閉じようとしないで、おっぴろげてるままじゃないか。俺にずっぽりハメられたくてうずうずしてたんだろ？」

「ち、ちがう……」

頭がぼうっとしてくる。男に言われて脚を開いた途端、オマ×コがじゅんじゅんに濡れてきてしまったのは本当だった。

いやなのに、早く股間にアレを埋めて欲しいと思ったのも本当だった。

こうして後ろ手に縛られ、乳房を突きだして揉まれている自分を見るだけで、また濡れてきてしまうのも本当だった。

（ちがう……ちがうのよ、これは）

「早希はもう、俺のセックス奴隷なんだ……いつでも、どこでも俺の言うままに股を開く。清純で、慎み深いかもしれねえが本当はセックスのことで頭がいっぱいなんだ。縛られて犯されると感じちまうマゾ奴隷なんだよ！」

言い終わると添島は、無毛の肉裂に容赦なく剛棒を連続的に打ち込み始めた。

「はんッ……アンッ……やんッ……はああんッ」

座席からはみ出たストッキングを穿いた脚が、激しいスラストのたびに頼りなく揺れる。美少女ガイドは被虐の思いに顔を赤らめ、口を開けて喘ぎながら、中年男の叩きつけるようなセックスを全身で受けとめていた。

ぬらぬらに光った紅い肉に、黒い肉棒がズブズブ突き刺さっていく。白い粘液が垂れ落ち、座面の生地に染みこんでいく。

無人の観光バスの車内で、十九歳の美人バスガイドは脚を真横に開いた恰好で中年男に組み敷かれ、いいように犯し抜かれていた。

激しい息づかいと喘ぎが交錯するなかで、汗に濡れた幼い顔は淫らに染まり、ますます輝きを増していた。

「あァァァァッ」

たまらなくなった添島は少女の両膝をV字に持ちあげると、今度は身体を二つ折りにしてのしかかった。両手で完全に裏側を向いた早希の腿を押さえ、座面から浮きあがった淫穴に上からびたびたと肉棒を叩きこむ体位になった。

（やだあッ……奥まで入ってきちゃう）

男は腰のバネを使って、浮いた少女の腰をびたんッびたんッと剛棒で串刺しにする。美少女は余りに深く突かれ、何度も子宮口を捉えられて快感に咽び泣いた。

「いやんッ……いやですッ……こんなのッ」

「もうお前は、俺から離れられねえんだよ。身体が言うこと聞かねえだろうが。

ずっとこうして抱いてやるからなッ」

「だめッ……だめぇ」

美少女の身体からはぐんなりと力が抜け、されるがままに突き抜かれていた。

後ろ手に緊縛され、剃毛されたオマ×コに剛棒を数限りなく打ちこまれて淫液を垂れ流し、恥ずかしい喘ぎ声をあげっ放しなのだった。

「いやッ……いやですッ……もうイカせないでッ」

添島も早希の肉穴であれば永遠に突き続けられるような錯覚さえ起こしていた。体力の限界を超え、顔からぽたぽた汗を落としながら、ひたすら美少女の陰裂に自分自身を打ち込み続ける。

「くそッ、早希ッ……もうイクぞッ」

「ああッ……あたしッ……いけませんッ……もうしないでぇッ」

おっとりして控えめな美少女が泣きそうになって、男に哀訴する。

しかし言葉とはうらはらに粘膜の絡め合いに乱れ、仰向いた美貌の少女は全身をがくがく震わせながら、肉穴で男を締め上げる。

きゅうきゅうと締め上げ、窮屈になってきた膣道を突き通すように、男は全力で肉棒を最深部まで届かせた。

「あ……イク」

声にならないような悲鳴をあげ、早希の腰が痙攣した。

中年男はここぞばかりにと一気に白濁を膣内に放出する。熱液が子宮に浴びせかけられる。

「イクッ……イキますッ！」

男は覆いかぶさってバスガイドの開いた口を塞いだ。

真っ赤な顔の美少女は目を閉じて男の舌にすがりつく。

（死んじゃう……敗けちゃった……）

中年男は二つ折りにした新人ガイドの身体を突き通したまま陰茎を絞り上げ、永遠に続くような射精で、十九歳の子宮を精液で満たしていくのだった。

「うあッ……ああんッ」

新人ガイドは座席の上に立ち、胸を背もたれの上に乗せられ、バックスタイルで中年男に貫かれていた。

柔らかな尻をつかまれ、タイミングよく臀部に男の股間が叩きつけられるたびに、ローションではない愛液が弾け飛ぶ。

全身にまわった媚薬と、犯し抜かれて柔軟さを増した蜜壺が、具合よく添島の肉棒を絞りあげる。

「だめぇッ……だめなの！」

可愛らしい声がバスに響き渡り、中年男はそれに囃されるように汗を垂らしながら懸命に腰を打ち込む。

上だけ残されたバスガイドの制服は汗とローションでぐちゃぐちゃになり、原形をとどめていない。

艶やかなポニーテールが、突かれるたびにゆらゆらと揺れている。

「くそッ、早希、最高だぜ！」

その瞬間、添島の体がぎくりとして動きがとまりそうになった。

窓の外に、顔が山のように張りついていた。

（げッ……じいさんたちか）

顔にいやらしい笑みを浮かべた仕込みの老人たちが、顔を変形するほどガラスに押しつけて、添島が早希を犯す様子を食い入るように見つめていたのだ。

（AV男優じゃあるまいし）

一瞬萎えそうになったが、老人たちの幸せそうな顔を見ているうちに、まあいいか、という気になってくる。

離れたところでは、運転手がたばこをふかしていた。

(早希が見られてどうするかだなあ……その前に出しとくか。当分、こんないい女を抱くこともないだろうしな)

中年男の動きが弱まったことを感じたバスガイドが腰を振って催促するのに合わせ、添島は再び気合いを入れ直して、腰の律動を速めていくのだった。

(了)

初出一覧

Ⅰ　孕まされた白衣の天使　看護師・さやか……書き下ろし
Ⅱ　背徳の三角関係　カフェ店員・夏……書き下ろし
Ⅲ　肉刀に屈服させられて　くノ一・美以……書き下ろし
Ⅳ　社内の肉便器　秘書・奈緒……『制服ハードレイプ　七匹の牝奴隷』（フランス書院文庫アンソロジー）
Ⅴ　屈辱の奴隷契約　女学生・千佳……『【制服レイプ】狙われた六人の美囚』（フランス書院文庫）
Ⅵ　過去からの脅迫者　女医・瑞穂……『【制服レイプ】狙われた六人の美囚』（フランス書院文庫）
Ⅶ　地に堕ちたプライド　コンパニオン・しおり……『【制服レイプ】狙われた六人の美囚』（フランス書院文庫）
Ⅷ　高度一万メートルの調教　ＣＡ・涼子……『【制服レイプ】狙われた六人の美囚』（フランス書院文庫）
Ⅸ　負債は媚肉で支払え　銀行員・絵美……『【制服レイプ】狙われた六人の美囚』（フランス書院文庫）
Ⅹ　悪夢の観光ツアー　バスガイド・早希……『【制服レイプ】狙われた六人の美囚』（フランス書院文庫）

フランス書院文庫X

制服奴隷市場《せいふくどれいいちば》【十匹《じゅっぴき》の餌食《えじき》】

著　者　夏月　燐（かづき・りん）

発行所　株式会社フランス書院

東京都千代田区飯田橋3－3－1　〒102-0072

電話　03-5226-5744（営業）

　　　03-5226-5741（編集）

URL　https://www.france.jp

印刷　誠宏印刷

製本　若林製本工場

ISBN978-4-8296-7682-0 C0193

フランス書院文庫X　偶数月10日頃発売

人妻　孕ませ交姦【涼乃と歩美】
御前零士

（心では拒否しているのに、体が裏切っていく…）夫婦交換の罠に堕ち、夫の上司に抱かれる涼乃。老練な性技に狂わされ、ついには神聖な膣にも…。

人妻　エデンの魔園
結城彩雨

診療の名目で菊門に仕込まれた媚薬が若妻を狂わせる。浣腸を自ら哀願するまで魔園からは逃れられない。仁美、理奈子、静子…狩られる人妻たち。

媚肉夜勤病棟【人妻と女医】
御前零士

「あなたは悪魔よ。それでもお医者様なんですか」夫の病を治すため、外科部長に身を委ねた人妻。淫獣の毒牙は、女医・奈々子とその妹・みつきへ。

美臀おんな秘画【完全版】
御堂　乱　著
川島健太郎　装画

「後生ですから…志乃をイカせてくださいまし」憎き亡夫の仇に肉の契りを強いられる若後家志乃。美しき女たちが淫猥な肉牢に繋がれる官能秘帖！

【決定版】義母奴隷
管野　響

「ああっ、勝也さん、お尻はいけません…いやっ」対面座位で突き上げながら彩乃の裏穴を弄る義息。27歳と34歳、二人の若義母が堕ちる被虐の肉檻。

人妻　狩られた五美臀
結城彩雨

バカンスで待っていたのは人妻の肉体に飢えた淫獣の群れ。沙耶、知世、奈津子、理奈子、悠子…おぞましき肛姦地獄に理性を狂わされる五匹の牝。

猟色の檻【完全増補版】
夢野乱月

「そんなにきつく締めるなよ、綾香おばさん」優等生の仮面を装い、良家へ潜り込んだ青狼は、39歳を肛悦の虜囚にし、長女、次女までを毒牙に…。

フランス書院文庫X　偶数月10日頃発売

【完全版】秋津藩淫ら秘話
美臀おんな剣士・美冬
御堂　乱
幕末、官軍が秋津藩に侵攻。飢狼の群れは後家狩りと称して武家の妻を集団で暴行。藩主の娘美冬は愛刀を手に女だけの小隊で敵に立ち向かうが…。

十大肛姦
【人妻拷問実験】
結城彩雨
「もうやめてッ、お尻でなんてイキたくないの…」むっちりとした熟尻へ抜き差しされる野太い肉棒。肛姦という名の拷問が暴く、貞淑な人妻の本性！

三十六歳の義母【贄】
藤崎　玲
「あなた、許して」「お母様、千鶴もイキます！」夫に詫びながら息子に精を注がれる義母・美沙子。処女の身を調教され、絶頂を極める聖少女・千鶴。

【完全増補版】
潔白夫人・媚肉尋問
甲斐冬馬
薄暗い取り調べ室で股間を覗き込まれる人妻静江。32歳からプライドを奪いさる「三穴検査」の洗礼。時計のない淫獄で続く、尋問に名を借りた性拷問。

【完全版】淫獄秘書室
夢野乱月
「どうか…恥ずかしい命令をお与えください」白昼のオフィス、淫らな制服姿で責めをねだる22歳。凄絶な性調教で隷従の悦びに目覚める才女たち！

献身妻　奴隷接待
【美夏と涼香】
御前零士
会社を買収された日から美夏の悪夢は始まった！人事撤回の見返りとして自らの操を差し出す若妻。28歳と30歳、夫のために恥辱に耐える二匹の牝。

肛虐巡礼・
十人の生贄妻
結城彩雨
映画館の暗闇で美尻をまさぐられる有紀。ストーカーにつきまとわれ、自宅で襲われる絵里。十人の人妻を完膚なきまで犯しきる悪夢の肛姦地獄！